Juliette de Saint-Tropez

Valentin Spitz

Juliette de Saint-Tropez

roman

Stock

Couverture : Le Petit Atelier
Illustration de couverture :
archives personnelles
© D. R.

ISBN : 978-2-234-08596-1

À Salomé, pour toujours.
À Juliette.
À Caroline Laurent.

Et à tous les épris de vérité
qui savent bien qu'elle n'existe pas.

« Alors, il lui ferma les yeux, et il se leva, et il la prit dans ses bras, lourde et abandonnée, et il alla à travers la chambre, la portant, contre lui la serrant et de tout son amour la berçant, berçant et contemplant, muette et calme, l'amoureuse qui avait tant donné ses lèvres, tant laissé de fervents billets au petit matin, berçant et contemplant, souveraine et blanche, la naïve des rendez-vous à l'étoile polaire. »

Albert Cohen, *Belle du Seigneur*

Juliette Lamour

« LA MATRIARCHE »

Premier époux : Georges (disparu)	Second époux : Jacques (†)
– Stéphanie Lamour	– Nikky Lamour
– Joëlle Lamour	– Julien Lamour
– Bella Lamour	

D'elle on m'a tout dit. Qu'elle était nymphomane, folle, égoïste. Qu'elle avait eu mille amants. Qu'elle avait dirigé des entreprises. Qu'elle avait été extraordinaire. Qu'elle avait été monstrueuse. Qu'elle les avait écrasés. Qu'elle les avait sauvés. Qu'elle avait été la plus belle femme du monde. Qu'elle avait eu Paris et les hommes à ses pieds. Les femmes aussi. Qu'elle avait eu des chiens et des grosses voitures. Qu'elle s'était appelée Nicole. Puis Juliette. Qu'elle avait fait le tour du monde. Qu'elle avait préféré son garçon à toutes ses filles. Qu'elle avait aimé. Follement. Qu'elle avait tout sacrifié. Pour eux. Qu'elle avait vécu.

Je ne sais pas si cette femme-là a été heureuse.

Moi, cette femme-là, je ne l'ai pas connue. Je n'ai connu qu'elle.

Paris, octobre 2020

Cette histoire familiale me poursuit, me hante ; et chaque soubresaut, chaque rebondissement, chaque frémissement me pétrifie le cœur. Des piqûres de frelon en moi, piqûres mystiques, insidieuses ; comme pour me rappeler que c'était à moi de le faire, que c'était la mission qu'elle m'avait assignée et que c'est par ma faute si tout cela est arrivé.

C'était un jour, il y a dix ans. Je m'en souviens parfaitement.

Nous déjeunions alors souvent ensemble. Nous allions au R., un restaurant de viande pour estomacs pantagruéliques. Nous prenions cette côte de bœuf pour deux, bien saignante, bien juteuse, des frites, du coca. En dessert un tiramisu. À l'époque j'écrivais sans écrire, j'essayais tant bien que mal (plutôt mal que bien) de faire éditer mon premier roman. C'est un jour comme celui-là que je lui ai proposé de raconter sa vie. Elle a trouvé l'idée formidable ; évidemment.

L'écrire. ELLE. Moi, Lucas Lamour, petit-fils de la reine de la famille.

Nous pourrions nous voir toutes les semaines, faire des « entretiens ». Elle a paru ravie. Nous nous verrions chez elle, dans cet appartement qu'elle n'habite plus aujourd'hui. Un écrin comme elle seule pouvait en créer, avec de grands canapés roux et moelleux. Un gros chien, un chat et des photos de Brigitte Bardot et Marilyn Monroe, mais pas de nous, ses petits-enfants.

J'allais acheter un dictaphone, réfléchir aux thématiques et de ce matériau brut je ferai un roman.

C'est ainsi que tout a commencé, à raison d'un rendez-vous par semaine. C'était l'hiver je crois. Je me sentais si bien chez elle, comme lorsque adolescent j'y venais noyer ma détresse. Au cinéma nous mangions du pop-corn devant des films américains ou des nanars français (je me souviens des *Visiteurs*).

Elle préparait son entrecôte/pommes de terre aux petits oignons avec du pain. Ou bien, quand cela l'ennuyait de cuisiner, elle descendait « chez l'Italien », en face, et prenait des pizzas.

Le printemps venait puis elle partait vers le Sud, dans sa roulotte. Nos entretiens s'interrompaient jusqu'à l'automne. Je suis allé la voir là-bas une fois, près de la mer bleue de mon enfance. Mais nous ne parlions jamais de « ça ». La famille ne devait pas savoir.

Toute la famille savait.

Elle aimait contrôler. Les gens ont tous un truc. Elle, c'était le contrôle.

Pendant deux ou trois ans nous avons continué à ce rythme en évoquant son enfance, ses histoires d'amour, sa vie... Tout. Enfin, ce qu'elle voulait bien me raconter.

Puis un jour je lui ai dit que nous pouvions nous arrêter « pour l'instant ».

J'ai senti qu'elle n'en avait pas envie. À vrai dire, moi non plus. Je l'ai rassurée. Nous « reprendrions » plus tard, mais j'allais d'abord « retranscrire » pour voir « où nous en étions ».

C'est ce que j'ai fait pendant des mois et des mois.

Elle m'appelait toutes les semaines. Je lui mentais, prétendais que j'avançais. C'était faux. Mentir est quelque chose que je ferais souvent dans les années suivantes. Les mois ont passé. « Je suis pris par d'autres projets, mamie, mais je vais m'y remettre. »

Ma peur la plus forte était qu'elle meure avant que j'aie publié « son roman ».

Je savais qu'elle en attendait beaucoup. Et comme souvent je ne me sentais pas à la hauteur. Pas à la hauteur de ses attentes.

Pas à la hauteur de la vie tout court qui m'était donnée de vivre. En fuite toujours.

Puis il y a eu ce 14 juillet.

Juliette, née Nicole, s'était envolée. Disparue, volatilisée. Sans laisser la moindre trace ; dans un halo de flammes.

Tout ce qui suit explique peut-être pourquoi et comment nous en sommes arrivés là.

PREMIÈRE PARTIE

LE LIVRE DE NICOLE

Fin des années 1930

Lorsqu'un visiteur sonne à la porte du grand appartement d'Asnières, Nicole court depuis sa chambre ; elle y met toute sa force, toute son énergie, sans prêter attention aux cris de sa mère qui lui hurle qu'elle va encore glisser. Pieds nus, Nicole ouvre la porte. D'un air assuré elle tend sa petite main chaude et potelée (ou bien sa joue si c'est un ami de son père) et salue en souriant. Dans sa bouche deux petits trous ont été formés par la perte de ses dents de lait. Elle a cinq ans mais est déjà assez grande pour son âge. Dans ses cheveux noirs elle a piqué une rose rouge.

Nicole aime entraîner les visiteurs dans sa chambre, leur montrer ses images de Jésus et de Marie et surtout ses croix d'honneur. Elle en est très fière, de ces petites croix entourées de ruban rose qu'on lui remet quand elle a été sage et bonne élève, d'autant qu'elle en obtient rarement. Nicole ne pense qu'à rire et s'amuser.

Assise en tailleur, de sa petite voix de flûte, elle raconte les aventures de son père, ce poète, cet inventeur, qui a créé la boîte à pâtisserie et les bouts de tissu que l'on place sous les aisselles des hommes pour cacher « l'eau qui sent mauvais ».

Dans sa chambre, trône un exemplaire de chaque invention paternelle. Il y a tous ses jouets aussi. Des poupées, des trains... Et puis sa peluche favorite, celle avec laquelle elle dort toutes les nuits, son âne, Cadichon, qu'elle garde toujours avec elle.

Son père travaille à la maison, assis derrière son bureau couleur miel. Quand une idée lui vient il peut passer une nuit entière à dessiner. Nicole le contemple en secret.

Parfois, elle rêve que sa mère s'en aille une semaine et la laisse seule avec lui.

*

À l'été 1939, Nicole part en vacances. Les parents ont l'habitude d'envoyer les enfants chez une des sœurs d'Henri, Adrienne, une femme joufflue qui ne jure que par les produits « biologiques », une révolution à l'époque. Adrienne vit dans une ferme de Normandie, à Saint-Aubin. Elle s'y est installée au décès de son époux grâce à l'héritage conséquent qu'il lui a légué. Elle vend du lait de vache, même si elle n'en a pas besoin pour vivre, et fume des cigarettes roulées car elle ne supporte pas les produits ajoutés par les industriels.

Quand Nicole est chez sa tante, elle fouille les poubelles des voisins pour trouver des trésors. Elle construit alors des maisons de poupée avec des bobines de fil. Elle passe des journées entières dans la grange avec les animaux, à imiter leurs bruits, à parler et à jouer. Il arrive que la tante la laisse dormir avec les chevaux, à la condition de ne pas en parler aux parents. Avec Adrienne règne la plus totale liberté. Nicole ne se lave pas.

Mais voilà qu'un après-midi, sa tante arrive en courant, suivie par une grosse voiture noire.

– Il faut partir les enfants, préparez-vous ! Vite.

C'est Henri dans sa berline, que Nicole surnomme la « voiture de ministre ».

– Faut rentrer à Paris, dit-il en descendant de la voiture, la guerre va être déclarée !

Nicole éclate de rire.

– Ça ne sert à rien de rentrer à Paris, papa. La guerre c'est quoi ? Il ne se passe rien, et puis que c'est barbant l'été à Paris.

– Tais-toi. Tu ne sais pas ce que tu dis, petite sotte.

Ils montent dans la voiture et tout au long du trajet sur la nationale Nicole pleure. Jamais son père adoré ne lui a parlé ainsi.

La fin de l'été est pourtant bien d'un ennui mortel. Henri est mobilisé mais revient noyer sa langueur à Paris dès qu'on l'y autorise. Cette drôle de guerre n'a rien d'épique et Nicole n'a droit à aucun des récits qu'elle avait imaginés : son père monté à cheval, tuant à lui seul des dizaines de régiments.

C'est en mai-juin 1940 que tout s'affole à nouveau. « Les Allemands arrivent », hurle un voisin, le teint blanchâtre, de gros cernes sous les yeux.

Il faut faire les sacs à la hâte. Et partir aussi vite que possible à la gare. Nicole est prise de fou rire.

– Tu vas arrêter, oui ? dit sa mère en serrant les dents et la petite sœur dans les bras.

Charrettes, voitures, femmes seules avec enfants, tout se bouscule, s'entrechoque. La fin d'un monde. Le chaos.

Ils montent dans le train, les gens s'insultent, les enfants pleurent. Nicole, elle, rit toujours. Sa mère a renoncé à l'en empêcher et se concentre sur la petite Marion.

Dans la cohue, ils retrouvent la tante Adrienne. Ses joues et ses rides se sont creusées, elle transpire à grosses gouttes. Dans le vacarme, le train s'élance et ils parviennent à rouler jusqu'à la campagne. Là, le train s'arrête d'un coup sec. On tombe. Isabelle manque de s'évanouir et Adrienne doit lui faire de l'air avec les mains.

Un homme hurle.

– Sortez, cachez-vous !

Nicole éclate de rire et se met à dire des gros mots d'une petite voix aiguë. Adrienne prend son souffle et sourit aux enfants.

– Tout ça, c'est un jeu très drôle, mes chéries. Nous devons sortir du train le plus vite possible, vous êtes d'accord ? Vous voulez bien jouer avec moi ?

– Oui ! répondent-elles en sautant du train alors que les sifflements aigus des Stukas allemands se rapprochent.

On crie de plus en plus fort autour d'elles ; peu importe, il n'y a plus que le jeu.

– Les gens hurlent pour imiter les monstres du ciel ! explique Adrienne. Nous allons faire comme eux !

Nicole rit. Puis s'arrête. Elle regarde le ciel, les grands oiseaux et leurs mitraillettes, leurs sifflements diaboliques. Leurs descentes en piqué.

– Allez les enfants ! Maintenant on joue à cache-cache. Vous vous jetez le plus vite possible à terre, vous vous cachez sous les herbes hautes et vous fermez les yeux.

Nicole obéit. Elle met ses mains sur ses oreilles. Elle sent l'herbe lui gratter le front.

Quand le silence revient, Adrienne leur tape sur l'épaule. Elles se relèvent. Sur la petite route qui jouxte la voie ferrée, ne subsistent que les vestiges de l'horreur ; des voitures fumantes et des cadavres d'enfants.

Pour la première fois, Nicole cesse de rire.

1942

Nicole est assise au centre de la pièce. Elle construit une maison de poupée avec du carton, du tissu déchiré et du fil. À peine a-t-elle remarqué ces soldats allemands dans les rues, ce couvre-feu le soir ou les portraits de ce vieillard à moustache que son père appelle « le vieux con ». Les conséquences de l'occupation allemande ne l'intéressent guère.

Elle sait que son père a été fait brièvement prisonnier et qu'il a tué un soldat allemand lors de la bataille de Montcornet, sous la direction du colonel de Gaulle. C'est un héros.

Un héros qui, par chance, a pu reprendre le travail dès septembre 1940. Les voisins cancanent : pour pouvoir retravailler aussi vite, Henri Lamour doit entretenir « d'excellentes relations avec les Allemands »... Rien n'est plus faux : simplement le domaine des inventions n'est pas encore touché par la guerre et il peut continuer à proposer ses idées aux entreprises françaises parties s'installer à Lyon.

Dans la douce quiétude de sa chambre, Nicole vérifie la rigidité du carton, des rideaux en tissu...

– Ce sera notre maison, papa. La plus belle, celle où nous habiterons ensemble pour toujours.

– Oui, lui répond-il avant de quitter l'appartement. Ce sera la plus belle et nous l'habiterons ensemble. Je te le promets. À tout à l'heure, ma chérie.

L'après-midi s'étire dans une torpeur agréable. Soudain, quelqu'un sonne. Une fois, deux fois. Contrairement à son habitude, Nicole n'a pas envie d'y aller.

On sonne encore et encore.

Elle finit par se lever, traverse le grand couloir et court pour ouvrir. C'est Marc, un bon copain d'Henri.

Il a le regard vitreux ; un spectre fumant avec des relents d'alcool et de tabac.

– Nicole… Peux-tu appeler ta maman s'il te plaît… Il est arrivé quelque chose à…

– Papa est mort, le coupe-t-elle.

La gifle part, sa mère était juste derrière elle.

– Tais-toi idiote, arrête de dire n'importe quoi.

Marc allume une autre cigarette.

– On était en train de jouer au billard et il est tombé… Ils sont…

Isabelle lui fait signe de se taire.

– Nicole, dans ta chambre.

– Mais…

– Ne discute pas.

Derrière la cloison, elle entend à nouveau des bruits dans l'entrée. C'est plus fort qu'elle. Elle sort. Sa mère lui aboie dessus.

– Dans ta chambre, j'ai dit ! Je t'interdis de le voir !

Son père est là, porté par trois hommes, inconscient.

Isabelle se jette à ses pieds, lui saisit la main.

Nicole tremble. Une ligne de sueur coule du haut de son crâne vers son ventre ; une longue larme glaciale.

On dépose Henri dans son lit. Nicole s'approche de lui. Sa mère n'a pas la force de la retenir. Elle chuchote des mots à l'oreille de son mari. La chambre est plongée dans l'obscurité, les volets et les rideaux sont fermés. Henri pousse des râles de bête. Lui, l'homme si fort, si charismatique, réduit à pousser des grognements terribles dans un lit…

– Le médecin arrive, lui répète Isabelle mais il ne semble plus rien entendre.

Elle demande aux amis d'Henri d'enfermer Nicole dans sa chambre. Quelqu'un sonne encore. Les minutes passent.

Il y a ce hurlement dans l'appartement.

Nicole se lève, se tourne vers sa maison de poupée. D'un geste sec, elle la flanque par terre.

Dans la soirée, au milieu des cris et des larmes, Nicole surprend une conversation entre deux voisines venues soutenir sa mère.

Il jouait au billard et il est mort d'un coup. C'est le cœur qui a lâché ou la tête, on ne sait pas trop. Mais le médecin a dit qu'il n'y avait rien à faire. Quel manque de veine quand même, en pleine guerre… Pauvre femme. Pauvre femme.

*

Le lendemain du décès, toute la famille débarque, des malles et des malles, des bruits de pas. Nicole leur demande de repartir car, non, son père n'est pas mort. C'est impossible. Il ne l'aurait pas laissée là.

Le corbillard est tiré par des chevaux, la famille suit, à pied, de l'église au cimetière. Les enfants sont derrière. Janvier ; un temps gris et pluvieux ; c'est triste à crever.

Derrière son voile noir, personne ne peut saisir le regard d'Isabelle. Elle ressemble à un animal empaillé. On baisse la tête face à elle, mais on cherche quand même à la voir, pour contempler le chagrin qu'on aimerait ne jamais vivre. L'horreur rassure, l'horreur inonde : cela n'est pas arrivé, pas à moi, pas encore.

Une fois les rituels terminés, le cidre bu et le maigre saucisson avalé, la famille quitte l'appartement d'Asnières. Nicole se retrouve seule avec sa sœur et sa mère.

Le décor a déjà changé.

Isabelle n'ouvre plus les rideaux, elle n'aère plus, comme si elle voulait garder quelque chose de son époux dans l'appartement ; son odeur, la trace de son passage sur terre. Elle s'habille en noir, des cheveux blancs fleurissent sur sa belle tignasse brune. Le voisinage se répand : depuis « la mort » (ils ne disent pas le nom du père), elle a pris vingt ans.

Isabelle assure le minimum vital pour Marion, qui n'a que trois ans. Mais elle ne parle plus. Elle s'est retirée dans son monde intérieur, comme si rien, plus rien, n'existait autour d'elle. Tout est devenu invisible, insupportable. Seule compte cette souffrance atroce qui lui dévore le ventre.

Quand sa mère glisse devant elle, Nicole lui parle, mais elle ne tourne même pas la tête. Un fantôme traînant dans sa grande robe noire.

Très vite Nicole ne supporte plus cette obscurité. Elle court dans l'appartement en ouvrant les rideaux, les volets. Inlassablement, le spectre maternel passe derrière elle et referme tout. Alors Nicole se cloître dans sa chambre, ouvre sa fenêtre, respire l'air froid de la fin d'hiver.

Nicole a peur, peur qu'il n'y ait plus jamais de promenade avec papa, qu'avec les bêtises de maman il n'ait pas envie de revenir. Elle l'imagine avec une autre femme et une nouvelle petite fille.

Nicole se risque sur le balcon. En sautant d'un coup, est-ce qu'elle arriverait vite en bas ? Est-ce qu'elle mourrait tout de suite, est-ce qu'elle serait libre ? Elle aimerait essayer.

Mais en bas se promène un gros chien qui la regarde. L'ascenseur ne fonctionne plus, alors Nicole descend les marches quatre à quatre. Le chien est toujours là. C'est un bas rouge qui lui saute dessus et lui lèche le visage. Nicole le caresse.

Elle lui donne un nom, ce sera « le chien ».

Parfois, « le chien » joue avec des gamins en patins à roulettes et Nicole le regarde avec tristesse.

Les rares fois où sa mère n'est pas dans l'appartement, elle brave ses interdictions et fait monter « le chien ». Il se couche sur le tapis de la chambre. Elle se serre contre lui et des petites larmes chaudes lui mangent le visage.

Années 2000

STÉPHANIE

Ah non je n'avais pas du tout envie d'y aller mais j'avais fait un effort. C'était loin à la campagne, tu étais encore tout petit et si mignon. Elle n'en avait rien à faire qu'on soit là. Et puis son chien, son sale chien, son gros chien.

Elle les a toujours pris pour ses enfants, ses chiens ; elle les aime plus que nous, elle les appelle « ma fille », « mon fils », tu te rends compte ?

Bon, bref, le chien t'avait agressé. En arrivant, il t'a sauté dessus, la porte s'est refermée et tu as hurlé de douleur.

Elle s'en fichait totalement, tu sais !

J'ai dû aller à la pharmacie toute seule dans le froid, il neigeait.

Années 2000

Cela faisait quelques mois que nous avions commencé à travailler et nous avions déjà nos rituels.

À midi précise j'ai passé la grande porte cochère bleue de la rue de Grenelle et j'ai pénétré dans le hall de son immeuble, l'un de ces petits édifices construits au XIXe siècle afin d'héberger les nombreux ouvriers employés sur les chantiers de construction de la tour Eiffel.

Sa porte se trouvait au bout à droite, avant la cour abritant une école de commerce. Des étudiants fumaient et discutaient, devant des locaux blancs à la peinture écaillée.

J'ai sonné. Elle m'a répondu dans la seconde.

– Oui mon chéri ?

J'ai monté l'escalier sombre et biscornu à la moquette beige flétrie, fine comme de la dentelle. La chienne m'a accueilli en me sautant dessus et en manquant de m'émasculer avec ses grosses pattes.

Mamie m'a à peine salué, trop occupée en cuisine.

– Rentre, rentre, mais enfin rentre mon chéri.

J'ai obtempéré en formant une quasi mêlée avec la chienne afin qu'elle me laisse passer.

– Je fais de l'entrecôte avec des pommes de terre, j'espère que ça te va ?

– Oui, bien sûr, ai-je dit en feignant la surprise.

– Bon, viens.

Elle m'a embrassé rapidement et s'est remise à sa poêle au milieu des odeurs de graillon et de sauce béarnaise.

– Tiens, prends un coca dans le frigo.

J'ai obéi.

– Tu as besoin d'aide, mamie ?

– Mais non, va t'asseoir. J'arrive. Surtout ne bouge pas !

Je me suis assis à la table du salon. La pièce était assez exiguë, occupée par un énorme canapé beige faisant face à une petite télévision. Un décor relativement dépouillé à l'exception d'une bibliothèque remplie de DVD de films américains, de photos des animaux et de livres. De petits rideaux blancs cachaient la rue, l'appartement se situant au premier étage. Il y avait peu de lumière, si bien qu'elle laissait en permanence les lampes allumées. À droite du salon une chambre d'ami faisait surtout office de débarras, avec ses bagages à terre, jamais déballés, et des cartons fermés.

De l'autre côté se trouvait sa chambre. Un lit, gigantesque, une table de nuit croulant sous les livres de Marc Levy, le panier du chat et, sur la gauche, grande ouverte, la salle de bains.

Elle a toujours voulu avoir une chambre ouverte sur la salle de bains, avec une immense baignoire.

Cet appartement ne faisait pas exception à la règle.

– Surtout, tu ne bouges pas, a-t-elle encore ordonné depuis la cuisine, venant toutes les deux minutes vérifier que je restais en place, apportant le pain, le sel, l'eau.

Elle s'est enfin avancée, deux assiettes fumantes à la main.

– Tu veux du pain ?

– Non ça ira. Ne te dérange pas.

– Mais si, tu en veux, c'est juste que tu n'oses pas !

Sourire radieux et carnassier.

– Tiens !

Et elle m'a jeté la baguette.

– Pof, voilà. Allez, bon appétit !

– Bon appétit.

Nous avons mangé vite en parlant de la pluie et du beau temps, de la famille, de mon petit boulot.

Puis elle a débarrassé, en deux temps, trois mouvements.

– On s'y met ? Tu as combien de temps avant de retourner travailler ?

– Une heure.
– Allons-y.

Elle s'est levée et elle a déplacé seule (« Enfin Lucas tu ne comprendras jamais que je peux ?! ») les deux gros fauteuils club anglais pour qu'ils soient face à face.

– Voilà, monsieur l'écrivain, je suis à vous.

J'ai sorti le dictaphone, je l'ai allumé.

Elle a souri, posé enfin ses mains sur ses cuisses, regardant en l'air. Cessant de parler.

Elle a attendu.

L'air soudain apaisé.

La séance a commencé.

Mai 1943

Stridente, funèbre, laide. Elle résonne désormais toutes les nuits.

Nicole tremble de tous ses membres, l'air commence à lui manquer, elle plaque les mains sur ses oreilles.

Les bombardements se sont intensifiés. Juste au-dessus d'eux, des soldats allemands se sont installés. Son immeuble est un des plus hauts du quartier de la gare d'Asnières et les Allemands y ont trouvé l'endroit idéal pour implanter leur DCA sur les toits. Ils peuvent ainsi pilonner l'aviation alliée qui bombarde quotidiennement les usines de moteurs d'avion Hispano-Suiza situées à quelques centaines de mètres de chez elle.

– Il faut descendre, lâche Nicole en serrant son âne en peluche contre elle.

Pétrifiée, hagarde, elle crie en direction de la chambre de sa mère. Sa petite sœur la rejoint.

– Vite ! Maman, je t'en supplie…

– Je vous interdis de descendre à la cave, répond sa mère, glaciale, en sortant de la chambre.

– Maman…

C'est déjà trop tard. Le bruit des forteresses volantes, de la DCA qui pilonne, recouvre tout. Marion se recroqueville au sol dans la position du fœtus. Les éclairs redoublent d'intensité.

– Ferme les yeux, murmure Nicole à sa sœur.

À la première minute de silence, les petites rouvrent les paupières. Leur mère n'est plus là. Nicole s'agenouille à terre, les mains jointes.

– S'il te plaît, bon Dieu, qu'elle ne recommence pas, promets-moi, promets-moi.

L'orage de feu et le tonnerre reprennent. Nicole se lève et donne sa peluche à sa sœur.

– Reste là, ne bouge pas et garde les yeux fermés.

Marion, toujours tétanisée, serre Cadichon contre son cœur.

Nicole s'approche de la chambre de sa mère et franchit la porte.

La fenêtre est ouverte.

Dans un jet de lumière jaunâtre, Nicole distingue dans la pénombre, énorme, monstrueuse, la forteresse volante. Isabelle est là, elle a ouvert sa chemise de nuit noire comme pour offrir son corps tout entier, debout sur le rebord du balcon. Elle hurle, elle sanglote à l'adresse des avions et des Allemands.

– Tuez-moi ! Je vous en supplie, tuez-moi.

Au-dessus, les ennemis lui intiment l'ordre de se mettre en sécurité, « rentrez chez vous madame ! ». Leur français est rauque et sec.

Mais Isabelle n'en a que faire.

– Tuez-moi, bordel, je veux crever ! Vous comprenez ? Crever !

Nicole se redresse. Elle songe à rejoindre sa mère pour la faire revenir à la raison. Les tirs de DCA des Allemands ne s'arrêtent plus. Chaque seconde, Nicole imagine sa mère mourir sous ses yeux et son impuissance. À douze ans elle serait totalement orpheline.

Pourtant, elle ne reste pas. Elle regagne le salon, empoigne la main potelée de sa petite sœur et descend en quatrième vitesse les escaliers pour se rendre dans la vieille cave en terre battue. Cette cave qui l'effraie encore davantage que les avions et les balles. Pour l'atteindre, il lui faut traverser les couloirs sombres du sous-sol. Marion est de plus en plus lourde et lente. Nicole la prend dans ses bras ; elle sent quelque chose de chaud entre les cuisses de la petite.

– Ne t'inquiète pas, ça va aller, dit-elle à Marion. Un jour tu grandiras, ma chérie, et tu seras la plus forte.

Cette phrase. Nicole vient de répéter mot pour mot la phrase favorite de son père, celle qu'il utilisait pour la rassurer lorsqu'elle avait peur.

Et les mots résonnent dans sa tête. Comme si elle les entendait pour la première fois. Et tout à coup elle le voit et l'entend ; son père ; debout, libre, vivant.

– Un jour tu grandiras, ma chérie, et tu seras la plus forte.

Juillet 1943

L'été vient mais ne soulage personne. Le froid intense cède le pas à une chaleur épouvantable. Il n'est plus question de vacances : quitter la capitale est devenu trop dangereux.

Isabelle passe ses journées à errer entre le lit et la cuisine, ses seules sorties sont destinées à aller chercher le peu de rations auxquelles elles ont droit. Guidée par la faim, Nicole ne tarde pas à tirer profit du sommeil permanent de sa mère pour s'autoriser quelques sorties.

Elle traîne de longues heures dans les rues sous un soleil de plomb, parlant à n'importe qui et proposant des « combines » aux voisins et aux commerçants.

– Je m'occupe de vos enfants et en échange vous me donnez un peu de pain, lance-t-elle un jour avec aplomb au boulanger du coin, de sa voix encore flûtée.

Parfois elle pousse jusqu'au marché pour voler des légumes. Jamais Isabelle ne se demande comment sa fille ramène toutes ces victuailles.

Mais ce que Nicole préfère, c'est la gare Saint-Lazare. Elle musarde dans la salle des pas perdus, avec une bande de jeunes loubards qu'elle a rencontrée dans le train d'Asnières. Elle leur raconte les aventures de son père. À voix basse, elle leur explique qu'il était sur le champ de bataille le plus proche collaborateur de De Gaulle. Elle voudrait leur dire qu'il est même parti avec le Général à Londres, où il vit désormais. Qu'il lui envoie des messages sur la « radio interdite »… Mais elle se tait. Elle sait qu'elle doit garder le secret.

Nicole ne comprend pas à quel point il est dangereux de parler de « De Gaulle » et de « Londres » en pleine rue.

Dès qu'il s'agit de son père, elle change de dimension ; elle se raconte des histoires, beaucoup d'histoires. Ce sont elles qui la structurent, qui la maintiennent en vie. Nicole n'a pas peur. Ses intrépides compagnons non plus. Comme ils n'ont jamais d'argent ils partent sans payer sous les yeux des Allemands, volent des petits pains chez le pâtissier du sous-sol et vont se cacher au cinéma pour voir les films en noir et blanc et la propagande nazie. Ils n'entendent rien à l'allemand mais ils aiment se moquer de la voix du présentateur. Dans la pénombre du cinéma, Nicole tousse en fumant des cigarettes de contrebande.

De semaine en semaine, la déferlante des bombes s'accentue la nuit. Un soir, lors d'une alerte aérienne, Nicole engage la conversation avec une voisine qui lui explique que les forteresses volantes appartiennent à « nos amis anglais ».

– Vous feriez mieux de vous taire, lui assène le vieux du cinquième.

Nicole ne comprend pas tout. Comment ces monstres volants qui manquent chaque fois de tuer sa mère peuvent-ils être leurs « amis » ? Comment de Gaulle peut-il accepter cela depuis Londres ? Avec le temps, Nicole s'est mise à bien les aimer, les Allemands. Enfin pas tous, pas ceux qui ont combattu face à son père en 1940, non les siens, ceux qu'elle appelle « mes Allemands », qui sont installés au-dessus de chez elle. Ce sont de jeunes hommes, blonds, musclés et aimables. Lorsqu'elle se trouve sur le balcon, ils lui donnent des bonbons et des gâteaux.

Ils lui font des clins d'œil, disent que sa robe bleue est « très joulie ».

Une nuit, Nicole se réveille en sueur, la main moite. Quelques minutes plus tôt elle était dans les bras d'un jeune Allemand qui la tenait bien fort et lui susurrait des mots d'amour.

Août 1944

Les Allemands du dessus se sont volatilisés. Pour Nicole, leur départ soudain est un nouvel abandon. N'auraient-ils pas pu venir la saluer ? C'est à l'image de cette guerre, se dit-elle, être constamment abandonnée. Par son père, par sa mère. Personne ne veut rester auprès d'elle. Même « le chien » a disparu du jour au lendemain, sans préavis.

La famille n'a plus rien à manger. La dictature du ticket de rationnement se fait sentir. Un jour, quand Isabelle décide de jeter les anciennes chaussures de Marion aux semelles en cuir, détruites et inutilisables, Nicole plonge ses mains dans la poubelle pour les récupérer. Le soir venu, elle s'enferme dans sa chambre et les mange. C'est dur à mâcher, c'est dégueulasse, mais elle a si faim ; ça a le goût de cette saloperie de guerre.

Dans l'immeuble il n'y a plus que le voisin du dessus, un trentenaire aux cils broussailleux et à la barbe de trois jours, qui a envoyé sa famille en province. Thierry s'intéresse beaucoup à Nicole et, Dieu merci, connaît plus de combines qu'elle.

Un matin chaud du mois d'août, il vient chercher Nicole à la hâte.

– Vite, il faut aller à la mairie ! Les Allemands sont partis, ils ont laissé de quoi manger.

– Pars Nicole, pars ! éructe Isabelle encore au fond du lit.

Alors Nicole suit Thierry dans les rues d'Asnières. À l'approche de la mairie, son cœur bat très fort, elle espère, elle rêve : de la nourriture, de la vraie, peut-être même du chocolat, qui sait ! Et soudain elle la voit, elle fait face à une montagne de viande, de poisson, de légumes, c'est magnifique, c'est prodigieux. Vite, il faut se servir ! Mais les gens autour d'eux ne bougent pas, comme paralysés.

– Allez ! dit Nicole à Thierry. Qu'est-ce qu'on attend ?

Que se passe-il ? La nourriture leur serait devenue si étrangère qu'ils ne sauraient plus comment l'utiliser ? Pourquoi crient-ils ? Peu à peu une clameur monte dans la foule, une colère noire, profonde. Des insultes, des hurlements.

– Mais qu'est-ce que vous foutez ?

Les vociférations de Nicole sont à peine audibles tant les gens crient. Des mères de famille hurlent, se jettent à terre, tandis que leurs fils essayent de les calmer. Nicole regarde les yeux embués de Thierry. Elle semble être la seule ici à ne pas comprendre.

– Pourquoi ? répète-t-elle. J'ai faim, j'ai si faim...

Alors Thierry désigne du doigt les bidons vides.

– On ne peut rien prendre, dit-il d'une voix blanche. Ces salauds ont tout arrosé d'essence.

Années 2000

– Lucas, rappelle-moi le plus vite possible ! C'est urgent.

Aux SMS enflammés ont succédé des messages vocaux au ton martial, dramatique.

Dix appels en absence, en pleine livraison de pizzas, je n'ai pas pu répondre.

« Mais enfin que se passe-t-il ? » ai-je tenté par SMS, inquiet.
« Rien, viens. Viens me voir après le travail. J'ai à te parler. »

J'ai foncé en scooter, roulant trop vite, me frayant un chemin entre les embouteillages.

Puis j'ai monté les marches quatre à quatre.

Elle m'attendait à la porte, ne m'a pas dit bonjour.

– Rentre !

– Mais enfin qu'as-tu ? J'ai cru que tu t'étais fait cambrioler.

– Ça y est j'ai trouvé ! s'est-elle exclamée en se frottant les mains, l'œil lumineux.

– Mais quoi enfin ?

– J'ai trouvé le genre de roman que je veux que tu m'écrives !

– Et ?

– Je veux que tu me fasses un truc à la Musso ! Enfin, entre Musso et *Amour, gloire et beauté*. À l'américaine. Allez, va écrire. Et trouve-toi un vrai travail aussi. Tu ne vas pas livrer des pizzas toute ta vie.

Elle m'a embrassé en me claquant la porte au nez.

25 AOÛT 1944

– Ils arrivent ! Il faut y aller !

Nicole ouvre la porte.

– Qui ils ? Quoi ?

Mais Thierry court déjà dans l'escalier. Nicole part chercher sa mère.

– Maman, ils arrivent... Viens !

Isabelle ne répond pas, c'est à peine si sa fille reconnaît son corps chétif sur le lit.

Tant pis.

Elle descend quatre à quatre les marches de l'immeuble pour rattraper Thierry mais il est déjà loin. Sans réfléchir elle se rend chez une voisine qui habite une des meulières du coin. La porte est entrouverte, son père est là, prêt à partir.

– Je vous emmène !

Ils filent tous les quatre jusqu'au pont d'Asnières. Les échanges de tirs sont nourris, les balles sifflent autour d'eux : face à face, des FFI et des Allemands. Indifférents, inconscients, ils traversent le pont avec les autres civils. Les sifflements la frôlent, douces caresses de la mort. Il y a les cris des ennemis et le beau visage d'un FFI. Elle ne sait pas qui ils sont mais ils combattent ceux qui brûlent la nourriture ; c'est là le principal.

– Mettez-vous à plat ventre ! crie le père de son amie.

Ils s'écorchent les bras en rampant, et à mesure de la lente traversée, Nicole sent la peur lui nouer l'estomac. Quelqu'un derrière a reçu une balle perdue et hurle de douleur. Le voisin leur dit de fermer les yeux et de continuer à avancer. Nicole obéit. Elle pense à son père, il est là c'est certain avec elle sur le pont. Elle l'imagine arrivant sur son char et tuant les derniers Allemands qui lui tirent dessus.

Parvenus à la fin de ce pont maudit ils pénètrent dans Levallois. Un relatif répit leur permet d'avancer assez vite. Puis les tirs reprennent, jusqu'à la porte d'Asnières, là où se trouvent les immeubles rouges que Nicole déteste. Les miliciens sont sur les toits et, avec l'énergie du désespoir, commencent à tirer sur tout ce qui bouge. Il faut raser les murs, prier pour ne pas mourir, mais Nicole ne prie plus. Soudain elle ne ressent plus la peur, même lorsqu'elle voit des civils s'effondrer sous les tirs des miliciens. Rien ne lui importe plus que de sortir de cet enfer.

Vingt minutes après ils arrivent sur les Champs-Élysées. C'est la pagaille avec un mélange hétéroclite de FFI, de Parisiens, d'Américains... Qu'ils sont beaux ces Américains sur leurs Jeep, sous le soleil. Nicole reçoit des bonbons et des cigarettes, « for your daddy » lui lance un beau soldat.

– Je lui donnerai sans faute. Merci monsieur, répond Nicole en l'embrassant sur la joue.

C'est lorsqu'elle monte sur un char avec ses voisins qu'elle entend la clameur.

« Il est là, il est là ! » Nicole comprend.

« Il », c'est celui dont tout le monde parle, « Il » c'est de Gaulle. Elle le voit, au loin. Sa grande carcasse coiffée d'un képi dépasse tout le monde.

Ils décident de s'approcher alors que les balles continuent à siffler du haut des immeubles. De Gaulle remonte les Champs-Élysées, ils sont quelques mètres derrière lui. Nicole est aimantée par le Général. Elle ne regarde plus que lui, qui continue à avancer, indifférent aux tirs, entouré de la foule et de militaires, la tête haute. « Vive de Gaulle, vive de Gaulle ! » Nicole a envie de s'approcher de lui, de lui parler de son père. Sa tête tourne de plus en plus vite et l'envie de vomir la saisit : sa vision devient floue. Arrivés à hauteur du

Fouquet's, Nicole s'effondre, le regard toujours fixé sur le Général. Elle attrape le bras du père de son amie, tétanisée :

– Je meurs, je sens que je meurs…

– Mais enfin qu'as-tu ?

Elle touche sa robe, montre sa main et le tissu, couverts de sang. Elle va mourir comme ça, là, maintenant, après tant d'efforts. Elle ne voit plus rien, ni son père, ni le Général, juste une immense clameur et des drapeaux rouges et bleus.

Tandis que la foule continue d'avancer, le père regarde Nicole, le sang, la robe et il éclate de rire.

– Ne t'inquiète pas, dit-il, c'est arrivé à ma fille récemment. C'est normal, ça arrive à toutes les filles. Allez, rentrons à la maison.

Il faut faire les cinq kilomètres qui les séparent d'Asnières sous le cagnard avec Nicole en sang qui ne comprend rien à ce qui lui arrive. Une fois rentrés à l'appartement, le père prend à part Isabelle avant de s'éclipser. Isabelle fait asseoir Nicole dans la baignoire. Elle la lave et pour la première fois depuis longtemps elle lui parle.

– Ne te fais pas de souci Nicole. Tu es une femme maintenant. Cela recommencera tous les mois. Un jour tu trouveras un époux, tu feras des enfants et tu t'en occuperas au sein de ton foyer. Tu seras heureuse, tu verras.

– Maman…

– Oui Nicole ?

– Il y avait… Il y avait papa à côté du Général.

Isabelle prend sa fille dans les bras, marque un silence puis lui caresse la joue.

– Je sais ma chérie. Il faut que tu te reposes à présent.

Années 2000

JOËLLE

Tu sais Lucas, Nicole a toujours détesté sa mère. D'ailleurs, dès que nous avons été plus grandes, elle ne supportait plus qu'on la voie. C'était très curieux. Elles n'ont jamais vraiment pu se parler. Elles étaient comme deux étrangères...

DEUXIÈME PARTIE

LA DEMOISELLE AU SOURIRE

Années 2000

Quand je pense à elle, c'est une maison qui apparaît. Une maison au milieu des vignes, sur une montagne. Un lieu qu'elle a rebaptisé de notre nom : « Lamour ».

J'ai beau chercher dans ma tête le premier souvenir de ce lieu, le premier souvenir précis ; ces pensées d'enfance profondément gravées (pourquoi celle-là plutôt qu'une autre...) mais rien.

Ce sont plutôt des images, des bribes.

Elle dans la piscine au petit matin, se baignant, nue. Les guêpes qui à toute heure colonisaient la terrasse. Le chemin de terre, long, buriné, qu'il fallait parcourir pour arriver jusqu'à la maison. La dernière côte à gravir. La 2 CV de mamie. La maison de pierre, rassurante, qui dominait le paysage de sa hauteur. Le gros canapé Chesterfield du salon dans lequel nous nous affalions avec ma cousine Nina face aux étagères remplies de cassettes vidéo. L'une d'elles me terrifiait particulièrement. *La Belle et la Bête* avec Jean Marais. Même adulte, je n'ai plus jamais osé la regarder.

Nina était l'unique cousine que l'on m'avait autorisé à fréquenter (pour des raisons que j'expliquerai plus tard, il avait été décidé un jour par ma mère, ses sœurs et son frère que nous, les cousins et cousines, ne pourrions jamais avoir de liens). Avec Nina, donc, nous dormions toujours dans la mezzanine au-dessus de la chambre de mamie. C'était une pièce assez exiguë mais qui donnait une vue plongeante sur son lit. La salle de bains et les toilettes se trouvaient dans la chambre, à son habitude.

La mezzanine accueillait tous nos jeux d'enfants et en particulier les parties de Playmobil. Dès notre plus jeune âge, sans doute instruits par la liberté que notre grand-mère nous offrait, nous imaginions toutes sortes de scénarios. Ainsi les hommes vivaient dominés et administrés par les chevaux. Ces derniers assassinaient leurs esclaves humains en les jetant par-dessus la rambarde.

Dehors, près de la terrasse, à côté du petit chemin qui menait à la forêt et à la maison du voisin, nous organisions aussi des combats de sauterelles ou de fourmis. La gagnante avait le droit d'être exposée dans un bocal (troué, pour qu'elle puisse respirer) une après-midi entière. Ça n'avait finalement rien d'une récompense.

Mamie vivait sa vie sans jamais nous imposer de contraintes. Elle était grande et belle et je me souviens des heures qu'elle passait dans son atelier à peindre ou à retaper des meubles. De ses chiens aussi… Il y en avait tant. Câline la Danoise, Joe et Marilyne, les chats siamois qui passaient leur vie sur le radiateur… Drakkar le gros briard.

J'aimais plus que tout qu'elle me laisse garder mon maillot mouillé après la piscine, chose impossible avec ma mère. Mamie m'autorisait à ne pas me doucher ; à rester la peau pleine de chlore. J'aimais le droit à l'imperfection qu'elle m'accordait.

Ma mère et elle sont en tout point différentes.

Ma mère n'a jamais vraiment supporté (même si elle ne le dit pas) que je puisse aimer ma grand-mère ni ma grand-mère que j'aime ma mère. Leur relation a toujours été pour moi une source de mystère et de questionnement.

Aussi loin que je me souvienne, elles se sont disputées. Chaque moment partagé s'accompagnait d'une tension larvée, étouffante. La drôle de guerre en permanence. Parfois la vraie guerre commençait, et elles ne se parlaient plus pendant des années.

Les enfants ne leur réussissaient pas davantage. Mes vêtements et mes souliers cristallisaient leurs désaccords. Je me souviens d'un jour où mamie m'avait acheté les chaussures de mes rêves dans un magasin de Saint-Tropez. De grosses baskets rouge framboise. Maman les avait détestées, « tu ne peux pas porter ça, mon chéri ».

Mamie jubilait.

Elle aimait provoquer sa fille ; à mes douze ans, elle m'avait convoqué pour me dire que désormais j'étais « grand » et que je pouvais prendre l'avion tout seul pour lui rendre visite. Elle me paierait le billet bien sûr. J'en étais tout à fait capable. Cela faisait hurler ma mère qui me trouvait encore bien trop jeune pour cela.

À sa mère, maman reprochait à peu près tout. De ne l'avoir jamais aimée, de lui avoir préféré ses sœurs, et surtout son frère. De ne lui avoir rien donné. De l'avoir forcée à se marier. D'avoir essayé de coucher avec son mari.

De lui avoir interdit de l'appeler maman.

Elles avaient un point commun tout de même (en dehors de la blondeur de leurs cheveux) ; leur rapport aux hommes. Ma grand-mère avait transmis à ses filles, dès leur adolescence, deux principes intangibles de vie.

Le premier : si un homme est capable de faire quelque chose, alors une femme l'est tout autant. Si la femme décide de rester passive, elle ne peut que s'en blâmer elle-même.

Le second principe était encore plus radical : quand on est une femme, on se doit d'être indépendante des hommes en tous points. On n'a pas besoin d'eux.

Mamie, sa beauté, ses grosses voitures, ses chiens, ses hommes, ses appartements, ses maisons, ses entreprises. Elle les écrasait de toute sa splendeur et ses filles l'admiraient autant qu'elles la haïssaient. À force de vouloir l'égaler, elles s'étaient brûlées à sa lumière.

1948

Préférant le cinéma de la gare Saint-Lazare aux cours terriblement ennuyeux, Nicole retourne sans cesse voir *Robin des Bois*, avec Errol Flynn. Elle rêve que le héros vient la chercher la nuit, dans son salon, et fume les cigarettes que lui offrent ses voisins de salle, connaissances ou inconnus.

Le destin tient parfois à un pâté de maisons. C'est à la faveur d'un détour, alors qu'elle flâne pour se rendre au lycée, que Nicole découvre un grand bâtiment, le siège social de Nestlé. Intriguée, elle entre. Un appel à recrutement pour devenir moniteur de colonies de vacances est épinglé sur le mur. Nicole, du haut de ses seize ans, est trop jeune, mais le mot « vacances » lui plaît tant qu'elle est prête à tout.

Elle s'approche de l'accueil et s'adresse à une jeune femme brune en s'efforçant de paraître la plus souriante et sympathique possible. Elle se tient très droite pour que l'on voie qu'elle est grande.

– Bonjour madame. Je viens pour l'annonce, je voudrais être monitrice.

– Bien mademoiselle, quel âge avez-vous ?

– Vingt et un ans, assène-t-elle comme une évidence.

La secrétaire semble convaincue et lui tend un formulaire à remplir. En prenant bien soin de mettre une fausse date de naissance, Nicole répond à toutes les questions. On ne lui demande ni pièce d'identité, ni autorisation parentale. C'est une autre époque.

Quelques jours plus tard, Nicole reçoit une réponse : si elle est toujours disponible, elle est engagée pour la période d'été. Elle pousse un cri et court voir sa mère.

– J'ai trouvé un moyen de partir en vacances !

– Parfait, répond Isabelle sans lui jeter un regard.

Le 14 juillet 1948, commence un voyage qui durera deux mois. En quittant l'appartement lugubre ce matin-là, elle a l'impression de respirer, enfin. Oublier Asnières, un peu, et tous les souvenirs mortifères qui l'accompagnent.

Elle regarde le ciel et envoie un baiser à son père.

La colonie, qui compte quinze groupes de dix petits garçons (tous des fils d'employés de Nestlé), se trouve à Pontarlier dans le Jura. Une fois par semaine les enfants ont droit de visite dans la chocolaterie voisine de l'usine. Ils peuvent y manger autant de chocolat qu'ils le désirent. L'ambiance est joyeuse. On chante tous les soirs devant un feu de camp au milieu d'un immense parc entouré d'arbres.

Nicole sent revenir en elle le goût lointain du bonheur. Son sourire est si beau et si pur que le chef des moniteurs la surnomme « la demoiselle au sourire ».

Vers la fin du séjour, une épidémie de scarlatine se déclenche. Nicole se porte volontaire pour soigner les petits patients, espérant être contaminée à son tour pour rester plus longtemps. Elle les soigne, se frotte à eux sans se laver les mains mais ne réussit pas, malgré tous ses efforts, à tomber malade.

En septembre 1948, la voilà de retour à la maison. Elle dort trois jours entiers. À son réveil, elle dit la vérité à sa mère sur la raison de son absence. Isabelle ne réagit pas.

Avec l'argent gagné, Nicole s'achète une montre dans une boutique de Saint-Lazare. La première montre de sa vie. Elle se procure aussi un recueil de poésie de Verlaine. Revenue à la froideur de l'appartement maternel, elle se récite parfois des vers sous les draps, à la lumière électrique.

Votre âme est un paysage choisi
Que vont charmant masques et bergamasques
Jouant du luth et dansant et quasi
Tristes sous leurs déguisements fantasques.

Années 2000

Je pense parfois qu'un bon éditeur, c'est un peu comme un bon psy.

Mon éditrice m'a ainsi « repêché » après dix ans d'errance dans les milieux littéraires où, de cocktails pseudo-mondains en colis de poste envoyés à des dizaines de maisons, je n'avais trouvé en retour de mes manuscrits que de l'indifférence et, quand j'avais de la chance, du mépris, ce qui me donnait au moins l'assurance d'avoir été lu.

Mon éditrice, donc, m'a récupéré à la lecture de mon quatrième manuscrit non publié. J'avais alors trente ans et je vivais seul dans un studio proche de la rue Mouffetard. Je venais de faire cinq ans d'études et j'avais obtenu un master 2 d'histoire, mais je ne voulais être ni journaliste, ni prof. Non je voulais écrire. Uniquement écrire. Ma vie se résumait à gribouiller dans mon piteux studio aux murs jaunis par la cigarette.

Pour vivre je comptais sur l'argent que ma mère ou ma grand-mère me donnait mais, ma famille étant de plus en plus irritée par mon absence de « perspective d'avenir », comme les bourgeois savent si bien dire, cela se réduisait comme peau de chagrin. J'avais donc pris un boulot de livreur de pizzas pour payer mon loyer et surtout mes sorties.

J'errais souvent dans les rues de la ville, dans les librairies, naviguant entre les best-sellers de Musso et Levy afin d'essayer de comprendre pourquoi, eux, vendaient des livres.

« Errer » donc ; et j'en reviens à mon éditrice psy.

Par l'intermédiaire d'une amie elle-même attachée de presse dans la mode (je n'ai jamais compris comment elles s'étaient rencontrées), j'ai pu lui faire passer mon texte.

Certes Caroline a mis deux ans à me lire et j'ai dû lui renvoyer mon manuscrit au bout de onze mois car elle l'avait malencontreusement égaré.

Mais un jour de septembre, mon téléphone a sonné. C'était elle. Mon manuscrit était « accepté ». Elle m'a donné rendez-vous à l'Hôtel, rue des Beaux-Arts. C'est là, dans la pénombre duveteuse du lieu que j'ai vu pour la première fois sa silhouette, très mince, très élancée. Une robe noire, des escarpins blancs, la même tenue tous les jours, comme une signature. Elle fait partie de ces gens qu'on ne présente plus, quarante-cinq ans, une belle carrière derrière elle déjà, et la direction littéraire d'une grande maison. À vrai dire, je me suis demandé quel intérêt elle avait bien pu trouver à mon texte.

– Bonjour Lucas, a-t-elle dit d'une voix grave, en tirant sur son fume-cigarette noir.

– On peut fumer ici ? ai-je demandé, envieux.

– JE peux fumer ici, a-t-elle répondu dans un demi-sourire, sans vraiment laisser voir ses yeux cachés derrière des lunettes bleues. Faites attention, a-t-elle ajouté, en me montrant quelque chose qui se trouvait sous mon siège. C'est Daniela.

Une petite tête est alors apparue de sous mon siège mauve et mou. C'était un chihuahua qui tirait la langue.

– Daniela ?

– Oui, Daniela. (Son ton s'est fait menaçant.) Vous n'aimez pas les chiens ?

– Ah si, j'adore les chiens. Vraiment.

– Très bien.

La tension est redescendue d'un cran, un silence s'est installé, sur fond de Frank Sinatra ; face à nous le bar lumineux et vide, avec de multiples bouteilles d'alcool en étendard.

– Bon, votre texte, Lucas…

Mes mains étaient moites, mon pied droit tapait sans discontinuer sur mon pied gauche.

– Oui.

– Je vais l'éditer ce premier roman... *Et pour toujours ce sera l'été*... Le titre me plaît... Et cette histoire d'ado désespéré...

– Ah j'en suis, je suis...

Elle m'a coupé.

– Je ne vous cache pas qu'il y a beaucoup de travail.

Elle a sorti une liasse de papier annotée.

– Tout est là. Vous ne buvez rien ?

– Si...

– Je suis à la vodka.

– Alors pareil...

– Garçon, a-t-elle dit avec tant d'autorité qu'un homme en veste blanche et nœud papillon noir a surgi de nulle part.

– Oui, madame ?

– Une vodka pour cet enfant.

– Très bien, madame...

Il était à deux doigts de lui faire la révérence.

Elle a sorti une autre cigarette qu'elle a allumée à l'aide d'un briquet rose.

– Lucas, vous avez... On va se tutoyer Lucas, d'accord ?

– D'accord.

– Lucas, tu es susceptible ?

– Non.

– Très bien car autrement nous aurions dû rompre dans l'instant toute relation professionnelle. Écoute-moi bien, Lucas, car je déteste me répéter. Tu as un fond de talent mais ton problème c'est que tu ne fais rien, que tu ne travailles pas. Ce texte est intéressant au premier regard mais quand on referme le manuscrit, on comprend que ce n'est ni fait ni à faire. Tu ne boucles pas tes personnages, on ne sait pas qui ils sont, on ne les sent pas, on ne les voit pas vivre...

Elle a marqué une courte pause avant d'ajouter :

– ... Ils copulent tes personnages ?

– ... Euh oui il y a des scènes où ils...

– Bah je ne le vois pas moi, je ne vois rien ! Et puis cela part dans tous les sens, il y a des fautes de partout ! Non mais sérieusement, tu penses que tu peux envoyer ton manuscrit à quelqu'un comme moi et le voir publier ? Tu t'es cru où ?

– ... C'est juste que...

– C'est juste que rien du tout, je n'ai pas de temps à perdre, hein. Alors tu vas prendre ça...

Elle m'a presque jeté à la figure mon manuscrit annoté.

– Pendant un mois, un mois et demi, tu ne fais que ça et tu reviens avec un roman ? Compris ?

– Compris, ai-je murmuré.

Elle s'est levée. Son chien l'a suivie.

– Voilà ma carte. Tu m'envoies le texte par mail dans un mois. La vodka est pour moi. Je te laisse une enveloppe à l'accueil. Renvoie-la par la poste. Adieu Lucas.

Et Caroline a disparu dans une volute de cigarette.

En sortant j'étais comme KO debout, mes jambes flanchaient, ma tête tournait.

J'ai pris l'enveloppe qu'elle m'avait laissée. Je l'ai ouverte.

Quand j'ai vu la mention « contrat d'édition », je me suis mis à pleurer.

Juin 1949

Après une année banale et pour tout dire assez ennuyeuse, Nicole rate son bac.

Il ne lui reste plus que l'été devant elle et la perspective des rattrapages en septembre. « Je m'en fous, dit-elle à sa mère, je partirai quand même en vacances. » Sauf à se pendre, Nicole n'envisage pas une seconde de passer l'été de ses dix-sept ans à Paris. Forte de son expérience de l'année passée, elle tente donc à nouveau sa chance dans une colonie de vacances. Elle en trouve une à Ambloy dans le Loiret. Le bâtiment est très laid mais il a l'avantage de se trouver au milieu d'un grand parc et surtout loin de Paris.

De ces quelques mois passés à Ambloy, Nicole ne gardera qu'un seul souvenir : celui du professeur d'éducation physique. Au contraire des moniteurs et des enfants qui logent dans le bâtiment principal, lui a installé sa tente dans le parc. Georges n'est pas comme les autres.

Nicole, qui n'a jamais été très sportive, demande sans cesse à ce beau garçon très blond des cours particuliers. Il lui fait faire de la culture physique, du cheval d'arçons. Nicole accepte toutes ses propositions et n'attend qu'une chose en se levant le matin : le prochain cours.

Un soir, après le dîner, Georges vient lui proposer de sortir le lendemain. Il y a un petit village non loin de là où ils pourront boire un verre et discuter. C'est le mois d'août, il fait chaud. Nicole a envie d'amour. Georges lui raconte qu'il est engagé dans l'armée mais qu'il s'est mis en disponibilité. Il s'est installé quelque temps à Blois et son « amie » (dont il ne prononce pas le prénom) l'y a rejoint pour être plus près de lui. Une amie plus âgée. Nicole comprend dans les yeux de Georges que cette incursion de l'« amie » dans la conversation n'est qu'un moyen de la piquer un peu, de la tester. La vérité est que Georges est fou amoureux d'elle, depuis la première seconde où il l'a vue.

Quelques jours après leur rencontre, il demande Nicole en mariage. Le soir même, dans sa tente, en lui offrant sa virginité, elle devient femme.

*

– Maman, j'ai rencontré l'homme de ma vie. Je vais me marier.

– Comment s'appelle-t-il ? répond Isabelle, assise sur le canapé, une tasse de café à la main.

– Georges. Georges Kowalski.

– Kowalski ? C'est une plaisanterie ?

– Non, pas du tout.

– Il est quoi ? Russe ?

– Non. Polonais, enfin je crois.

– Ma pauvre petite fille, tu as perdu la tête. Kowalski… Tu vas oublier tout cela sans attendre.

– Je me marierai maman, que tu le veuilles ou pas.

– Je te l'interdis !

Isabelle accompagne ces mots d'un geste brusque, renversant sa tasse. Sur le parquet du salon le café s'étend comme une longue larme amère.

*

Si la rencontre entre Isabelle et son fiancé est glaciale, celle de Nicole avec les parents de Georges ressemble à un rêve. La mère, Marie, la couvre de cadeaux, de mots d'amour et la nomme « ma fille ». En retour Nicole, qui l'adore déjà, l'appelle Baba, « grand-mère » en russe.

Née à Saint-Pétersbourg, celle-ci fut mariée en premières noces avec un Français, Mansuet, diplomate à la cour du tsar. Lorsque la révolution russe éclata en 1917, il décida de mettre sa femme et sa fille Aline à l'abri, en France. Il les rejoindrait ensuite. Un matin d'hiver Marie, vingt ans, et Aline, trois ans, quittèrent la Russie sur un bateau à destination de Paris. Après un long périple de plusieurs semaines, elles arrivèrent à bon port sans parler un mot de français et furent accueillies au sein de la communauté russe.

Dans la tête de Marie résonnait chaque jour la phrase de son époux :

– Je vous rejoins tout de suite.

Mansuet ne les rejoignit jamais.

Fusillé par les bolcheviks, sans autre forme de procès.

À Paris, la vie était dure. Elle qui était habituée à un confort bourgeois à Saint-Pétersbourg se retrouvait démunie avec une fillette sur les bras. Bien sûr, elle avait quelques biens mais elle se sentait si seule. C'est au sein de la communauté russo-polonaise qu'elle rencontra en 1918 Léonard. Celui-ci venait d'une famille très aisée de Varsovie. C'était un homme entreprenant et un aventurier, une tête brûlée même. Pendant la guerre, il s'était engagé dans la légion étrangère française, avait été gazé à Verdun et avait fini dans un hôpital à Paris. Depuis il avait régulièrement des problèmes aux poumons et respirait mal, ce qui ne l'empêchait pas de fumer. Dès leur rencontre, Léonard tomba fou amoureux de Marie, la protégeant et l'aimant de toutes ses forces, comme savent parfois le faire les hommes.

Après la guerre, Léonard trouva un travail chez Citroën. Engagé comme pilote d'essai, il pouvait tester toutes les voitures en sortie d'usine.

Leur fils Georges naquit en 1924 à Varsovie car, jusqu'en 1939, Marie et Léonard retournaient souvent dans cette ville où la famille polonaise vivait encore et où Aline avait fini par s'installer. Un matin d'août 1939, Marie embrassa sa fille et prit le dernier train qui partait de Varsovie pour

Paris. Elle ne la reverrait plus jamais. Des années après la guerre, une lettre lui apprit que sa fille, son gendre et leur bébé étaient morts.

Voyant des Juifs courir dans la rue, Aline avait ouvert la porte de la maison et les avait laissés entrer, leur permettant ainsi d'échapper aux Allemands. Elle les avait cachés dans la cave. Mais un matin froid et brumeux, alors que les Allemands tambourinaient à la porte, Aline avait ouvert en peignoir. Les ennemis l'avaient jetée à terre et étaient allés chercher les Juifs dans la cave. Toute la famille avait dû sortir. Aline tenait son petit garçon par la main. Devant la maison, face au mur, tous avaient été fusillés.

C'est le voisin qui les avait dénoncés, alerté par la quantité de nourriture « anormale » apportée chaque jour par Aline.

Marie ne s'est jamais remise de cette perte. Elle est devenue une de ces mères qui s'oublient pour tout donner à leur fils. Nicole comprend cela et lui serre la main doucement. En rêvant que cette mère soit la sienne.

ANNÉES 2000

Il est midi et je suis levé depuis trois heures.

Trois heures à écrire d'arrache-pied, à m'en claquer les phalanges en m'inondant la bouche de café. Qu'elle est agréable cette sensation ! Qu'elle est rare ! Le sentiment d'avoir donné ce qu'il faut pour l'écriture (c'est-à-dire tout) et finir avec trois mille mots rédigés comme une fulgurance ; quelque chose de mystique.

Cigarette au bec, j'ai rallumé mon téléphone.

Quinze appels en absence, dix SMS, quatre messages vocaux. Tous de la même personne.

Ma mère.

Stéphanie.

Ma mère… Il faudrait plusieurs romans rien que sur elle pour pouvoir tout raconter.

Ma mère, première fille de Nicole.

Ma mère, fille de Georges, fille « biologique » de Georges, devrais-je dire.

Ma mère, à laquelle il n'est pas possible de téléphoner sans avoir deux heures devant soi. Ma mère, avec qui j'allais déjeuner, elle que je n'avais pas vue depuis deux mois.

Ma mère qui arbore, comme mamie, une épaisse chevelure blonde et qui a toujours les yeux très maquillés de noir. Ma mère qui ne se déplace jamais sans sa trousse de maquillage, ses deux brosses, sa bouteille de parfum, ses lunettes de soleil, ses portables, son chien (un danois) et son 4 × 4.

Ma mère, cette femme libre qui n'est jamais restée avec un homme plus de quelques mois, le temps de faire un enfant.

Ma mère qui, à peine assise, après m'avoir pris dans ses bras et embrassé de longues minutes, les larmes aux yeux de ne pas m'avoir pas vu depuis SI LONGTEMPS, s'est adonnée à son activité favorite : parler.

– Alors comment vas-tu t'ai-je dit que je partais au Sri Lanka avec Armande c'est beau le Sri Lanka paraît-il oh en ce moment ça marche du feu de dieu au cabinet j'ai des clients par dizaines j'en ai une justement elle a une histoire incroyable elle a eu un cancer et a failli mourir mais elle a survécu et ensuite elle a tué son mari et je vais m'occuper d'elle oh je te jure quelle histoire vous êtes formidable m'a dit sa fille tout le monde me trouve formidable je ne sais pas comment je fais tu as de la chance d'avoir une mère comme moi...

Main sur la joue, sourire.

– Mais tu fumes toujours Lucas tu sais que c'est mauvais je croyais que tu avais arrêté ah non vraiment j'ai une cliente dont le mari est mort de ça et toi aussi tu vas mourir de ça mais alors tes livres oui parce que tu sais que moi aussi j'écris...

Elle s'est interrompue une seconde pour gronder son danois qui tentait de piquer dans les assiettes des voisins.

– ... Bref pour les vacances le Sri Lanka il paraît que c'est merveilleux même si c'est un peu long pour y aller et le monde est si dangereux peut-être devrais-je plutôt opter pour la Corse oh ça fait si longtemps que je ne t'ai pas vu parle-moi de toi je t'ai dit qu'il y a un nouveau Truffaut dans le 13e...

– Maman...

– Tu as vu Sarkozy qu'est-ce que je l'aime celui-là, il me fait penser à de Gaulle tu te souviens je t'avais dit que j'étais allée manifester pour lui avec maman en 1968 oh ça oui je n'étais pas avec les étudiants j'avais que dix-sept ans non moi c'était de Gaulle !

– MAMAN !

– Oui ?

– Pourquoi je ne sais rien de Georges ? Pourquoi tu ne m'en as jamais parlé ?

– Georges ?

– Oui Georges, tu sais, ton père. Tu m'as toujours dit que tu n'avais pas de père, que c'était un inconnu.

– Ah.

Rictus, lunettes noires sur le nez.

– Père... N'utilise plus ce mot. Cet homme n'existe pas. Il n'a jamais existé.

– Et pourtant...

– Je te le répète une dernière fois. Stop. Et n'oublie pas une chose essentielle : c'est l'histoire de maman que tu racontes, pas celle des hommes autour d'elle.

Elle a enlevé ses lunettes de soleil, s'est éclairci la voix.

– Bon. Truffaut tu devrais y aller je t'assure c'est incroyable ils ont un nouvel espace plus grand pour les animaux il y a les croquettes je peux te dire que j'y vais pour le chat je lui achète des sacs de dix kilos...

– Maman...

– ... Je ne t'ai pas dit autre chose au cabinet j'ai un client alors lui, il a essayé de tuer son patron car...

– Merci pour le déjeuner maman.

Et je me lève de table.

Années 2000

JULIEN

« Si je l'aime ? » C'est une question conne, non ? Tu leur as demandé ça aussi, à mes sœurs ?

Évidemment que oui, je l'aime.

Décembre 1949

– Tu ne trouveras pas de travail, je te dis. Qui voudrait de toi à ton âge ? Tu n'as encore rien fait de ta vie…

– M'en fous ! Je l'inventerai ma vie ! répond Nicole, bravache.

À bientôt dix-huit ans, c'est décidé, elle ne reviendra pas dans l'appartement maternel tant qu'elle n'aura pas trouvé un travail, même si cela doit durer des semaines.

En sortant de la gare Saint-Lazare ce jour-là Nicole porte une jupe plissée, un col blanc, des socquettes, des talons plats. Elle n'est pas maquillée. Face à elle les Grands Magasins, les Printemps, les Galeries Lafayette, parés de leurs plus belles décorations de Noël. Et une image furtive lui revient alors, de celles qu'on croyait avoir ensevelies au plus profond de soi et qui surgissent, sans qu'on l'ait décidé. Son père et elle, toute petite fille, marchant ensemble ici, un soir de décembre, avant les cauchemars, au temps de la splendeur. Henri grand et fort, dans son costume noir. Henri qui lui tient la main et qui l'entraîne à l'intérieur des Galeries lumineuses pour lui acheter sa peluche adorée, Cadichon.

Les larmes lui montent aux yeux.

Elle pénètre dans l'antre lumineux au milieu des gens qui se bousculent.

Elle fait le tour du Printemps, des Galeries Lafayette. À chaque étage elle propose ses services.

– Je cherche du travail.

On lui demande de monter tout en haut du magasin, où se trouvent les services administratifs.

« Remplissez ceci, remplissez cela. » Alors elle remplit, elle remplit.

Puis elle sort des magasins et se retrouve sur l'avenue de l'Opéra. Elle l'arpente en écartant les jambes, et elle a cette sensation. Ce n'est qu'une sensation, qu'elle verbalisera beaucoup plus tard ; mais c'est bien là : oui, elle peut faire comme les hommes, et même beaucoup mieux qu'eux. On dira d'un homme qui fait tout pour trouver un travail qu'il est courageux. Pourquoi, elle, Nicole, devrait accepter que sa mère la traite comme une folle ?

Elle entre dans toutes les boutiques sur son passage. Son cœur palpite. Malgré le froid de décembre, elle a chaud, elle est portée, déterminée. Rien ne pourra l'arrêter.

– Je cherche du travail, vous n'avez pas besoin de quelqu'un ?

Ses pas la mènent jusqu'aux Tuileries, elle prend la rue de Rivoli. On l'envoie promener. Elle a mal aux pieds mais elle continue.

À la nuit tombée, quand tous les commerces ont fermé et que le froid se fait plus mordant, elle finit par rentrer à Asnières.

Sa mère l'attend sur le seuil, triomphante.

– Je t'avais bien dit que tu ne trouverais pas de travail.

– Ce n'est que le premier jour. Tu verras, je vais réussir.

Le lendemain, Nicole recommence là où elle s'est arrêtée la veille. Et ainsi de suite, jour après jour.

Au bout d'une semaine de recherches vaines, le doute s'installe. Et si sa mère avait raison ? Et si elle ne trouvait pas ? Et si elle n'était qu'une petite cruche incapable ?

Et si j'étais la copie conforme de ma mère ? se demande-elle.

Mais dès le lendemain à 9 heures, Nicole est à nouveau dans la rue. Cette fois elle décide de pousser plus loin son exploration. Elle dépasse la rue du Louvre et chemine vers Châtelet quand un magasin à la devanture rouge attire son attention : SDR. Un commerce qui vend des vêtements pour femmes, hommes et enfants. Elle monte à l'étage, remplit des formulaires en se disant qu'on va encore la jeter. Mais, alors qu'elle quitte le magasin, la femme de la réception, aux cheveux gris et poussiéreux, l'appelle d'une voix forte :

– Attendez un peu mon petit.

Nicole patiente sur le banc et, quelques minutes après, voit arriver un homme qui la salue. Il porte des lunettes noires à écailles. Son nez, proéminent, fait penser à un groin de cochon. Il y a quelque chose de dur dans son regard ; mais il claudique. Cela rassure Nicole.

Un homme qui claudique ne peut pas être foncièrement mauvais.

– C'est vous qui avez rempli le formulaire ?

– Oui.

– Dites-moi donc, que cherchez-vous, mademoiselle ?

– Je voudrais travailler.

– Vous savez faire quelque chose ?

– Non...

– Bon. Venez avec moi.

Il lui tend une feuille avec une addition à effectuer.

Nicole a les mains tremblantes. Elle s'installe, prend le crayon et commence.

– Na na na... Je n'y arrive pas.

Tout doucement, il lui dicte les chiffres... 4, 5. Si bien qu'elle n'a pas à résoudre l'addition : c'est lui qui la fait.

– Très bien, c'est parfait, mademoiselle. Vous pouvez commencer demain ?

Nicole est rouge, la sueur coule sur ses tempes.

– Oui monsieur.

– Vous vous présentez ici demain matin, première heure.

Nicole repart sans rien demander, même pas ce qu'elle va gagner. Quand elle pousse la porte de l'appartement, sa mère l'attend dans l'entrée, sur une chaise, le regard vide. Elle lui saute dans les bras.

– Maman, j'ai trouvé du travail !

Pendant quelques secondes, Isabelle n'a aucune réaction, son corps est froid et tendu, serré contre celui de Nicole.

Mais elle se reprend.

– Ça va durer huit jours et puis on te mettra à la porte. Mais si c'est ce que tu veux ma fille, eh bien, vas-y. Tu travailleras, tu te marieras avec ce Polonais… Je ne peux pas t'empêcher de rater ta vie.

Automne 1950

À vingt-six ans, alors qu'il vit toujours chez ses parents, Georges ne ressent nulle culpabilité quant au fait d'être entretenu par eux. Il ne pense qu'à s'amuser avec sa belle fiancée et à imaginer leur futur mariage.

– Si tu veux continuer à voir Nicole il faut que tu travailles ! Prends exemple sur elle, elle est courageuse, lui répète régulièrement son père.

Mais Georges n'est pas d'un naturel angoissé et il a bien d'autres moyens de remplir sa vie. Il connaît tout de la nuit parisienne slave. Le dimanche et le lundi, quand Nicole ne travaille pas, il lui fait découvrir la société russe de la capitale (qu'elle n'a approchée que dans les romans de Michel Strogoff), ces Russes blancs qui se sont installés à Paris. Il y a cet hôtel particulier à Auteuil où on joue du piano en buvant de la vodka et en parlant du passé. Grâce à sa mère, Georges est très aimé et il n'est jamais question de payer. Avec les rescapés de la soirée, ils se rendent ensuite au Shérazade, une boîte rue Blanche où il a des amis serveurs. Georges et Nicole ont table ouverte ; on danse, on boit, on mange. Partout on cancane sur la beauté de ce jeune couple qui ne se déplace qu'en voiture grâce, là aussi, aux amis russes de Georges devenus taxis.

Nicole dort chez sa mère en semaine mais passe ses week-ends avec son fiancé ou chez ses beaux-parents. Elle fait l'amour avec Georges chaque fois qu'elle le peut. Elle a compris que là se trouve la clé de sa libération.

Quand elle tombe enceinte c'en est fini : Isabelle ne peut plus retarder l'inéluctable. Nicole doit partir et se marier. Pour éviter le scandale.

Mamie m'a donné rendez-vous au restaurant en face de chez elle.

– Je suis fatiguée, a-t-elle dit au téléphone.

C'est un italien avec une salle voûtée au sous-sol, comme celles qui servaient de boîtes de jazz après la guerre. On y sert d'excellentes pizzas.

Mamie a débarqué à midi pile avec son grand labrador noir, un sourire aux lèvres, ses cheveux impeccablement blonds, ses éternelles lunettes de soleil, un jean bleu, des baskets, et un pull en laine rose.

– Ça va mieux ?

– Quoi ça va mieux ?

– Tu n'es plus fatiguée ?

– Oh non, je ne suis jamais fatiguée. J'avais juste la flemme.

Et elle m'a embrassé.

– Ça va toi, mon chéri ?

– Oui ça va.

Le serveur est arrivé pour prendre la commande, elle lui a fait un grand sourire.

– Il est beau n'est-ce pas ? a-t-elle lancé quand il s'est éloigné. Tu le connaissais celui-là ?

– Non.

Elle a gardé son sourire tandis que la chienne sous la table me léchait goulûment les pieds.

– Alors, où en es-tu de notre best-seller ?

– J'avance bien mais il y a encore beaucoup de travail... On en est à peine à ton premier mari !

Elle a éclaté de rire.

– Georges ! Celui-là... Tu sais il n'a pas grand intérêt, je n'ai pas tant de choses à dire sur lui...

– C'est quand même le père de tes trois premiers enfants...

Mamie a croqué dans sa pizza en faisant la moue.

– Peu importe. Ce n'est pas son roman. Et, donc, quand crois-tu qu'il sortira, ce livre ? Ton éditrice va bien le publier ? a-t-elle demandé en arrêtant de sourire.

J'ai alors eu la soudaine impression de passer un examen.

– Oui, bien sûr, ai-je menti. Elle est emballée... Mais tu sais il y a d'abord mon premier roman, *Et pour toujours ce sera l'été*...

– Ah bon, je croyais que c'était terminé et que tu étais totalement mobilisé sur NOTRE livre.

Sa phrase s'est achevée sur un ton à la fois plus grave et plus feutré, son index tendu vers moi.

– On commence ? Tu as ton dictaphone ?

Un peu fébrile, j'ai sorti l'appareil de son étui et j'ai appuyé sur « REC ».

Été 1951

Le mariage s'est organisé en quelques semaines comme si tout le monde était pressé d'en finir.

Nicole achète son tailleur blanc et ses chaussures à crédit. Elle peine à enfiler sa tenue, elle est enceinte de quatre mois.

La cérémonie se déroule à la mairie d'Asnières en juin 1951. Les parents de Georges offrent le repas aux Noces de Jeannette, rue Favart dans le 2e arrondissement de Paris, près de l'Opéra-Comique.

Georges est fort élégant, il ressemble à un Américain. Il a pourtant tout acheté aux puces. Nicole le regarde devant la mairie. Grand, bien bâti, avec ses souliers cirés, son pantalon blanc, sa chemise et sa veste noire. Ah il est propre Georges. Lui et l'hygiène… C'est lui qui a tout appris à Nicole dans ce domaine. Comment bien se laver les dents, ou les oreilles. Mais pourquoi pense-t-elle à cela au moment de se marier avec lui ? Et pourquoi n'arrive-t-elle pas à croire au sermon de l'amour éternel de ce prêtre ? Ce « jusqu'à ce que la mort vous sépare ». Ce n'est pas tant une question de fidélité. Non, c'est plutôt qu'elle sait que la mort est une forme d'abandon et qu'on ne décide jamais du moment où l'on devra partir.

Pour le voyage de noces ils choisissent la Bretagne et le regrettent aussitôt. Il pleut sans discontinuer et Georges ne parle que de sa nouvelle idée d'entreprise. Il a toujours des idées. Le film *Vacances romaines* avec Audrey Hepburn a un succès fou. Les premières Vespa ont été importées en France et les gosses de riches se sont rués dessus avant de s'en lasser et de les revendre. Georges sait quoi faire pour devenir riche.

Il ouvre un magasin, rachète des Vespa, les remet en état, et dépose des annonces pour les vendre. Son réseau fonctionne, les copains viennent en nombre, puis les copains des copains. Georges commence à gagner de l'argent.

À sa demande, Nicole quitte son travail à SDR. Il faudra bien s'occuper de leur bébé qui naîtra en novembre, de la maison. Elle ne peut pas tout faire. Nicole pleure en quittant ses collègues, elle reçoit de nombreux cadeaux, dont une magnifique robe bleue.

En rentrant chez sa mère Nicole jette tout dans la benne à ordures. Ne pas garder de souvenirs. Ne plus souffrir. Il n'y a que la robe qu'elle conserve, pendue dans son armoire.

Après leur mariage, Georges et Nicole se lancent dans la recherche d'un appartement. Les semaines passent mais ils n'en trouvent pas. La guerre a détruit tant d'immeubles et on peine à faire confiance à ce si jeune couple. Alors Nicole dégote une chambre chez un vieux monsieur qui habite le groupe d'immeubles dans lequel sa mère réside. C'est un homme étrange, un ancien majordome chauve et moustachu, qui est toujours habillé en tenues à rayures. Sa femme et sa fille sont décédées.

Nicole et Georges ont accès à la cuisine et à la salle de bains. Georges refait entièrement la chambre sous l'œil admiratif de Nicole. Elle l'observe repeindre, nettoyer, poncer les parquets… Ils aiment cette chambre et le soleil qui y pénètre le matin, au lever.

Dans la cave de sa mère, Nicole retrouve son berceau. Celui dans lequel son père la regardait dormir tendrement. Elle le sait, Henri ne s'en ira jamais.

*

Avec Georges la vie coule, sans histoires. L'été s'en est allé. Les feuilles ont jauni. Nicole a tant hâte d'accoucher :

chaque semaine elle se rend à la petite clinique privée de Bois-Colombes. « Revenez demain », lui répète la sage-femme jusqu'à ce que Nicole se mette à crier dans le hall :

– Ça y est, cette fois ! Je vais accoucher !

La sage-femme vient à elle comme à une folle. Elle la fait installer dans une chambre où Nicole commence à crever de douleur. L'autre, fatiguée de sa journée, part se coucher à côté en bougonnant qu'elle devrait cesser de s'inquiéter pour un rien. Mais quelques heures plus tard la douleur est si forte que Nicole hurle de toutes ses forces : les infirmières vont chercher la sage-femme qui répond invariablement la même chose :

– Non, je suis trop fatiguée, on verra plus tard.

Toute la nuit elle la laisse agoniser. Georges n'est pas là. La souffrance de donner la vie, le sang, les jambes écartées, ce n'est pas pour les pères. C'est un truc de femmes. C'est sale. On appelle ça la pudeur. Cette nuit-là est une des pires que Nicole aura à vivre depuis les bombardements de la guerre. Le matin, tôt, la sage-femme arrive enfin, l'air hagard. D'une poigne de fer elle jette Nicole sur un lit roulant et la conduit dans une autre pièce.

Dans les cris et le sang, Nicole accouche d'une petite fille, mais son cœur manque de s'arrêter quand elle réalise que le bébé a le cordon ombilical autour du cou.

– Mais c'est rien, s'agace la dame, en attrapant la petite.

Après une paire de claques sur les fesses elle la libère du cordon d'un coup de ciseaux.

– Elle se fait vraiment du souci pour rien, la jeune fille.

Nicole pleure toutes les larmes de son corps et serre le poing. Elle tuerait cette vieille pie, si elle pouvait.

Ses larmes cessent quand, un peu plus tard, elle peut enfin tenir Stéphanie dans ses bras. Elle est déjà si belle avec ses petites mains potelées. Nicole n'en croit pas ses yeux, c'est donc elle qui a enfanté cette merveille ?

Elle passe quinze jours à la clinique et découvre les joies de l'allaitement. On lui pose un tire-lait pour évacuer le surplus car elle en produit bien plus que les autres femmes. Elle souffre le martyre. Elle se débat, elle crie...

– C'est le mal joli, lui dit-on, demain ce sera oublié.

Pendant ces deux semaines à la clinique, sa mère ne vient pas. Georges non plus.

Années 2000

Il m'est arrivé d'avoir envie de cesser d'écrire.

J'aurais souhaité en avoir le courage, la force.

Dans ces moments de lucidité je réalise que l'écriture est une plaie, quelque chose qu'on traîne, qui nous enchaîne, une forme de pathologie. Quelque chose qui empêche. Tout en nous sauvant. Quelque chose qu'on a ou qu'on n'a pas.

Parfois tout est simple. J'écris, j'écris, j'écris. Je n'ai pas de doute sur l'histoire que je raconte. Le temps passe et je me retrouve à nouveau dans un océan de contradictions, d'angoisses. J'ai l'impression que je ne parviendrai plus jamais à écrire, comme une forme d'impuissance morbide.

Je me dis que je ne serai jamais de ces êtres sans doutes, qui vivent « dans l'instant », que je devrai sans cesse vivre avec ce poids sur les épaules. Transformer, écrire pour ne pas mourir et pourtant mourir quand même.

Ce sentiment m'a traversé à de multiples reprises pendant les dix années d'écriture de ce roman. La première fois, c'était un automne. Octobre, novembre ? Les souvenirs se brouillent en même temps que le fil de mon histoire... Mamie allait revenir du Sud pour passer comme chaque année quelques mois à Paris.

Je savais qu'elle me poserait la question : « Où en es-tu ? » Si l'été, avec la distance, me permettait de tenir, me retrouver face à elle était une autre histoire. Comment lui dire que je me sentais incapable d'aller au bout de ce roman ? Comment lui dire que je ne supportais plus toutes ces ombres ? Ces hommes dont on n'avait jamais rien voulu nous dire et qui apparaissaient pour la première fois en pleine lumière ? Georges... Le fantôme de mon grand-père. Qui peu à peu me rattrapait. Qui peut-être la hanterait elle aussi, elle, mon héroïne.

Étais-je moi-même un fantôme ? Était-ce le destin des hommes dans cette famille ? Après tout, que savais-je de mon propre père à part ce que ma mère avait bien voulu me dire ?

« Ton géniteur », m'avait-elle dit. Père inconnu, père disparu. Père spectre. Comme tous les hommes.

PRINTEMPS 1952

Quand les frémissements du printemps commencent à se faire sentir et que les jours rallongent, Georges trouve une nouvelle boutique pour vendre ses Vespa dans le 17e arrondissement, rue Dautancourt. L'avantage est qu'au-dessus de cette boutique se trouve un appartement où tous pourraient enfin être chez eux ! Que Nicole est heureuse de traverser le pont, de quitter Asnières et sa mère… Le jour du départ, elle ne vient même pas la saluer et ils entassent leurs maigres affaires dans un petit camion.

Sa sœur, sa mère. Rien ne lui manque.

Leur vie s'annonce si belle… Sur la route, Nicole y pense avec gourmandise. Georges a eu un très bon prix pour la location de l'appartement. Il y a là une cuisine, des toilettes, mais pas de douche. Qu'importe, c'est du luxe en comparaison avec la chambre de bonne et Georges installera bientôt une cabine dans les toilettes. L'appartement est étroit mais il compte deux chambres, dont une assez grande pour Stéphanie et un nouvel enfant.

Car en même temps qu'ils faisaient leurs cartons pour quitter Asnières, Nicole a commencé à vomir. Ils sont allés voir le médecin et le verdict est tombé : enceinte, pour la deuxième fois.

Octobre 1952

Les mois passent mais un soir, pour la première fois, Georges ne rentre pas. Nicole tire le rideau seule et va libérer la nounou qui attend dans l'appartement au-dessus. Son ventre lui paraît plus lourd que jamais. Le temps est presque venu. Elle espère.

Elle couche Stéphanie et s'assoit sur le canapé. À cet instant elle sent de fortes contractions. Elle se perd dans des rictus de douleur… Elle se dit qu'il ne tardera pas.

Dans la soirée, les douleurs se calment. 23 heures, minuit. Mais où Georges peut-il bien être ? Elle prie pour qu'il ne lui soit rien arrivé. Elle pense à appeler ses amis mais se ravise. C'est ridicule de se mettre dans des états pareils. Il va rentrer.

Nicole s'endort finalement sur le canapé, près du poêle à bois qui la protège de la fraîcheur du début d'automne, Stéphanie dans ses bras.

Lorsqu'il rentrera à 7 heures du matin, Georges trouvera Nicole dans la même position. Il s'excusera pour son absence et réveillera tout le monde.

Il a trop bu avec les copains la veille, explique-t-il, et pour ne pas la réveiller, il a préféré dormir chez un ami.

Nicole accouche le lendemain de la petite Joëlle.

Printemps 1953

Nicole va avoir vingt et un ans et la voilà déjà mère de deux enfants. Les petites sont là, sans cesse, à brailler ou pleurer. Deux filles. Dieu merci Stéphanie commence à grandir mais Joëlle se charge de prendre le relais pour l'empêcher de dormir.

Pour l'une comme pour l'autre, elle suivra le rituel. Présenter à son père Henri le nouveau-né au cimetière du Montparnasse.

Le matin, Nicole se lève fourbue des nuits sans sommeil et des après-midi à tenir le magasin. Le quotidien est là, pesant, long. Qu'il a été lent à revenir, le printemps. Ces mois-là, ces mois d'hiver et d'attente, Nicole les hait plus que tout, un peu comme pendant la guerre. Les mêmes angoisses du froid et de la faim reviennent. Elle craint que ses filles n'aient à les subir. Elle a un mari, elle, pourtant.

Son anniversaire arrive en même temps que les bourgeons verts du printemps. Georges l'emmènera-t-il à Montmartre cette année ?

Le soir de ses vingt et un ans elle l'attend. Ils ont prévenu la nounou qu'elle devra rester plus tard ce soir-là car les amoureux sortent. Mais à 21 heures Georges appelle : il est retenu par un dîner avec un fournisseur. Il ne pourra jamais être à l'heure. Nicole soupire. Elle mange des œufs avec la baby-sitter. Joëlle pleure toute la soirée. Georges rentre à 3 heures du matin.

Le lendemain, ils dînent finalement dans un café de Montmartre près de la place aux peintres. Il fait moins froid, alors ils s'installent en terrasse. Ils parlent peu car Nicole n'a pas digéré le lapin de la veille. Georges se goinfre et boit sans mesure. Nicole doit le soutenir tout le chemin retour.

Elle songe à sa mère... Son départ, au lieu de les rapprocher, n'a fait que tendre davantage leurs rapports. Certes, de temps à autre, elle se rend à Asnières avec les filles. Elles partagent une tasse de thé, mais jamais Isabelle ne lui pose de questions. Ni sur Georges, ni sur leur commerce, ni sur leur vie. Plantée au centre de ce lugubre salon, elle se borne à lui parler des enfants et de la météo, les traits tirés, les cheveux déjà grisonnants. Parfois tout de même, un sourire, un rictus plutôt, quelque chose de lointain, d'abîmé, une expression d'outre-tombe vient déchirer le visage d'Isabelle.

Puis Nicole repart avec les enfants. Il arrive qu'Isabelle les raccompagne jusqu'à la porte. C'est rare.

Il y aura bien ces vacances à la mer, en Bretagne. Les premiers jours, les meilleurs, quand on oublie tout, que le quotidien semble à jamais disparu, qu'on se rappelle des premiers instants d'amour. Les filles dorment dans leur chambre, Georges et Nicole sont sortis. Ils marchent face à la mer, main dans la main ; il fait beau et doux. Pas de vent mais de quoi respirer tandis que le reste du pays suffoque. Georges porte une chemise blanche et un pantalon de toile de la même couleur. Une chemise dont il a relevé les manches, laissant deviner ses avant-bras musclés que Nicole aime tant.

Après le dîner, ils mangent une glace sur le port et Georges la fait danser face aux bateaux. Les gens se retournent sur eux.

Quand ils rentrent à la maison, ils boivent du rhum et rient jusque tard dans la nuit. Nicole a envie de lui. Ils font l'amour sur le sofa. Enfin, ils se perdent à nouveau, ensemble, sans enfants, sans bruit, sans rien d'autre que leurs corps mêlés. Jouissance de son sexe, de ses doigts, de sa langue.

Et lui si fin, lui si grand, elle les seins pointant contre son corps et la sueur qui les unit dans l'étreinte lente puis rapide. Brutale et émerveillée ; eux qui dorment, enlacés.

Joie. Et lui qui lui murmure à l'oreille qu'il l'aime et qui le lui répète encore et encore dans la pénombre.

Elle qui ferme les yeux.

Années 2000

De tout temps mon père a été mort ; mon père ou plutôt mon géniteur car je le répète, je n'ai jamais pu l'appeler « père ». Ma mère l'a toujours refusé.

J'ai donc grandi entouré de femmes, ma mère bien sûr, centre du monde, centre de tout. Ma mère jeune et belle, brillante avocate, travaillant sans cesse mais toujours là pour moi.

Et mes nounous dont j'avais interdiction de retenir le nom ; il n'y avait qu'un prénom que je pouvais prononcer à foison, sans limite, sans frustration : Stéphanie. Mon patronyme aussi, Lamour ; on avait suivi la tradition familiale : je portais le nom de la mère.

L'appartement du boulevard des Invalides sentait la rose, les bougies dissipaient les odeurs du chien qui dormait dans le grand couloir. Les draps étaient toujours propres et repassés et j'avais mes yaourts maison. Ceux que ma mère faisait pour moi, des yaourts à la fraise que j'étais le seul à pouvoir manger.

Je me souviens du lit à baldaquin rose que ma mère m'avait fait confectionner et qu'elle fermait tous les soirs, comme si j'allais m'envoler.

Elle venait m'embrasser, déguisée en fée, avec sa baguette magique : elle éteignait la veilleuse. Elle me racontait des histoires de princesses héroïques sur leur cheval qui sauvaient le monde. Les sujets du royaume étaient aussi des femmes ; c'étaient des mondes de cocagne et de fleurs, bordés par le soleil, des mondes où le méchant était un homme que la princesse finissait par terrasser en lui arrachant le sexe. J'en avais un peu honte, de mon sexe ; quand nous prenions le bain je le cachais. J'avais peur qu'elle me le vole, ma mère. La vue de mon sexe la faisait toujours rire. Et moi aussi je riais.

Parfois ma mère me disait qu'elle avait rêvé d'avoir une fille mais qu'avec moi elle était la plus heureuse des mères du monde.

Une harmonie totale régnait, nous étions bien. Il ne pouvait en être autrement.

Seuls les moments d'absence de ma mère étaient source d'angoisse ; je craignais qu'elle ne revînt pas. Parfois, elle me laissait sortir avec la nounou, non sans mille précautions d'usage. Le dehors était source de dangers multiples (« les agressions se multiplient à Paris ces derniers temps », disait-elle ; elle le dit encore). Il fallait se méfier des violeurs, des tueurs, des fous... Quand mes pauvres nounous m'emmenaient promener cela ne durait jamais bien longtemps. Elles me ramenaient aussi vite que possible et téléphonaient au cabinet d'avocat.

– Tout s'est bien passé, madame.

Quand elle n'était pas là pour me faire dîner, la nounou me lavait, me couchait et j'attendais, fébrile, son retour.

Je craignais qu'elle ne rentre pas.

Mais elle rentrait toujours.

Elle me rejoignait et me racontait sa journée jusqu'à ce que je m'endorme. J'étais au fait des multiples affaires dont elle s'occupait, de ces femmes qu'elle avait sauvées, car ma mère sauvait tout le monde ; moi-même je le serais par elle, disait-elle.

Les hommes ne savaient pas faire ça ; sauver.

Je m'endormais, serein, heureux et sauvé.

Pour un enfant de huit ans, ce n'était déjà pas si mal.

Septembre 1953

Les nausées, les vomissements. Nicole est une habituée. Aussi n'a-t-elle pas le moindre doute : elle est enceinte pour la troisième fois. Au médecin, elle ne posera qu'une seule question :

– Y a-t-il une chance que « cela » soit un garçon ?

Le médecin lui répond qu'il n'y a pas de moyen de le savoir, sauf à être le bon Dieu. Nicole rentre à la maison pour annoncer la nouvelle à Georges mais Georges n'est pas là. Le magasin est même fermé et Nicole se hâte de l'ouvrir. Elle y passe l'après-midi et réalise de nombreuses ventes. 20 heures, elle ferme et monte à l'appartement pour libérer la nounou.

– Est-ce que monsieur est passé ? Est-ce qu'il a appelé ?

– Non madame.

Nicole baigne les deux petites, leur prépare à manger et les met au lit. Elle n'a pas faim, elle ne mange pas. Elle écoute la radio, sent la fatigue monter. La colère aussi. Cette colère dont elle ne veut pas entendre parler, cette frustration, ce sentiment d'enfermement. Être là dans cet appartement et ne pouvoir en sortir. Elle regarde par la fenêtre, la rue, les gens... Elle les envie de n'avoir pas comme elle toutes ces responsabilités. Est-ce donc cela un destin de femme ? Attendre comme une cruche, ne rien pouvoir faire ou dire ? Procréer et se taire ? Être encore et toujours la seconde d'un homme ?

Oui, c'est ça. Je suis bien conne, je suis bien comme ma mère, dit-elle en serrant les dents de rage.

22 heures. 22 h 30.

Nicole vole une cigarette dans l'étui de Georges. Elle n'aime pas fumer mais cela lui donne l'impression qu'elle n'est pas seule.

Enfin elle entend la clé de la porte tourner, puis la clé tomber, et à nouveau la clé qui tâtonne. La porte finit par s'ouvrir.

Georges, qu'elle n'a pas vu de la journée, titube dans la pièce. De son canapé elle peut sentir l'odeur qu'il dégage, un mélange d'alcool et de tabac. Elle ne se lève pas. Il lui sourit à peine et part s'échouer sur le lit, pris d'un soudain ricanement.

Années 2000

JOËLLE

Avec Stéphanie nous courions souvent dans l'escalier, maman à nos trousses. Combien de fois nous a-t-elle interdit de courir ?

J'étais la plus petite alors je ne tardais pas à être rattrapée par Stéphanie. Ce jour-là je portais un duffle-coat. Arrivée à ma hauteur, Stéphanie m'a saisie par la capuche. J'ai résisté de toutes mes forces jusqu'au moment où Stéphanie m'a lâchée.

Je ne te raconte pas… Je me suis fracassé la tête en tombant des escaliers ; mon menton s'est ouvert sous la violence du choc.

– C'est sa faute ! Elle passe son temps à me faire suer, a dit Stéphanie en guise de justification.

Quand maman m'a ramassée, en sang, j'ai hurlé. Elle a menacé Stéphanie.

– Tu verras quand je dirai ça à ton père.

Ta mère s'est retenue de rire et elle a levé les épaules.

– Mais qu'est-ce que Georges a fait quand il a su ce qui s'était passé ?

– Ah rien. Bien entendu. Georges n'a jamais rien fait nous concernant. Mais tu le sais, non ?

Novembre 1953

Son ventre s'alourdit de jour en jour mais Nicole ne s'en préoccupe pas. Il n'est pas question que cela l'empêche de vivre ou de faire ce qu'elle a à faire.

Elle marche le long de l'avenue de Clichy, à la recherche d'une idée pour le dîner du soir. Pour une fois, Georges a convié des amis et c'est si rare que Nicole ressent une certaine pression.

Il commence à pleuvoir sur l'avenue, une pluie fine et pénétrante. Nicole frissonne. Comme l'avenue monte légèrement au moment de tourner vers la place de Clichy, Nicole sent son souffle lui manquer ; elle fait une pause. Elle voit une femme qui attend sous un porche d'immeuble à sa gauche ; une femme blonde très fardée, au sourire enjôleur. Quel âge a-t-elle ? Le même que Nicole, sans doute… Cette femme est extrêmement belle, malgré sa jupe noire en cuir, très courte, malgré le côté outré de son apparat, de ce petit haut blanc qui laisse ressortir la chair rose de ses seins.

Elle reste là plusieurs minutes à la contempler sous la pluie, mais la fille ne la remarque pas. Elle est trop occupée à sourire aux hommes qui passent, à leur glisser de petits mots. Elle finit par arriver à ses fins avec un jeune échalas roux. Il passe d'abord sans la voir, pris dans ses pensées. Puis la voix de la fille se fait plus insistante.

– Viens mon grand, j'habite là-haut.

Quand le regard du jeune homme se pose sur elle, tout change. Cela ressemble à un éclair, comme une braise qui s'allume dans ses yeux. Il s'approche d'elle. Elle lui prend la main.

– Viens, tu ne vas pas le regretter.

Il se laisse guider vers l'immeuble. Nicole commence à les suivre, entre derrière eux... Et les suit jusqu'à la deuxième porte du hall. Le roux et la blonde ne lui prêtent aucune attention. La fille rit, tenant l'homme par la main qui semble paralysé par elle. Ils montent deux étages, Nicole les suit encore, puis la porte se ferme sur le parfum de la fille qui depuis la rue l'enivre. Cette créature à l'odeur magique dont Nicole ne connaît pas même le prénom. Sauvage. Violente. Presque masculine.

Elle colle son oreille à la porte. Elle les écoute quelques instants, puis finit par redescendre. Elle remarque alors la cage d'escalier miteuse, défraîchie, le tapis rouge troué, tout ce qu'elle n'a pas vu en suivant la femme.

Alors qu'elle longe l'avenue de Clichy pour aller chez le boucher, elle se rêve aussi en blonde séductrice. Elle marche, la tête haute, sourit aux hommes qui passent, leur disant bonjour. Oui, en avançant sur l'avenue, elle se rêve comme cette femme, à faire payer les hommes. Puis elle arrive devant la boucherie, se souvient du couple d'amis qu'ils ont à déjeuner. Georges lui a suggéré d'acheter deux entrecôtes pour « les hommes », les femmes prendraient « autre chose ».

– Qu'est-ce que je vous sers avec les entrecôtes ? lui demande le boucher.

Nicole réfléchit une minute. Puis elle le regarde bien droit dans les yeux.

– Deux autres entrecôtes, s'il vous plaît. Et auriez-vous de la sauce béarnaise ?

Années 2000

Nous en sommes au huitième aller-retour et enfin la possibilité de voir mon premier roman en librairie devient réelle.

C'est au mois de mai, je crois, quand Caroline m'a envoyé un mail court mais clair, comme elle seule sait les écrire, que je l'ai compris.

« Bien lu ta dernière version. À quelques corrections près cela correspond à la version finale. Ton premier roman sera publié au mois d'octobre. »

J'ai profité de cette réponse pour lui proposer de nous revoir. Elle m'a répondu un mois plus tard en me proposant un rendez-vous à son bureau qui se trouvait encore, dans ces temps où les maisons d'édition gardaient pour elles la gloire des belles adresses, quai Voltaire.

Il est midi et l'eau de la Seine semble s'agiter tandis que sur les quais quelques amoureux s'enlacent. Un peu plus loin, des étudiants mangent un sandwich. Le ciel est très bleu, j'ai envie d'aller dépenser l'argent que je n'ai pas dans une boutique de vêtements de la rue de Seine puis de m'affaler à je ne sais quelle terrasse.

Mais Caroline m'attend.

L'immeuble pénètre de sa carrure imposante le quai Voltaire qui fait face au Louvre. Il ressemble à Caroline.

Fort, insaisissable, grand.

Certes une année est passée depuis notre rencontre et notre relation a évolué mais je garde pour elle une forme de crainte ou de réserve.

J'ai passé l'accueil, une jeune standardiste aux cheveux gras l'a fait prévenir et j'ai monté les trois étages qui mènent à son bureau. Je me suis assis dans le hall d'entrée. J'ai entendu la voix tonitruante et lointaine de Caroline, ses talons qui claquent, et elle a débarqué dans le couloir, téléphone greffé à l'oreille, devancé par Daniela et deux autres chiens du même genre. Elle m'a fait de grands signes en levant les yeux au ciel, « j'arrive, j'arrive » a-t-elle murmuré avant de repartir vers son bureau.

La conversation s'est éternisée. Caroline a dû fumer quatre ou cinq cigarettes et son assistante, dont le bureau est dans le couloir, a mis son châle noir sur le nez en guise de résistance.

J'ai soudain entendu Caroline hurler, ce qui signifiait que la conversation allait bientôt s'achever.

– … Enfin, comment te le dire pour que tu comprennes, Louis ? Ton livre est mauvais. Tu veux que je fasse un poème en alexandrin pour mieux te l'expliquer ? C'est de la bouse de vache en barre ton manuscrit, il n'y a rien. Tout est à refaire. Si tu sors ça, tu te feras fusiller en place publique et moi aussi.

Une pause.

– … Mais que me chantes-tu là ? Je me fiche que ton dernier roman se soit vendu, par miracle entre nous, c'est fini le dernier, tu comprends ? C'est une autre vie, le dernier, c'est oublié. Les compteurs sont remis à zéro. Il faut que je sente ton cœur battre dans l'écriture, quand tu me parles des vestiaires du foot je veux que ça sente la chaussette, quand tu me racontes ta rupture…

Autre pause.

– … Oui d'accord, « la » rupture du « personnage »…

Ultime pause avant l'assaut final. Ennemi acculé, épuisé.

– … Mais je me fous de ton écriture de bourgeois coincé dont le seul souci est de savoir si le Naturalia de Saint-Germain-des-Prés sera bien ouvert le dimanche matin, OK ?!

Un objet a volé au sol avec fracas et la conversation s'est arrêtée. Sa voix a fendu l'air.

– LUCAS. VIENS.

Je suis arrivé en courant dans son bureau, essoufflé, en tortillant une vieille cigarette entre mes doigts.

– Assieds-toi, je vais chercher un café. Tu en veux ?

– Oui, merci.

Elle a marché à pas rapides hors de son bureau en claquant la porte, ce qui a fait voler les feuilles, les dizaines de feuilles, qui gisaient sur son bureau couvert par des dizaines de livres, un téléphone fixe d'un autre temps, un panier de chien, une bougie, des contrats, un chéquier et des préservatifs parfum fraise.

Je me suis retrouvé seul, entouré de ses trois chihuahuas. Assis tout autour de moi en arc de cercle les chiens me regardaient fixement et je me suis pris à m'imaginer lentement dévoré par leurs petites dents.

Quand l'un d'eux a sauté sur moi, j'ai sursauté et je l'ai repoussé illico. Il est tombé les pattes en l'air sur la moquette blanche en poussant un petit cri. J'ai prié pour ne pas l'avoir tué. J'ai détourné le regard. Par la vitre on voyait la Seine, les Tuileries et le Louvre. La fenêtre était à moitié ouverte ; sur le rebord un énorme cendrier rempli à ras bord. Une minute, j'ai été tenté d'aller y fumer une cigarette mais le bruit des pas de Caroline m'a cloué sur place.

Elle m'a jeté un café ristretto sur le bureau avec un bout de sucre et une cuillère.

– Alors qu'est-ce que tu veux ? a-t-elle demandé en s'allumant une Vogue.

J'ai envisagé un instant de ne pas lui parler de mon projet, ce n'était pas le bon jour, mais un de ses chihuahuas m'a à nouveau sauté dessus. Me sentant observé, j'ai pris sur moi de le caresser et même de l'embrasser sur la bouche. Il m'a léché et j'ai dû m'arrêter de respirer pour ne pas avoir à subir la fétidité de son haleine.

– Mais qu'ils sont mignons ! s'est radoucie Caroline. Tu as bien reconnu Daniela, a-t-elle dit en lui touchant la tête, oh qu'elle est belle ma fille ! Et je te présente ses deux frères, Honoré et Emmanuel. Ils commencent à peine à être propres et à faire leurs nuits.

Caroline s'est levée.

– Mais je manque à tous mes devoirs, je ne t'ai même pas embrassé, mon petit Lucas.

Elle est venue à moi, m'a pris dans ses bras, avant de faire de même avec ses trois chihuahuas.

– Tu sais comme je les aime... Je les aime comme mes enfants, je les aime comme toi, Lucas.

J'ai pris cela pour un compliment. Puis Caroline a retrouvé son ton habituel en écrasant sa cigarette et en allumant une autre.

– Alors que puis-je faire pour toi ? On s'est tout dit sur *Et pour toujours ce sera l'été*, non ?

Pendant quelques secondes j'ai laissé le silence s'installer. Devais-je lui dire maintenant ?

J'ai regardé autour de moi, j'ai vu les innombrables photos de Caroline avec toutes les stars de la littérature dont elle s'occupait, sa bibliothèque, ses murs jaunis par la nicotine, le canapé de velours rouge et mou. Puis je me suis lancé, me rappelant cette phrase de Talleyrand : « On ne croit qu'en ceux qui croient en eux. »

– Écoute, j'ai une nouvelle idée de roman... Enfin je veux dire pour le roman d'après, le deuxième.

– Ah... Et ?

Je lui ai raconté ma grand-mère, l'une des premières féministes, femme chef d'entreprise, divorcée, libre...

– Intéressant, a-t-elle commenté en bayant aux corneilles et en pianotant sur son téléphone.

J'ai compris qu'il fallait que j'y aille à la tronçonneuse pour capter son attention, quitte à en rajouter (un peu).

– Et donc ? Quoi d'autre ? a-t-elle dit en se grattant l'œil gauche.

– Eh bien, c'était aussi le genre de femme qui pouvait dire à sa fille de dix-sept ans qu'elle avait un sexe gigantesque et que par conséquent la taille du sexe masculin devait être adaptée au sien.

Caroline a oublié ses chiens pour se concentrer sur le son de ma bouche.

Et la cendre de sa cigarette, qui s'était consumée seule, s'est étalée sur son bureau de verre.

Juin 1954

Nicole accouche de nouveau d'une fille. Bella. Une enfant chétive qu'il faut veiller nuit et jour. Dès qu'elle peut, pourtant, Nicole retourne travailler au magasin. Georges n'est jamais là, mais l'un de ses amis, Boris, passe régulièrement la voir. Il la complimente : personne ne pourrait penser qu'elle vient d'avoir un enfant. Elle lui sourit, lui demande des nouvelles de Jeanne, son épouse.

– Nous pourrions aller boire un verre, qu'en dis-tu ? lui demande-t-il un soir.

– Je ne peux pas, je suis désolée, j'ai trop de travail et il y a les enfants et Georges…

Nicole sent qu'elle en a trop dit.

Il approche sa main comme pour la lui prendre, mais se ravise.

– Un autre jour alors ?

Une question qui sonne comme une affirmation.

Nicole baisse les yeux.

*

Pourtant, depuis la naissance de Bella, les journées semblent plus douces.

Georges s'excuse de son comportement. Oui, il sait que c'est dur pour elle, oui, il va faire un effort. Nicole l'écoute en silence d'autant qu'elle ne lui a rien demandé. Peut-être a-t-il senti la distance qu'elle instaure avec lui, ce danger ? Ou bien cela vient-il de ses parents ? Baba et Dziadek qui l'apprécient tant. Baba qui se préoccupe de Nicole et lui a trouvé l'autre jour mauvaise mine.

Ses lunettes noires sur le nez, Georges propose une promenade au parc Monceau. Il pousse la petite famille dans le bus, la main de Nicole dans la sienne.

Il est beau tout de même, pense-t-elle, avec son blouson noir, ses cheveux blonds, sa courte barbe. Il lui arrive encore d'être fière de son homme.

– Où aimerais-tu partir en vacances ? lui demande-t-il.

– Je ne sais pas, je vais réfléchir.

– Et vous les filles ?

Les deux grandes ne répondent pas, Stéphanie devient toute rouge, tant elle n'est pas habituée à ce que son père lui parle.

Au parc ils marchent, main dans la main, tandis que Georges pousse le landau. Des enfants jouent partout, avec des parents comme eux. C'est dimanche. Georges embrasse Nicole plusieurs fois. Elle sent l'odeur forte de son parfum. Ils s'arrêtent au manège des chevaux de bois, Georges paie un tour aux filles pendant qu'ils restent à les regarder avec la petite dernière.

Plus loin, ils s'installent près du bac à sable.

– Repose-toi sur le banc, lui dit Georges. Je vais faire du toboggan avec les filles.

Nicole les regarde jouer ensemble.

Sa tête se perd dans les nuages ; un instant elle oublie le monde. Quand elle tourne les yeux, c'est pour voir Bella tomber la tête la première sur le sol. La petite fond en larmes.

Georges reste là, l'air un peu hébété, surpris. Nicole accourt.

On rentre à la maison. On ne parle plus.

Ce soir-là, Georges dîne avec sa femme et ses filles.

Puis :

– Je sors, pas longtemps.

– Oh non, tu avais juré que...

– Pas longtemps, je te dis. Pas longtemps.

Et la porte claque.

Le sang de Nicole bat à ses tempes, cette colère qui monte et qui lui tire le dos. Elle ne dort pas. Elle attend.

Des heures.

Et finalement.

À 4 heures du matin elle entend du bruit. Une voiture qui s'arrête devant la maison. Elle se lève.

Un homme descend. Elle reconnaît la silhouette de Georges qui sort du taxi. On le retient de la main. Il ressort, une femme le suit. Ils titubent. Ils s'embrassent. Puis Georges la remet dans le taxi et rentre dans l'immeuble.

Il n'y avait que des photos de moi à la maison. De moi et de Stéphanie, enfin de moi et ma mère.

Aucune photo de Georges. Comment pouvait-il en être autrement ? Ce n'était pas que Georges était absent ou mort, c'était que Georges n'existait pas. Il n'y avait que ma mère et il n'y avait que mamie.

Il était rare qu'un homme mette les pieds à la maison ; mais lorsque ma mère avait un amant il m'était impossible de l'ignorer. J'avais beau avoir neuf ou dix ans, maman me racontait tout de ses relations. Elle souhaitait, disait-elle, avoir mon avis. D'un mot je pouvais tuer ou adouber les hommes de sa vie. Maman « ne tolérerait pas » que je me sente mal à l'aise avec l'homme partageant son quotidien.

C'était ainsi qu'elle ne l'avait partagé avec personne d'autre que moi.

Quand maman rencontrait quelqu'un elle sortait d'abord avec lui, une fois ou deux, au restaurant. Puis elle l'invitait à dîner à la maison pour ce qu'elle appelait le « grand oral ». Elle revêtait alors de nouveaux vêtements achetés pour l'occasion, elle sortait mes mocassins, m'emmenait chez le coiffeur. Nous faisions les courses ensemble, des huîtres en entrée, du champagne (et du coca pour moi), de la sole en plat et un gâteau au chocolat confectionné par nous deux.

L'homme arrivait vers 20 heures. Je l'attendais, assis dans le canapé, à manger des chips et des blinis au tarama, pendant que maman terminait de préparer le dîner.

Il entrait. Maman lui enlevait son manteau, lui demandait d'ôter ses chaussures et le faisait asseoir près de moi.

Conformément à ce que j'avais appris, je parlais tout de suite d'histoire (à neuf ans, j'étais un grand spécialiste de Louis XVI et des nazis).

Dix minutes plus tard, ma mère arrivait avec le champagne et un coca citron pour moi.

– Qu'il est cultivé ton fils..., s'extasiait immanquablement l'homme.

Je souriais.

L'entrée arrivait. L'homme me parlait toujours plus qu'à ma mère, comme s'il avait compris que c'était moi qu'il fallait séduire. Il m'interrogeait sur mon école, sur mes copains, sur ce que je voulais faire plus tard.

– Vétérinaire, disais-je d'un air des plus sérieux. Il faut donc que je sois très bon dans les matières scientifiques.

– Très bien, acquiesçait l'homme.

– Vous avez vu (ma mère a toujours vouvoyé les hommes avec lesquels elle sortait) comme mon fils est merveilleux.

Et elle se levait pour m'embrasser le front.

L'homme espérait souvent un baiser d'elle, qui ne venait pas.

– Je ne ferai jamais ça devant mon fils, expliquait-elle à ses amies.

Quoi qu'il arrive, après le dessert et l'infusion brûlante, l'homme était raccompagné à la porte et ma mère et moi buvions une autre infusion brûlante.

– Qu'en penses-tu ? me demandait-elle les yeux grands ouverts, l'air grave.

– Je le trouve agréable, mais...

Ce « mais » signait l'acte de décès du prétendant. Je trouvais des mots savants pour le décrédibiliser. Je me souviens de l'un d'eux, dont j'avais été extrêmement fier : « Je n'aime pas cet homme. C'est un *couard*. »

Ma mère avait applaudi des deux mains. « On ne va pas s'ennuyer avec un connard qui prendra toute la place dans le lit et mettra des poils de cul dans la baignoire. »

Et elle poursuivait, quelques jours plus tard.

« Je te le dis, ma petite merveille, il n'en peut plus d'attendre mais je m'en contrefiche de ses avances. Ah ça non je ne céderai pas. Jamais. Il faudra qu'il m'emmène au Bristol s'il veut quelque chose mais il n'a pas un rond. Ah ça, je peux te dire qu'il va se la mettre dans la glace celui-là. Il ne va pas m'emmerder. »

Et elle riait, ravie de son bon mot.

J'imaginais alors mon « zizi ». Dans la glace.

Juillet 1954

Le lendemain Boris passe voir Nicole au magasin, comme chaque jour.

Il lui raconte l'opéra sur lequel il travaille, lui fait même une démonstration de sa voix de baryton. Il chante si fort que les poils de Nicole se dressent sur ses bras. Il lui propose de sortir le soir pour un verre.

– Avec Jeanne ? demande Nicole.

– Non, juste tous les deux. Jeanne est prise.

La réponse de Nicole fuse, sans qu'elle ait vraiment réfléchi.

– D'accord, alors 21 heures, devant chez moi.

Boris reprend sa moto, sourire aux lèvres. En partant il effleure la paume de sa main qu'elle a laissée ouverte, comme une bohémienne attendant une offrande.

Nicole ferme plus tôt ce soir-là, dès 19 heures, peu après que Georges est passé au magasin pour s'excuser de son absence. Il a un autre « rendez-vous », un dîner d'affaires.

– Très bien, répond Nicole. À tout à l'heure.

Elle remonte à l'appartement, demande à la nounou de rester pour la soirée, se prépare, prend une douche et à 21 heures descend retrouver Boris.

Ensemble ils marchent jusqu'à la place de Clichy puis prennent la rue Caulaincourt pour rejoindre Montmartre. Boris raconte des blagues, chante. Nicole doit se tenir les côtes tant elle rit. Les gens le regardent. Il y a chez Boris quelque chose d'à la fois spectaculaire et de mystérieux, ce je-ne-sais-quoi d'incernable, disséminé dans ses yeux noirs.

Quand ils parviennent à Montmartre après la longue montée, Boris emmène Nicole dans tous les cafés qu'il connaît. Il y a partout des orchestres, on danse, on boit.

Souvent Boris monte sur la scène et fait retentir sa voix de baryton. Nicole fume en le regardant. Elle rêve, elle espère. Ce soir-là, ils boivent jusqu'à trois heures du matin, sans mesure, sans retenue, sans autre guide que leur joie d'être ensemble. Boris fait danser et tourner Nicole de ses grandes mains ; il ne demande pas, il fait, et Nicole peut sentir le désir de Boris contre elle et cette envie dévorante qui lui bouffe le ventre à elle aussi, leurs deux corps irrémédiablement attirés l'un vers l'autre.

Cela fait si longtemps.

*

– Je sais tout.

Jeanne n'a dit que ces trois mots avant de ressortir du magasin de Vespa.

– Je sais tout.

Fin juin. Dix secondes, trois mots.

Nicole se liquéfie sur place, rêve de pouvoir s'enterrer elle-même. Et elle repart, la petite femme de Boris, la petite femme aux cheveux bruns et blancs, au teint vitreux et aux tout petits yeux.

*

Le lendemain, Jeanne glisse un mot plus complet sous la porte de Nicole.

« Je sais tout. Tu arrêtes immédiatement, on n'en parle plus, on ne se voit plus et on continue la vie comme avant. Autrement je raconte tout à ta famille et aux voisins. »

Comment a-t-elle pu être aussi bête ? Des semaines à sortir avec lui, à l'embrasser dans la rue. Nicole n'a pas été prudente, elle le sait. Georges en fait autant mais Georges est un homme. Une mère de famille ne sort pas avec d'autres hommes. Elle attend à la maison le retour de l'aimé. Et elle se tait.

Quelle imbécile je fais, se répète Nicole.

Elle n'écoute pas les clients, elle n'écoute plus rien. Elle ne pense qu'à cela. Au corps de Boris auquel il lui faut renoncer. Qu'elle les aime ces sorties avec lui, ces heures d'amour à l'hôtel ou dans les parcs... Doit-elle partir, tout quitter pour lui ? Il n'en ferait rien lui-même, et l'aime-t-elle réellement ? Tout abandonner pour un amant de quelques semaines ? Lui en parler, le tester ? Non, elle ne demandera pas, elle ne demandera rien.

Le soir même elle descend devant chez elle à 21 heures. Boris l'attend.

– Ta femme sait tout, c'est terminé.

Boris tourne les talons sans ouvrir la bouche. Ils ne se reverront pas. Ils se croiseront parfois pendant l'été, une pointe de regret dans le regard. Mais Nicole n'oubliera jamais qu'il n'a pas prononcé un mot pour la retenir.

Années 2000

C'est une phrase de ma grand-mère qui a tout déclenché. Une phrase alors qu'elle me parlait de sa vie avec Georges et que je lui demandais s'il était vivant ou mort et où il pouvait bien être.

– Mais enfin je n'en sais rien ! Tu m'ennuies à la fin à toujours me parler de lui ! Écoute, s'il était mort je le saurais et il y aurait un héritage, j'étais quand même sa femme. Maintenant laisse-moi continuer et n'en parlons plus.

À cet instant cela m'est apparu comme une évidence. Une question qui brillait face à moi depuis le début mais que j'avais préféré ignorer.

Pourquoi Georges n'avait-il jamais la parole ? Pourquoi personne n'avait-il jamais essayé de le comprendre ?

Pourquoi continuer à accepter, quelles qu'aient été leurs défaillances, que dans cette famille on puisse ainsi effacer les hommes ?

Ces questions, ces mots, résonnaient en moi comme en écho du vide ; ce vide laissé par mon propre père dont je ne savais pas même le prénom.

Août 1954

Georges consacre le mois d'août à transformer une Vespa en tuk-tuk fermé sur lequel il pourrait faire monter ses trois filles. À la fin de l'été, la famille part en vadrouille au parc de Saint-Cloud. Ils aiment regarder le soleil se coucher. Le crépuscule est beau et puissant.

Georges joue au milieu de ses filles, à quatre pattes. Nicole les observe, silencieuse.

Puis ils rentrent rue Dautancourt et Georges sort, jusque tard dans la nuit. Comme toujours.

Rien n'a cessé.

Le mois de septembre arrive, les traits de Georges se tendent. Il boit de plus en plus.

Des hommes en noir, des huissiers se présentent toutes les semaines au magasin. Nicole tente d'en savoir plus. On lui répond qu'elle n'a qu'à voir cela avec le chef de famille.

Mais Georges n'est pas plus loquace avec sa femme.

Ce n'est qu'à la fin du mois d'octobre qu'il lui annonce la nouvelle, le visage défait.

Le magasin va fermer définitivement ses portes.

Ils doivent quitter la rue Dautancourt.

*

De ces instants Nicole ne garde en tête qu'un halo de brume.

Les meubles, la vaisselle, les cartons qui pour certains n'ont même pas été déballés depuis leur arrivée. Nicole flotte rue Dautancourt. Ses enfants courent autour d'elle. Elle se sent si seule ; où est-il encore ?

Ils ont vidé le magasin et organisé une semaine de soldes pour écouler la marchandise restante, les trois derniers scooters, les casques, les cadenas… Pourquoi partir, pourquoi tout cela doit-il aller si vite ? Et ses clients, Nicole les aime même si cela n'a jamais été son magasin. Ils viennent tous en nombre et répètent eux aussi : « Pourquoi ? » Georges a toujours la même réponse. C'est de la faute des gosses de riches qui n'aiment plus les Vespa, « ah les affaires, les affaires », répète-t-il à l'envi.

Nicole cherche à savoir. Elle demande, chaque jour, chaque heure à son mari de lui expliquer les raisons de cet échec. Jamais elle n'obtient satisfaction.

Il baisse les yeux, serre les dents et lui lâche, rarement, quelques mots ; toujours les mêmes :

– Il y a des choses que tu n'as pas à savoir.

Et Nicole ne saura jamais. Au début du mois de novembre, elle se retrouve avec ses trois filles, son mari et ses cartons dans la rue, sans argent et sans toit.

Tout est à recommencer.

Décembre 1954

– J'ai une grande idée, tu vas voir, nous allons être riches, Nicole, nous pourrons prendre un grand appartement dans les beaux quartiers, bien mieux que la rue Dautancourt. Écoute-moi, c'est génial. Ça sera un numéro, mais un seul numéro, un numéro universel, tu vois...

– Oui je vois.

– Tu sais comme cela est difficile quand on cherche un plombier, un médecin, un électricien ou je ne sais quoi, on met toujours du temps et parfois on ne trouve pas, ou on trouve quelqu'un d'incompétent ?

– Oui...

– Eh bien avec ce numéro, ce numéro universel donc, tu trouveras tout ce que tu cherches : plombier, maçon, médecin, dentiste... Quel que soit le service que tu demandes, en appelant ce numéro, tu le trouveras... Tu comprends ?

– Oui, mais comment cela fonctionnera ?

– Je vais d'abord créer un annuaire, c'est-à-dire que je vais répertorier, dans un premier temps sur Paris, tous les professionnels compétents de chaque secteur...

– Oui...

– Et quand j'aurai fait cela, j'embaucherai, enfin non pas tout de suite, je le ferai moi, enfin moi avec toi, on se débrouillera, on créera le numéro de téléphone, je crois que ça n'est pas si compliqué de créer un numéro de téléphone, un numéro simple que les gens retiendront, bref je t'expliquerai tout ça, c'est vrai que ça semble compliqué mais ça ne l'est pas... C'est révolutionnaire !

– Oui... Mais comment tu gagnes de l'argent avec ça ?

– On fera une campagne d'affichage dans Paris. Ce sera un numéro payant alors quand ils appelleront par milliers... Enfin bon, on verra bien, ça prendra tout seul, j'en suis sûr.

*

Quelques jours plus tard, Georges appelle Nicole d'une voix paniquée... Baba a été prise de vives douleurs au ventre.

Elle ne peut plus rester debout, elle ne peut plus faire à manger.

Le médecin vient plusieurs fois ; l'hospitalisation s'impose.

Le verdict tombe.

Cancer du pancréas.

Elle meurt une semaine plus tard, entourée de Georges, Léonard et Nicole.

On ne mangera plus les plats russes si gras et si bons. On ne verra plus jamais son énorme corps et ses mains calleuses et rassurantes.

Dans le couloir blanc de l'hôpital, Georges est accroupi, sanglotant, la tête dans les seins de Nicole.

Rien ne sera plus jamais comme avant.

*

L'enterrement a lieu au cimetière du Père-Lachaise. Toute la communauté russe de Paris a fait le déplacement. Il pleut, il fait froid et pourtant une intense chaleur se dégage de cette foule compacte.

Léonard pleure, on lui tend des petites fioles de vodka qu'il avale cul sec. Georges l'imite.

Baba retourne à la terre et un de ses vieux amis entonne une chanson triste. L'enterrement s'achève. Nicole sent que l'air lui manque.

Les enterrements lui sont insupportables. Ils la ramènent à 1942, à son père. Tout la ramène toujours à lui et elle le voit flotter dans les allées du cimetière, spectre de feu.

Elle n'a pas envie de rentrer tout de suite. Elle veut marcher. Seule.

– Allez-y, dit-elle à Georges et Léonard. Je vous rejoins plus tard. Je ne me sens pas très bien.

Les deux hommes ne lui posent pas de question, trop pressés d'aller noyer leur tristesse au bar du coin, à la sortie du cimetière.

Nicole traverse Paris, du Père-Lachaise jusqu'à la Bastille, puis s'engage rue de Rivoli. Elle se sent soudain revenue quelques années en arrière lorsqu'elle arpentait les rues pour trouver du travail. Elle ressent un peu de cette tendre liberté qui lui semble si ancienne. Nostalgique à vingt-deux ans, la belle affaire, se dit-elle en frissonnant sous le vent glacé.

Trois enfants. Plus de travail pour avoir accepté de sacrifier le sien à son mari. Est-elle déterminée à revivre toujours les destins des autres femmes, à commencer par celui de sa mère ? Vivre pour et par un homme, subir ses échecs, profiter de ses réussites... À quoi bon tout cela ?

Nicole sent à nouveau que l'air lui manque au niveau des poumons. Pourquoi avoir quitté la geôle d'Asnières si c'est pour se retrouver dans cette autre prison ?

Au niveau du Louvre, elle traverse la Seine pour se retrouver rue des Saints-Pères. Elle ne sait pas pourquoi mais elle a toujours aimé cette rue. La rue de Seine, la rue de Lille et tout ce qui se rapproche de la tour Eiffel. Un jour elle vivra ici. Elle remonte la rue jusqu'à hauteur du boulevard Saint-Germain.

Un instant elle oublie Georges, ses filles, sa vie, la mort... Elle s'arrête pour contempler le ciel.

C'est cela qu'elle veut. Contempler le ciel à sa guise. Décider. Elle aimerait partir immédiatement, prendre un train ou un avion.

Fuir.

Boulevard Saint-Germain elle regarde les arbres déjà nus de l'hiver qui vient. Quelques feuilles résistent encore. Elle se colle à un tronc, elle en respire l'odeur d'écorce. Elle rêve d'un lieu où il n'y aurait que des arbres et de l'eau salée, des fleurs, des animaux. Un lieu de solitude et de repli où l'on pourrait se contenter de vivre.

Nicole remonte le boulevard, elle a envie d'un café. Au Flore peut-être ? Et si elle y croisait cette femme dont tout le monde parle, Simone de Beauvoir, et tous ces intellectuels qui la font rêver !

Elle hésite. Ils ont si peu d'argent… Oh et puis zut.

Elle y va.

Mais c'est devant la librairie qui jouxte le café qu'elle s'arrête car un attroupement s'y est formé.

Elle se fraye un chemin, elle entre. Une queue immense s'étend sur toute la longueur de la librairie. Des dizaines de personnes attendent, des livres à la main.

Au milieu de l'immense pièce remplie d'ouvrages, trône une affiche aussi grande que son héros. Et une couverture de livre, blanche, sobre, belle. À son image.

Charles de Gaulle
L'Appel
1940-1942

Elle n'en croit pas ses yeux, elle délire. C'est impossible.

Mais non. Même au bout de la librairie on ne voit que lui. Sa haute taille, bien droite, son nez proéminent, sa force.

Nicole manque de se sentir mal ; le souvenir de ses règles, sur les Champs-Élysées, lui revient. L'image de la guerre, des batailles, de Londres, de son père. De Gaulle en parle sûrement... Henri deviendra célèbre ! Il lui faut ce livre. Elle cherche dans ses poches. Des francs, des francs... Mais elle n'a pas un sou. Plus rien.

Elle pourrait demander de l'aide ou en voler un... Oh non, ce serait grotesque. Elle se rendrait ridicule devant tout le monde et surtout devant lui. Il y aura d'autres livres. Elle reviendra. Ce n'est que le début de sa nouvelle vie.

LUNDI 20 JUIN 2016

« Bonjour, cher Lucas, c'est avec joie que j'ai reçu ton livre et j'ai été très émue par le petit mot que tu y as mis. J'ai lu ton premier roman en quelques heures. Quand on le commence on ne peut pas s'arrêter ! Pourtant je suis surprise, j'ai découvert une partie de toi que je ne connaissais pas du tout. Ce roman est à l'antipode de tout ce que je sais de toi. Je suis sûre que tu auras beaucoup de lecteurs et ce sera mérité car il est très abouti. J'espère tout de même que le livre que tu écris, notre livre, après tout ce que je t'ai raconté, décrira cette joie et ce bonheur que nous avons vécus. Encore merci et bravo pour ce premier roman qui aura certainement beaucoup de succès ! Et bon courage pour la séance de dédicace, c'est une consécration. Je t'embrasse très fort et je suis fière de toi, mon cher Lucas. Mamie. »

La consécration de la dédicace s'est passée à Paris en petit comité, cinq amis et la famille. Caroline n'était pas là. J'ai beaucoup bu ce jour-là pour oublier, et comme nous avions prévu quarante bouteilles, j'ai eu de quoi faire. Mon roman, lui, s'est vendu à quelques dizaines d'exemplaires mais j'ai fait comme beaucoup de primo-romanciers : j'ai menti.

– J'en ai vendu deux mille, ai-je affirmé, j'aurai pu en vendre plus mais la mise en place pour un premier roman, tu sais... Enfin je ne vais pas te raconter la cuisine interne...

Au cours de l'été, une autre séance de dédicace a été organisée à Ramatuelle (cette fois, il y a eu plus de monde, enfin une vingtaine de personnes, hors famille) et ma grand-mère s'est déplacée. Elle est arrivée avec son chien, dans un écrin de soleil. Sa présence m'a fait du bien. Par chance elle est partie suffisamment tôt pour ne pas me voir enchaîner les cafés pour combler l'ennui, finissant moi-même par racoler les passants qui venaient acheter leurs cigarettes ou prendre leur petit déjeuner à la terrasse ensoleillée du café de l'Ormeau, au centre du village.

Profitant de ces quelques jours sur place j'ai entrepris de lui laisser une première version du manuscrit, pour avoir son avis. C'était encore l'époque où j'avais besoin de sa validation.

Deux jours plus tard, elle m'a rappelé.

– Voyons-nous aujourd'hui, avant que tu partes.

À 16 heures, elle m'a fait asseoir dans un coin à l'ombre, un peu à l'écart de la roulotte, vers la plage.

– Écoute... Franchement le début est pas mal mais ensuite... Enfin, je ne vais pas te redire ce que je t'ai déjà écrit. J'ai tout noté, les changements qu'il faut faire, etc. Voilà, tu regarderas.

Dans le bus qui m'a ramené à l'aéroport, j'ai tout repris. Chaque page était annotée de son écriture massive et bleue. C'était même pire que Caroline ! Des morceaux entiers de texte avaient été effacés.

Une indication à la fin précisait : faire parler mon deuxième mari à titre posthume.

Son deuxième mari qui n'apparaissait pas encore dans le récit qu'elle avait lu.

C'est à partir de ce jour que j'ai décidé de ne plus lui faire lire quoi que ce soit.

Noël 1954

Pourquoi ce matin plus qu'un autre ? Est-ce l'ennui ou la tristesse ? Est-ce un instinct de survie ? Ou ces larmes de rage qui lui piquent les yeux en marchant dans cette matinée froide et brumeuse, à quelques semaines de Noël ? Est-ce Noël justement ?

Nicole ne supporte plus toutes ces vitrines lumineuses qui fleurissent rue de la Convention, tous ces appels à l'achat, ces magasins de jouets, ces magasins de bouffe, tout ce à quoi elle n'a plus droit. Chaque jour elle doit compter, chaque jour elle doit attendre son retour, se taire, craindre. Attendre. Attendre qu'il trouve un « vrai » travail qui leur permette de vivre. Se taire, ne pas oser dire « je pourrais travailler ». Ce blocage insidieux qui vient lui clouer le bec et cette impression infinie, insupportable, de ne pas pouvoir être elle-même. La croit-il stupide ? Ne comprend-il pas qu'elle sait, qu'elle sait tout ? Ils ne survivent que grâce au beau-père qui les entretient.

Ce vieux rustre de Léonard qu'elle doit supporter à longueur de journée avec les filles. Léonard et ses silences, Léonard et ses regards insistants au sortir de la douche, Léonard et son gros ventre… Léonard et… Ah que cet homme la dégoûte ! Il n'est plus le même depuis la mort de Baba. Elle avait tant aimé les débuts avec Georges, les colonies de vacances, les tentes, les premières rencontres avec ses parents… Que tout cela lui semble loin désormais ! Et alors que Nicole continue à marcher sans but vers la Seine, le vent redouble d'intensité et des grêlons commencent à tomber.

– Ça ne peut pas durer, se dit Nicole en chassant du pied les pigeons.

Alors lui revient une conversation le matin même à l'école de Stéphanie. Elle a entendu une femme parler d'un bureau de placement rue des Quatre-Frères-Peignot, un bureau qui aide les gens à trouver du travail.

Qu'a-t-elle à perdre après tout ? Les enfants sont avec le vieux, il les gardera un peu plus longtemps, voilà tout. Elle lui dira que les courses ont été plus longues que prévu.

Nicole bifurque à droite et prend la direction de la rue qu'elle atteint en moins de dix minutes. Avec son pull bleu marine, sa jupe plissée, son petit col blanc, ses chaussures plates, ses socquettes et ses cheveux trempés, elle ressemble à une souillon des beaux quartiers... Elle entre dans l'immeuble et, sans réfléchir, s'adresse à la dame assise à l'accueil :

– Bonjour, je cherche du travail. Je veux travailler.

La matrone la regarde d'un air étrange. Elle ne semble pas habituée à recevoir la visite de jeunes femmes seules.

– Qu'est-ce que vous savez faire ?

– Rien.

Nicole a son bac, c'est tout, et encore, elle ne l'a eu que la seconde fois. Elle n'a travaillé que dans des magasins. Vendeuse, voilà son titre.

Elle ajoute qu'elle a trois enfants et qu'elle ne peut pas s'absenter toute la journée. Il lui faut du travail en dehors des heures « normales »...

– Écoutez, je suis désolée mais il n'y a rien.

La dame continue à consulter ce qui ressemble à un registre puis elle se gratte la tête, la scrute de haut en bas, semble hésiter, puis s'agite. Devant le regard insistant de Nicole, elle marmonne.

– Il y a bien une chose que je vois...

Elle hésite, mais Nicole la presse.

– Dites, dites, je dois travailler.

– Femme de ménage.

Nicole est parcourue de frissons. La vieille femme de ménage boursouflée d'Asnières lui revient en tête avec ses paumes calleuses. Elle regarde ses mains douces et fraîches... Elle sera comme elle dans quelques mois, l'effet de l'eau de javel sans doute. Elle pense à sa mère...

– Si vous voulez j'ai plusieurs postes à vous proposer, continue la dame comme si de rien n'était. Vous pouvez travailler chez un particulier ou dans des sociétés de nettoyage, le matin à 6 heures.

Nicole comprend qu'elle doit répondre sur-le-champ, que sinon d'autres prendront la place. Dans son esprit tout s'accélère. Comment faire avec les filles qui ont école à 9 heures ? Sans compter la petite Bella... Son beau-père n'est pas une solution en soi, mais elle arrivera bien à le convaincre. Elle ne pourra pas dire qu'elle travaille, il faudra trouver autre chose... Elle trouvera.

– Très bien madame, je suis d'accord. Donnez-moi les adresses.

Le lendemain, Nicole invoque sa mère malade pour laisser les filles à Léonard. À 9 heures elle se présente à la porte d'un appartement bourgeois de la mairie du 15ᵉ. Une femme quelconque aux cheveux tirés lui ouvre en la regardant avec des yeux ronds.

– Ah bon... C'est vous ? Vous êtes envoyée par l'agence de placement ? Décidément, cette agence recrute vraiment n'importe qui.

Elle se mouche à grand bruit dans un mouchoir noir, qu'elle range ensuite dans sa poche.

– Enfin, c'est sans importance. Je n'ai plus le temps. Suivez-moi.

La dame lui montre ce qu'il y a à faire : nettoyer les toilettes, passer l'aspirateur, ranger la cuisine, la vaisselle. Nicole ravale son orgueil et se met au travail. Quand elle a presque fini, la dame revient la voir.

– Ah oui une dernière chose… Il faudra cirer les chaussures de mon mari.

Nicole s'arrête net. Cirer les chaussures ? Cela lui semble impossible. Son père a toujours ciré ses chaussures lui-même alors pourquoi lui demander de le faire ? Elle dévisage la bourgeoise quelques minutes, bouche bée.

– Mais qu'y a-t-il mademoiselle, vous ne m'avez pas entendue ?

– Non madame, enfin si je vous ai entendue, mais là je ne peux pas. Je suis désolée mais je ne peux pas. Je vais arrêter là. Payez-moi s'il vous plaît.

La femme lève les yeux au ciel.

– Non mais je rêve, ils m'auront tout fait.

Elle attrape de l'argent sur la commode de l'entrée et le jette à Nicole.

– Allez-vous en vite avant que je change d'avis…

Elle claque la porte sur Nicole qui s'entend descendre les escaliers en tremblant.

Années 2000

Son SMS m'a tout de suite alerté.

– Code rouge. Appelle-moi.

Nina ma cousine ; presque ma sœur, celle avec qui j'ai grandi chaque été depuis mes trois ans, en vacances avec mamie.

Nina, grande gigue d'1,85 mètre, artiste sculpteuse spécialisée dans les nus mais aussi souffleuse de verre. Nina, longs cheveux châtains, lunettes de créateur sur le nez.

Mamie est à la clinique. Cela fait au moins cinq ans qu'elle doit s'occuper de son genou mais elle s'est contentée de quelques infiltrations. La note vient d'arriver. L'opération est devenue inévitable.

Avant de lui rendre visite, Nina m'a proposé de déjeuner. C'était décidé. Ce serait le moment où je lui parlerais de Georges.

Elle m'a raconté que bien sûr mamie s'était montrée très inquiète (comme toujours dès qu'il s'agissait de santé), qu'elle n'avait pas voulu que je sois au courant.

Bien que l'opération soit jugée bénigne par les médecins, mamie avait évoqué plusieurs fois sa mort prochaine. La garde du chat et du chien était déjà répartie et son dernier souhait, si toutefois sa mort devait se confirmer (et qu'il lui restait encore quelques heures à vivre) était de pouvoir lire mon manuscrit. Elle l'avait notifié sur une feuille blanche laissée à l'attention des médecins, de son notaire et de la famille.

Après le déjeuner, je lui ai acheté un livre de Stéphane de Groodt et un *Voici*... Nina et moi avons marché bras dessus, bras dessous jusqu'à l'hôpital, en riant.

La clinique ressemblait à un hôtel, tout était propre, blanc et bien décoré. En entrant dans la chambre de mamie nous avons senti des effluves de son parfum, « Allure » de Chanel. La petite bouteille était posée sur la table.

– Ah..., a-t-elle soupiré, en feignant être surprise de me voir (comme si elle avait vraiment pu croire que Nina me cacherait son hospitalisation).

J'ai compris que mamie ne mourrait pas tout de suite.

Elle nous a parlé de politique, de Bernadette Chirac, m'a remercié pour les cadeaux... Elle m'a semblé un peu plus maigre que d'habitude mais d'une santé incroyable.

« Tu es beau », répétait-elle, « une gravure de mode », « bien plus beau que les autres hommes de la famille, à l'exception de Julien. »

Puis, vite, trop vite, j'ai dû partir. Le travail m'appelait...

– Je sais que tu es très occupé mon chéri. C'est bien que tu travailles autant. On ne peut pas dire que tu tiennes cela de ton grand-père... C'est très gentil d'être venu, a-t-elle ajouté en sortant cette fois totalement du sous-entendu.

– Je reviendrai mamie. Et puis ton centre de rééducation est juste à côté de la pizzeria.

– D'accord.

Je suis sorti de la chambre, puis de l'hôpital. Un poids s'est posé sur ma poitrine. J'avais été incapable de parler de Georges à ma cousine.

Comme si je n'avais pas voulu décevoir mamie, dont je percevais de plus en plus qu'elle tenait à rester l'unique héroïne de cette histoire.

Décembre 1954

Stéphanie a trois ans et elle n'aime pas beaucoup son grand-père, Léonard, qu'on l'oblige à appeler Dziadek.

Dans le petit studio où ils vivent désormais, entassés les uns sur les autres, elle ne supporte plus son odeur.

– Tu sens mauvais, tu sens le vieux ! dit-elle en lui tapant sur les cuisses.

Quand Léonard se lève d'une chaise, Stéphanie se précipite pour renifler la place vide tel un petit chien, puis elle se bouche le nez de dégoût.

– Oh, ça sent mauvais ! crie-t-elle.

Un jour, Stéphanie n'y tient plus. Elle se place derrière sa chaise, attend qu'il vienne s'asseoir et, au moment où il amorce sa descente, elle retire la chaise.

Le pauvre vieux s'écroule à terre en un hurlement et manque de se casser le dos, les pattes en l'air.

La petite éclate de rire, aussitôt suivie de ses sœurs.

Cela lui vaut de la part de Dziadek une fessée mémorable.

De ce jour, Stéphanie surnomme son grand-père, « le gros monstre qui pue ».

*

Nicole part à 5 heures de chez elle. La nuit est noire.

Elle marche vite pour lutter contre cette sensation de fraîcheur persistante qui lui engourdit les membres.

Vingt minutes plus tard, boulevard Victor, elle arrive devant un énorme bâtiment gris. À son fronton on peut lire « ministère de la marine ». C'est l'autre adresse de l'agence de placement. L'accueil est très sombre. Ça sent un mélange d'eau de javel et de produit wc. Une dame sommeille là, la tête entre les mains, posée sur un grand bureau blanc qui barre l'entrée. Nicole a la nette impression de la déranger.

– Bonjour madame, dit-elle en baissant les yeux. Je viens pour le nettoyage.

– Par en dessous, dit la dame sans un regard, en lui indiquant les escaliers, vous demandez Mme Pétré.

Nicole obtempère tandis que la femme se rendort. Le sous-sol semble être un long dédale de couloirs éclairés par des néons un peu glauques et desservant de nombreuses petites salles, sortes de réduits où l'on range le matériel permettant d'entretenir l'immense immeuble.

Plus loin, une porte et une femme en train de faire les cent pas. Elle s'arrête net en voyant Nicole. Nicole s'approche. Mme Pétré ressemble à une tenancière de maison close, blonde, très maquillée. Elle sent le parfum à la rose.

– Vous désirez jeune fille ? demande-t-elle d'une voix rauque.

Nicole lui tend le papier de l'agence. L'autre le lit et la regarde avec étonnement.

– Ah bon…

Elle la dévisage une nouvelle fois, souffle, puis ouvre une porte et lui montre un placard.

– Tout est là. Changez-vous, prenez votre matériel. Je vais vous mettre au 2e avec Alicia. Elle va vous montrer ce que vous avez à faire.

Une fois en tenue, Nicole suit Mme Pétré, un balai à la main, qui lui présente Alicia, une jeune fille sans saveur, qui la tutoie tout de suite. Nicole renverse les seaux d'eau, écrase les tas de poussière rassemblés çà et là par Alicia. La pauvre fille lui court derrière.

– Mais fais donc attention !

Il devient évident que Nicole n'est pas faite pour ce travail. Elle fait ses trois heures et retourne voir Mme Pétré.

– Je voudrais être payée.

– Ah mais en plus elle est culottée ! Bah oui je vais bien être obligée de te payer mais pas tout de suite, on ne paye pas tous les jours, il faudra t'habituer. C'est tous les quinze jours.

– Je suis désolée mais moi je ne peux pas, répond Nicole, tandis que ses joues rougissent. Il faudrait que je sois payée tous les jours, j'ai des enfants, je n'ai pas d'argent… Je n'ai pas d'argent, répète-t-elle.

Les yeux de Mme Pétré sont grands ouverts.

– Ah décidément vous… Jamais on m'avait demandé. Enfin, peu importe.

Elle allume une cigarette à l'aide d'un grand briquet noir.

– Rentrez chez vous, nous verrons demain parce qu'aujourd'hui je n'ai pas d'argent pour vous. À demain mademoiselle.

– À demain madame.

Années 2000

BELLA

– C'était l'époque du Fanta. À la sortie de l'école, on avait le droit d'en acheter avec la personne qui nous gardait. Fanta orange ou citron, ou de la limonade. C'était le pied.

– Rue de Dantzig c'est ça ? Au moment où elle commence à devenir femme de ménage ?

– Elle n'a jamais été femme de ménage. Elle était expert-comptable et agent de voyage.

– Elle m'a raconté qu'elle était femme de ménage.

– Je ne suis pas au courant. Non, maman n'a jamais été femme de ménage. Et puis quoi encore ?

Georges ne pose pas de question, du reste il n'en a pas le loisir car elle ne le voit pas ce jour-là. Il rentre à 3 heures et dort profondément quand elle se lève à 5 heures. Léonard a accepté, « mais pour la dernière fois », de s'occuper du lever des filles.

À 5 h 30 le lendemain, Nicole retrouve Alicia. Elle se montre un peu plus à l'aise que la veille quoique toujours bien maladroite et cette fois c'est l'étagère à produits ménagers qu'elle fait tomber. Étrangement, Alicia ne lui fait aucune remarque et se contente de l'aider à nettoyer. Vers 7 heures, Nicole la voit changer de couleur en regardant quelque chose derrière elle.

– Qu'y a-t-il ?

Nicole se retourne.

– C'est le grand patron, dit Alicia d'une petite voix.

– Qui c'est, le grand patron ? Le type qui arrive là ?

– Oh mais ne parle pas si fort, il va nous entendre et je perdrai mon poste ! Oui c'est lui, ajoute-t-elle en baissant encore la voix.

Un silence de mort les enveloppe. L'homme avance vers elles, croise le regard de Nicole puis s'arrête. Une voix grave et caverneuse résonne.

– Vous, venez par ici.

Nicole comprend tout de suite. Son compte est bon, elle ne fait pas l'affaire. Elle devra trouver un nouveau travail.

Il s'installe dans un bureau, la fait asseoir en face de lui et commence à parler, comme on débite une sentence de mort.

– Vous savez pourquoi vous êtes là ? Vous vous en doutez ?

Elle reste là les yeux fixés sur ses chaussures, comme paralysée dans cette pièce sans lumière.

Un bruit de briquet, une odeur de tabac. Forte, pénétrante.

– Alors, qu'est-ce qui vous arrive ? reprend-il. Parlez donc. Parlez-moi. Vous venez d'où ?

Au milieu des effluves qui lui font tourner la tête, Nicole, qui d'habitude parle si peu avec les inconnus, commence à se livrer. Oui, il la fait parler et parler encore et raconter sa vie. Pourquoi est-elle ici, qu'est-ce qui se passe ? Cet homme lui inspire une confiance instinctive. Elle lui confesse ses difficultés, sans toutefois mentionner son père ou Georges.

Quand elle a terminé, il la regarde bien droit dans les yeux.

– Au vu de tout ce que vous venez de me dire, j'en ai la conviction. Non cela ne colle pas, cela ne colle pas du tout. Vraiment pas.

Nicole se met à trembler. Elle pense aux filles, à la nourriture qu'elle ne peut pas payer, à sa solitude. Mais l'homme reprend la parole.

– ... Pas pour ce poste en tout cas. Vous n'êtes pas faite pour le ménage. Voilà, je vous donne l'adresse du bureau. Allez-y et on verra ce qu'on peut faire pour vous.

Il lui remet une carte.

– Mais on fera rien du tout pour moi, répond-elle du tac au tac, parce que moi je ne peux pas travailler. Ou alors, qu'en dehors des heures où les enfants dorment ou sont à l'école...

– Je vous assure qu'on va trouver une solution. Faites-moi confiance.

Il lui tend une grande main ferme, pour la première fois elle prend le temps de regarder son visage. Il doit faire

1,80 mètre, a les cheveux bruns et une cigarette collée au bec. Il dégage quelque chose de rassurant. Plutôt beau. Il ressemble à s'y méprendre à Jacques Chaban-Delmas. Il lui sourit alors qu'elle passe le pas de la porte.

– À bientôt.

Dans la rue, elle retourne sa carte dans la main. Elle sent le tabac froid. Un nom est écrit dessus à l'encre noire. Jacques Bonmarin.

*

Le lendemain, la carte est tordue, chiffonnée mais Nicole est en route. Au prix d'un ultime mensonge (un rendez-vous urgent chez le médecin car elle se sent indisposée, elle sait que ce genre d'argument stoppe toute velléité d'interrogatoire), Dziadek a accepté de garder les enfants. Sur le chemin Nicole s'interroge : que pourrait-elle bien faire au siège de l'entreprise ? Que peut-il y avoir pour elle ? Et si cela fonctionne, comment dire, à Georges et à Dziadek, qu'elle va désormais travailler ?

Les bureaux se trouvent avenue de Ségur, juste après l'avenue de Breteuil. Le quartier paraît gigantesque à Nicole avec ses avenues trop larges, ses immeubles haussmanniens si imposants et le grouillement des automobiles. Elle pénètre dans ce qui semble être un salon de réception. Elle est accueillie par un dénommé M. Guéguan, un Breton qui se montre très courtois et très déférent. Il la scrute de haut en bas et lui demande ce qu'elle a fait auparavant. Elle ne ment pas.

– J'ai été vendeuse monsieur… Mais c'est tout. Je n'ai rien fait d'autre…

– Je vois mademoiselle… Écoutez, M. Bonmarin m'a mis au courant de votre situation (il prononce ce mot d'un air appuyé) et nous vous proposons de travailler à mi-temps, c'est-à-dire l'après-midi ou le matin, ce qui vous arrange le mieux. Il faut juste trouver une solution pour garder votre plus petite fille le matin. Revenez début janvier, après les congés de Noël. Bienvenue chez nous.

Nicole aurait dû s'étonner qu'il connaisse déjà ce détail de sa vie mais c'est autre chose qui la frappe à cet instant : cette proposition de travail sans même qu'on lui dise de quoi il s'agit. Elle bafouille quelques remerciements et répond qu'elle est d'accord pour le matin.

Nicole ne trouve pas son mari en rentrant mais annonce à Dziadek la bonne nouvelle. Contre toute attente il en est plutôt heureux (la perspective sans doute d'adoucir les fins de mois).

– De toute façon, ce n'est pas avec Georges qu'on va s'en sortir, grommelle-t-il entre ses dents.

Années 2000

Je suis seul devant mon ordinateur, seul avec ce nom qui a hanté mon enfance, mon adolescence, ma vie entière.

Kowalski.

Georges Kowalski.

Pourquoi n'ai-je pas eu envie d'en savoir plus sur lui avant, pourquoi ne pas l'avoir cherché, pourquoi n'avoir rien demandé ? La barre d'outils s'est mise à clignoter et la seule perspective de taper son nom dans Google m'a paru à cet instant insurmontable. Les phrases de ma mère tournent dans ma tête, définitives, lapidaires.

« Cet homme n'a aucun intérêt. Je n'ai pas de père. C'est un géniteur. Je ne veux rien de lui, à part peut-être un héritage si toutefois il y en a un. Il ne m'a jamais manqué puisqu'il n'a jamais existé. »

Quelque part j'ai toujours admiré chez ma mère cette capacité, cette force de négation, bien que je sois persuadé qu'elle cache une insondable souffrance.

« Fais comme moi », me disait-elle en guise de conclusion lorsque je posais trop de questions sur mon propre père. « Il n'existe pas, il n'a jamais existé mon chéri. Ne t'accroche plus à cette illusion et vis. »

Face à mon ordinateur j'ai au moins cette satisfaction : avec Georges Kowalski je pars d'un nom. Alors que le nom de mon propre père m'est inconnu. Ma mère elle-même le connaît-elle ?

J'ai cherché, j'ai cherché des années, partout. Je n'ai jamais trouvé la moindre trace, pas un mot, pas une photo, pas un article, pas une parole, pas une lettre, rien qu'un trou dont la profondeur me semble éternelle et infinie. Rien sur mon acte de naissance non plus à part « né de père inconnu ». Je ne me suis pourtant pas révolté contre ma mère ou contre mamie ni contre qui que ce soit, tous ces gens qui pourtant n'ont opposé à mes questions que leur silence. J'ai fait mon chemin sans renoncer totalement, comme si le tout petit espoir qu'il soit là, quelque part, continuait à subsister, comme si c'était ce mince fil qui me retenait à la vie. Ce mince fil aussi qui me permet d'écrire, sans doute. L'écriture part d'une meurtrissure inguérissable, une fêlure ; dans laquelle on puise pour tenter d'assécher la souffrance, sans jamais y parvenir ou seulement, peut-être, en quelques moments brefs d'illusion, lorsqu'on croit avoir bien écrit ou tenir une histoire.

La mienne tournait encore et encore sur ce mot.

« Papa. » Quel mot étrange, ce mot que je ne peux pas prononcer mais qui sans cesse me poursuit.

Janvier 1955

Cette première semaine de janvier, Nicole travaille à « l'entreprise », de 6 heures à 10 heures. Installée face à une fenêtre qui donne sur la rue elle a tout loisir d'observer le fonctionnement de cet endroit encore mystérieux pour elle. Le ballet chaque jour se répète sous ses yeux. Au matin les inspecteurs viennent prendre leur service. On explique à Nicole que leur travail est de s'assurer que les femmes de ménage sont là et font bien leur travail.

Vers 10 heures ils reviennent et passent dans le bureau du patron lui faire leur rapport. Après l'inspection des employés, Bonmarin assure la tournée des clients pour voir ce qu'ils ont comme récriminations et comme travaux supplémentaires à effectuer. Nicole observe de derrière sa fenêtre le patron qui va et vient dans sa grosse voiture noire. Bonmarin a toujours une cigarette au bec et cet air pressé des gens de pouvoir. À l'heure du déjeuner il n'est pas rare de voir d'autres imposantes berlines aux vitres teintées s'arrêter devant l'entreprise et des hommes ventrus et cravatés en sortir pour le rejoindre.

– C'est intrigant n'est-ce pas, lui souffle une des collègues un jour à midi. Moi aussi au début je passais mon temps à regarder ce que faisait le patron. Il connaît beaucoup de monde tu sais, des ministres même, lance-t-elle d'un air mystérieux. Le patron connaît des gens très haut placés, insiste-t-elle. C'est l'héritage de la guerre, il a fait la guerre tu sais, le débarquement avec les alliés en Italie, tout ça tout ça... Et puis il est allé aux États-Unis. C'est de là-bas qu'il a ramené l'idée de l'entreprise. Ça a marché tout de suite avec ses relations... Il n'a que des gros clients sur la place de Paris. Ah il en connaît du monde...

Et la secrétaire se remet à son labeur, heureuse de son effet, laissant Nicole dans l'attente, un crayon dans la bouche.

Avril 1955

À la fin de son troisième mois de travail, Jacques Bonmarin demande à voir Nicole, seule. Il l'invite à boire un verre dans un troquet à École militaire. Il porte un costume noir, une chemise blanche, une cravate. Il a ce regard à la fois souriant et distant, emprunté et fort. Il s'éclaircit la gorge, s'allume une cigarette.

– Ce n'est plus possible, lui dit-il. Vous ne pouvez pas continuer à ne travailler qu'une demi-journée. Il faut que vous travailliez davantage. Vous avez besoin d'argent, je le sais, et moi je peux vous payer très bien.

Nicole ne répond rien. Elle se demande à quel moment cet homme cessera de l'étonner.

Il lui propose une Gauloise qu'elle refuse. Elle commande un Coca-Cola, lui un café noir.

– Qui garde vos enfants ? demande-t-il.

– Mon beau-père. Il n'acceptera jamais de les garder plus longtemps.

– Très bien. Je vais vous trouver une solution. J'ai l'habitude, ma femme est assistante sociale. Je sais où trouver quelqu'un. Ne vous inquiétez pas, je ne vous demande rien en retour.

Le lendemain, Jacques donne rendez-vous à Nicole à l'heure du déjeuner près de la rue de Dantzig. Il y a là deux foyers qu'il connaît, l'un de jeunes filles allemandes et l'autre de filles bretonnes. En quelques minutes il trouve une nounou pour Nicole et lui paie son mois d'avance.

Personne, ni le grand-père Dziadek, ni Georges, ne se demande pourquoi et comment le lendemain une jeune fille débarque pour s'occuper des enfants alors que Nicole part travailler en sifflant.

Après quelques jours à temps complet et voyant que les choses se passent bien, Jacques décide de donner de nouvelles responsabilités à Nicole.

« À l'extérieur », dit-il. Comme une sentence.

*

Avec « l'extérieur » tout change. D'abord ce sont les horaires, plus rudes. Et puis la rencontre avec M. Rubilin.

Rubilin, inspecteur de l'entreprise, est chargé de lui « apprendre » le métier. Dès le premier jour, Nicole a le sentiment de cohabiter avec un policier. Un policier à la jambe de bois qui ne se déplace qu'en métro. Pourtant Nicole n'a jamais vu un homme marcher aussi vite.

Le matin Rubilin donne rendez-vous à Nicole à une station de métro et si elle n'est pas à l'heure, à la seconde près, il part. L'horaire fluctue suivant son humeur : 6 h 15 les bons jours, 5 h 45 les mauvais.

Avec cet homme, Nicole apprend les bases du métier : gérer le planning des femmes de ménage, vérifier que le travail soit bien fait. Elle apprend à débusquer les fameux « dessous de canapé », où les filles cachent les détritus. Elle doit aussi subir les humiliations quotidiennes. Rubilin prend un malin plaisir à distancer Nicole qui peine à le suivre avec ses ballerines ou ses talons.

Et lorsqu'elle est trop loin de lui, il se met à hurler, se retournant pour la regarder avec dédain.

Il ne comprend pas ce que le patron peut lui trouver. Comment peut-il vouloir faire de cette jolie fille une inspectrice ?

Après chaque inspection, sa langue claque pour asséner le verdict final :

– Vous êtes nulle ma petite demoiselle. À demain.

Chaque jour, Rubilin monte voir le patron en hurlant.

– Vous avez vu ce que vous me donnez là ? Pour faire ce métier, mais ça va pas du tout !

Bonmarin reste imperturbable.

– Calmez-vous enfin. Les temps changent. Et vous feriez bien de vous y habituer dès maintenant car un jour elles prendront le pouvoir.

Quelques jours plus tard, à la faveur du nouveau poste de Nicole, les Kowalski peuvent enfin quitter leur miteux studio pour un petit pavillon de Courbevoie. Non sans Léonard dans leurs bagages.

Tout départ en vacances nécessitait des jours de préparation. Bien que nous n'ayons jamais dépassé le sud de la France, ces départs plongeaient maman dans une angoisse inhabituelle. Elle développait alors des rites obsessionnels, vérifiait quinze fois qu'elle n'avait rien oublié, rédigeait un nouveau mémo pour la nounou (qui restait, la pauvre, pour garder chien et chat). Ce qui lui prenait le plus de temps, c'était la salle de bains. Une valise entière était destinée à ses produits de toilette. Elle faisait le compte de tout ce dont elle aurait besoin comme vêtements et multipliait l'ensemble par deux, « au cas où ».

Sa valise était noire, parfaitement propre. La mienne était identique mais plus petite.

Si notre avion était à 20 heures, maman se levait à 5 heures, par peur de le rater. Quand la préparation des bagages était achevée, elle passait dans la salle de bains pour se « remaquiller ». Cela se reproduirait plusieurs fois avant le départ.

– Tu comprends, je veux être parfaite en cas de crash. Qu'on ne me retrouve pas avec une sale tête.

Après avoir pris un taxi, commandé une semaine avant, les bagages serrés contre nous (impossible de rentrer les six valises dans le coffre), nous partions direction Orly (maman a toujours dit que Roissy était dangereux) et nous y retrouvions Nina et sa mère Bella.

Ma tante était, dans mon souvenir de l'époque, une belle femme, un peu moins blonde que ma mère, et surtout bardée de tatouages.

Des aigles.

Bella mettait un point d'honneur elle aussi à ne pas s'encombrer d'hommes. Elle n'était toutefois pas allée aussi loin que ma mère dans leur effacement.

Avec Nina nous nous sautions dans les bras, nous savions que nos retrouvailles sonnaient le début des vacances, les vraies.

Dans l'avion déjà, nous échafaudions nos futurs mondes de Lego et de Playmobil, nous lisions *Picsou magazine*, coude à coude.

C'était ainsi chaque été, nous louions une maison à l'Escalet avec terrasse et nous pouvions y faire brouter nos hordes de chevaux imaginaires.

Nous jouions beaucoup, nous jouions tout le temps. L'eau était notre royaume, moi avec mon crocodile gonflable, elle avec son orque. Nos mères refaisaient le monde sur la plage. Elles critiquaient leur propre mère qui n'en avait « rien à foutre » d'elles et qui vivait alors cloîtrée dans sa propriété au fin fond de la garrigue.

C'était l'époque où ma mère et ma grand-mère ne se parlaient plus.

Un jour, les deux sœurs s'étaient engueulées. Elles finissaient toujours par s'engueuler. J'allais avoir treize ans et, en même temps que les vacances familiales s'achevaient, mon adolescence commençait.

2 JUIN 1955

Ce soir-là, les filles sont sur leur trente et un, en robes bleues assorties. Nicole se montre étrangement solennelle avec elles. Depuis plusieurs jours elles sont prévenues : ce sera une soirée spéciale.

Ils dînent chez le patron.

Jacques Bonmarin a invité Nicole deux semaines plus tôt, dans son appartement de l'avenue du Maine.

À 20 heures précises, après un trajet pendant lequel Nicole n'a cessé de leur dire « vous serez bien sages », la petite famille se presse dans l'ascenseur du grand immeuble. Au cinquième et dernier étage résident Jacques Bonmarin et sa femme.

De ce dîner il reste assez peu de souvenirs si ce n'est une grande table en marbre, un canapé blanc et des bougies dans le salon.

Les filles restent silencieuses face à cet homme imposant, au menton prognathe et au costume noir. Bella tousse et s'évanouit presque dans les effluves de cigarette de Bonmarin, dont les trois paquets de Gauloise sont posés au centre de la table à manger. Sérieux et austère, les sourcils froncés, il a envers Nicole un comportement de patron, distant et froid, évoquant le travail et l'entreprise. Sa femme Madeleine, au contraire, se montre charmante avec Nicole et les filles. En la voyant, elle si petite, si brune, si joyeuse et lui si grand, si triste, Nicole se demande comment ce couple peut fonctionner.

Jacques n'adresse pas la parole aux filles, ses propres enfants étant déjà couchés.

Nicole, semblable à elle-même, illumine la soirée de son sourire, qui se termine dans des éclats de rire.

Personne ne s'étonne de l'absence de Georges.
Nicole n'a pas jugé bon de l'inviter.

*

C'est un matin qu'elle le découvre.

Un matin où elle ne travaille pas pour garder les filles, car Dziadek a à faire. Dans un placard, le carnet bleu.

Elle s'assoit dans le salon et l'ouvre. C'est un carnet d'une centaine de pages, rempli à moitié d'une écriture noire, fine, serrée et scrupuleuse. Elle reconnaît la patte de Léonard, cet homme qu'elle a aimé il y a si longtemps déjà, du temps béni où elle l'appelait gentiment « Dziadek ». Avant, avant…

Elle lit. Pendant quarante minutes elle lit, sans s'arrêter. Puis les larmes lui montent aux yeux.

Tout est là. Sa vie depuis trois mois, ses moindres faits et gestes répertoriés, cliniquement. Heures de sortie, heures de retour, personnes vues, nombre d'échanges avec Jacques, adresse de l'entreprise et même la date de son dernier déjeuner avec celui-ci.

Nicole lit encore : « Il lui prend la main, plusieurs fois, lui touche les cheveux. Tendresse évidente mais toujours pas consommée. »

*

Une semaine après le dîner de l'avenue du Maine, Jacques croise Nicole et la prend à part dans un couloir.

Sur un ton solennel mais avec un sourire radieux, il lui annonce qu'elle ne travaillera plus avec M. Rubilin mais avec un nouvel inspecteur. Celui-ci s'appelle M. Tronc et dans l'entreprise il est à lui seul une légende dont on aime raconter les exploits (en finissant par oublier ce qui est vrai ou pas). Tronc est un Marseillais d'origine qui a fait, paraît-il, les pires choses dans sa vie. Il a volé dans les banques, il a dealé toutes sortes de drogues à tel point qu'il a fini en prison et c'est à sa sortie que Jacques Bonmarin l'a accueilli du fait d'une amitié ancienne qui remontait à la guerre.

À en croire Jacques, Marcel Tronc est un homme extraordinaire. Il est bel homme avec sa fine moustache et son air de Raimu. Poli et galant, Tronc fait de plus un certain nombre de jaloux dans l'entreprise car Jacques lui a octroyé un triporteur et c'est ainsi, juché sur la caisse de l'engin, que Nicole part en tournée, pour la première fois avec lui, soulagée de ne plus avoir à supporter l'affreux Rubilin.

De chantier en chantier, d'entreprise en entreprise, de 5 heures du matin à 15 heures, les deux nouveaux compères font l'inspection des femmes de ménage et des travaux en cours. Ils vérifient que les employées sont bien là, qu'elles travaillent et écoutent les récriminations des clients.

Nicole est de plus en plus à l'aise. Il lui arrive même désormais de faire des inspections seule. Tronc la laisse faire, « elle ira loin, la petite », répète-t-il autour de lui d'un air entendu.

Années 2000

Il y a beaucoup de Georges Kowalski sur Facebook.

J'essayais donc de me focaliser sur les cheveux blancs, puisque sauf à s'être transformé en mort vivant, Georges devait être très vieux.

Le premier profil aux « cheveux blancs » portait des lunettes de soleil et avait mis en fond d'écran un voilier. Malgré sa chevelure, il semblait encore jeune... J'ai regardé la ville où il habitait : Le Cap, Afrique du Sud. Les commentaires de sa famille, tous en anglais, ont mis fin à mes espoirs.

Un autre Georges Kowalski, plus bas dans la liste, a attiré mon regard. Il avait un double menton très prononcé, des lunettes de soleil aussi, une casquette.

Hélas en y regardant de plus près, j'ai pu identifier le logo « Champions – NFC division ». L'homme devait vivre dans la région de New York. Quand j'ai vu les commentaires laissés, là encore en anglais (« Good pic George ! Just a quick message, can you tell Karen that Shirley is at Winston Park ! ») et les photos de ses vacances en « Florida », j'ai compris là encore que je faisais fausse route.

Un troisième Georges Kowalski semblait aussi être américain et habiter Parrish en Floride. Son dernier post remontait à février et c'était un article de soutien à Ted Cruz.

Les autres Georges Kowalski étaient tous trop jeunes, et tous américains. Il y avait bien un Français de Clermont, en costume mauve, un peu enrobé, au grand sourire. J'ai fini par réaliser que ce Clermont-là se trouvait en Floride. Encore.

La grande majorité des profils suivants étaient « vides », sans aucune photo ni information.

C'était sans doute ce qui se rapprochait le plus de « mon » Georges Kowalski.

Juillet 1955

Nicole roule dans les rues noires de la ville comme on roule vers la mort, faisant crisser ses pneus. Ses doigts tremblent, une sueur moite semble ne jamais vouloir s'en dégager. Se retenir, toujours se retenir. Et pourtant il est là, tout le temps, à chaque souffle, à chaque battement de son cœur. Elle en rêve de l'explosion, de leurs bouches imbriquées. Elle l'allume de sa simple évocation, de ce corps, de ce sourire, imaginé, fantasmé, rêvé. Elle le sait.

Et à quoi bon ? Georges, ses enfants, l'ennui. Georges comme une banquise qui a depuis si longtemps éteint son désir. Mais ce n'est même plus ça... Qu'il a été dur pour elle de se retenir avenue du Maine quand elle est venue dîner avec ses enfants. A-t-elle bien joué la froideur ? Sa femme s'est-elle rendu compte de quelque chose ?

Elle grille un feu, se baisse pour attraper son paquet de cigarettes qui est tombé et s'en allume une en passant devant la tour Eiffel.

Elle tire dessus comme une damnée. Elle ne sent même plus qu'elle fume. Elle n'aime pas cela.

Jacques... Jacques... Jacques...

Elle déboite sur l'avenue de La Bourdonnais, dépasse l'École militaire et allume une autre cigarette.

Elle voit un café, s'arrête en double file, commande un verre de blanc. Encore une cigarette. Sa vue est floue, comme embuée, les formes des gens lui paraissent étranges.

Jacques.
Jacques.
Jacques.

Elle ne termine pas le verre, paye, se lève et démarre à nouveau en trombe. Elle a besoin de rouler, vite. Elle ouvre la fenêtre, laisse le vent s'engouffrer à l'intérieur et allume la radio. « Diana » de Paul Anka passe. Elle se met à chanter.

Oh my darlin',
Oh my lover,
Tell me that there
Is no other.
I love you
With my heart.
Oh-oh oh-oh oh oh.

Elle hurle ses dernières paroles en fermant les yeux et en serrant les poings. Les gens la regardent au passage clouté. Elle continue à chanter.

Quand la musique se termine elle se décide à se garer devant le café qui jouxte l'entreprise. Tronc l'y attend, un pastis à la main.

– Viens, lui dit-il, allons au fond.

Ils s'installent à l'abri des regards. Nicole aime cette pénombre, ces vieilles ampoules qui éclairent mal et le murmure de la salle.

Elle s'assoit et n'attend pas que Tronc soit à table pour l'interroger.

– Alors, te parle-t-il toujours de moi ?

– Plus que jamais. Tout le temps.

C'était arrivé une nuit sans que j'y prenne garde.

J'avais senti cette chose ; oui c'était le mot, « chose », car je ne savais pas vraiment l'identifier, cette chose qui avait poussé en moi, cette chose que j'avais cherché à cacher depuis des années et qui soudain poussait.

D'un coup.

Une pensée m'était venue, celle de la fille de la voisine qui devait avoir dix-sept ou dix-huit ans et qui, en ce début d'été, avait mis une robe rose.

Sur le moment j'avais senti une gêne monter en moi.

Et là c'était revenu ; seul dans ce lit, dans mon lit, au milieu de ma chambre bleue à baldaquin.

La voisine avait réapparu. Et la chose s'était réveillée.

Elle était dure.

Je n'osais y approcher mes mains, j'essayais de penser à autre chose mais c'était impossible.

Il n'y avait que ma tête, la chose tendue, la voisine. Je pensais à ma mère qui dormait dans sa chambre. Pouvait-elle entendre ce qui m'arrivait (ma mère m'avait toujours dit que nous étions connectés) ?

J'essayais de penser au chat qui dormait aussi, à ma journée de collège du lendemain, à n'importe quoi pour oublier la chose qui s'agitait.

Mais rien n'y faisait.

Il s'était passé dix, quinze, vingt minutes et la chose était toujours là.

Et puis tout à coup mon cerveau avait cessé de fonctionner ; la pulsion avait pris le dessus.

Je m'étais retourné et j'avais commencé à me frotter à mes draps. Il n'avait fallu qu'une minute tout au plus et j'avais senti une décharge rapide, incontrôlable, quelque chose d'encore jamais ressenti et ce râle que j'avais poussé malgré moi.

Qu'était-ce ? Était-ce grave ? Étais-je en train de mourir ? Car tout de suite après c'est cette sensation qui m'envahit.

Une détente, un soulagement qui était en trop fort contraste avec mon excitation quelques secondes encore avant. Et ce sentiment de chaleur dans mon pyjama.

Oui c'était ça, une chaleur laiteuse qui entourait la chose. Mon dieu, que m'arrivait-il ? J'y mis ma main. Quelle drôle d'odeur...

Et puis cela devint froid.

Je ne pouvais rester ainsi. La culpabilité avait commencé à m'étreindre. Pouvait-elle avoir entendu ?

J'avais rampé, honteux, j'avais attrapé le papier toilette. Pour ne pas éveiller les soupçons, j'avais failli mettre le papier dans la poubelle mais non elle le trouverait... Aux toilettes ? Il faudrait tirer la chasse... Alors j'avais ouvert la fenêtre et j'avais jeté mon œuvre aux quatre vents. J'avais dormi comme un bébé cette nuit-là.

Mais dès le lendemain, quand ma mère était venue me réveiller, la culpabilité était revenue.

J'étais persuadé qu'elle savait. Pouvais-je lui en parler ? Surtout pas... Mais à qui alors ? Personne ne me semblait digne de confiance. À part Nina peut-être.

Elle n'avait pas vraiment compris mais m'avait parlé de quelque chose qui lui était arrivé simultanément.

– Du sang Lucas, du sang dans ma culotte, ou quelque chose comme ça.

Et elle s'était mise à pleurer.

– Je vais demander à maman, dit-elle, après tout c'est une fille elle aussi...

– Et toi tu crois que je devrais en parler à la mienne ?

Nina avait plissé les yeux et hoché la tête de gauche à droite.

– Je crois que ce serait risqué... Ce n'est pas un garçon. Elle ne saura pas.

Août 1955

Nicole ne supporte déjà plus la maison de Courbevoie, ce beau-père incestueux, ce mari absent, alcoolique et menteur. Pour qui la prend-il ? Une imbécile ? Il n'y a rien. Il n'y aura jamais rien. Pas de « Allô services », pas de projets, pas de bonheur. Rien, du vide et des mensonges.

Elle n'attend plus que ce moment du départ au petit matin, pour aller gagner « son » argent. Là, Nicole se sent libre et utile.

Et puis Jacques, Jacques bien sûr, auquel elle pense sans arrêt.

À l'entreprise tout le monde connaît à présent Nicole, son sourire, ses dents blanches, ses yeux en amande et son charme. Mais personne n'a jamais vu son mari. De Georges il ne reste à Nicole qu'une odeur, quand il rentre le soir et qu'il vient se coucher ; un mélange de parfum et d'alcool qui lui parvient, dans les ténèbres d'un demi-sommeil ; odeur incrustée dans les draps froids que Nicole lave plusieurs fois par semaine.

Elle passe à proximité de l'appartement d'Asnières. Il y a là cette mère qu'elle voit si peu. Elle doit certainement être à la maison, à attendre. Y aller est devenu pour elle une épreuve trop violente. Elle aimerait l'appeler, lui parler. Lui raconter son travail, Jacques. Avoir son avis, ses conseils. Oh comme elle aimerait cela.

À mesure que sa voiture se rapproche de la maison, Nicole sent ce mal de crâne qui revient toujours à cet instant, comme un point précis, une petite bille bien dure dans sa tête.

Et cette difficulté à respirer, cette moiteur dans le creux de la main…

*

Le soir venu, le plus tard possible, Nicole arrête la 2 CV sur le parking devant la maison, elle prend son sac et fait tourner la clé dans la serrure, heureuse à l'idée de retrouver les filles.

Mais les filles ne sont pas là.

Non, ce soir-là, il n'y a que l'obscurité et Georges, assis, qui la regarde, un verre à la main.

Années 2000

C'est une des premières choses que j'ai apprises dans cette famille, avant même de savoir écrire, avant même de savoir nager.

Je ne me souviens pas du moment précis mais je suis prêt à parier que dès ma naissance ma mère me le susurrait à l'oreille, en me donnant le biberon.

Le nom. Le nom de la mère.

C'était une loi instituée par mamie ; il n'était pas question de porter un autre nom que celui qu'elle avait hérité de son père.

Lamour.

Tous les enfants avaient respecté la tradition. Ma mère n'avait jamais porté le nom de son unique mari, ses sœurs non plus et par voie de conséquence je n'avais jamais pu revendiquer le nom de Kowalski, ni bien sûr celui de mon père resté inconnu.

Ainsi, à l'école, je me souviens des premiers moments où la question s'était posée. Quand mes copains arboraient tel un blason le nom de leur père, on me demandait sans cesse pourquoi je portais celui de ma mère.

– Parce que c'est ainsi dans notre famille, disais-je de ma voix d'enfant.

On ne m'avait pas demandé mon avis.

Lucas Lamour, tel était mon héritage, ma trace.

L'unique fois où j'avais écrit les lettres « Kowalski » au-dessus de ma dictée, à l'âge de neuf ans, ma maîtresse avait convoqué ma mère.

Cette dernière avait débarqué à la sortie de l'école, m'avait emmené voir l'institutrice et j'avais dû expliquer que tout cela sortait de mon imagination. Je m'appelais bien Lamour.

– Pourquoi veux-tu porter le nom d'un inconnu, un homme qui n'a même jamais existé ? insistait ma mère devant mes camarades et leurs parents.

– Je ne sais pas, bafouillais-je en baissant les yeux. Je ne sais pas ce qui m'a pris.

Il était vrai qu'en regardant ma mère, si blonde, si belle, au volant de son tout-terrain, avec ses chiens, j'étais fier de son nom.

Je n'avais plus jamais évoqué l'idée d'en porter un autre.

Fin septembre 1955

Nicole ne cède pas.

Georges a voulu l'intimider. Sa robe blanche, ses ballerines noires… Suspectes. Ce n'était pas une tenue pour aller au bureau. Pas une heure pour rentrer non plus. « Tu vas arrêter de travailler », avait-il répété, menaçant.

Dès le lendemain pourtant, Nicole reprenait le travail.

– Je te préviens, crie Georges, si tu ne reviens pas je te retrouverai. N'oublie pas que tu es ma femme !

Il tient par la main les trois petites et sourit d'un air mauvais, en baissant la voix.

– De toute manière je ne suis pas trop inquiet, je sais bien que tu ne partiras jamais sans elles.

Le soir Georges continue à sortir mais il charge le vieux de la surveiller. Et Léonard reste ainsi toute la soirée, assis devant la porte, à cuver son mauvais vin et à tirer sur ses cigarettes sans filtre en toussant.

Puis il y a ce vendredi. Les feuilles mortes se mêlent à la pluie. Nicole n'a pas dormi de la semaine, elle vit comme hors d'elle-même, résistant toujours mais au fond si seule, si vide. Et cette impossibilité d'en parler à qui que ce soit.

Georges comme chaque matin l'insulte. Mais ce matin il va plus loin. Il se poste devant la porte. Elle tente de passer, elle résiste, elle se débat mais les bras de Georges, ces bras qu'elle a tant aimés la bloquent. Elle lance toutes ses forces dans la bataille, elle ne capitulera pas ; elle veut travailler, elle ne peut plus rester ici. Georges tente encore de la contenir de toute sa force. Elle crie, elle pleure. Sa peau semble se fissurer.

Les coups partent. Sur sa figure ; sur sa poitrine ; une forte douleur la prend au niveau du ventre ; elle s'effondre.

Il lui enserre le cou. Elle reste là, hébétée, à le regarder, pétrifiée, les yeux révulsés, tandis que l'air commence à lui manquer.

Puis Georges lâche prise. Elle peut sortir en courant et aller vers sa voiture. C'est là qu'elle voit la chaîne de fer et le gigantesque cadenas posé sur le volant de sa 2 CV.

Années 2000

Je me suis souvent demandé ce qui poussait un matin un être à commettre un acte révolutionnaire.

On glorifie les révolutions politiques, pas les révolutions intérieures. Ce sont pourtant les plus rudes à mener. Qu'est-ce qui fait que ce matin-là nous avons le courage de changer de vie, de rompre ?

Je crois que c'est une pulsion, une pulsion ancestrale et qu'elle n'intervient que lorsqu'on se trouve en danger de mort. Pas forcément en danger de mort physique immédiate, non une mort psychologique, une incapacité à agir, bouger, évoluer.

C'est sans doute cela qui a poussé Nicole ce matin-là. C'était cela ou mourir. Mourir d'étouffement.

1er NOVEMBRE 1955

Nicole a élaboré une stratégie.

Elle commence par se murer dans le silence.

Puis elle attend que Georges parte et, lorsque Léonard a sombré dans une de ses micro-siestes quotidiennes, elle décroche le téléphone et appelle M. Tronc. Il répond tout de suite.

Elle lui explique la situation, sans pleurer, sans ciller. Elle sait que ses filles la regardent. Un jour peut-être elles se souviendront de ce moment où elle, leur mère, est devenue une femme. Un jour peut-être elles quitteront elles aussi un homme, mais sans avoir peur, car une autre l'aura fait avant elles.

– Je sais plus quoi faire, je ne peux plus utiliser ma voiture. Je veux… Je veux partir. Aidez-moi…

Et Nicole ajoute :

– Je vous en prie.

Tronc reste très calme.

– Le temps que j'arrive il risque de revenir et le vieux va se réveiller, il va vouloir t'enfermer. Écoute très attentivement ce que je vais te dire. Tu prends tes trois filles, tu les habilles chaudement. Tu trouves une couverture. Dedans tu mets tout ce que tu peux. Puis tu t'en vas.

Nicole respecte les consignes de Tronc à la lettre. Elle attrape une vieille couverture grise et crasseuse qui traîne sur le sofa.

La porte de l'entrée est fermée de l'extérieur et bloquée par Léonard qui ronfle. Elle fait signe aux filles de se taire. Aussi doucement que possible, elle passe tout par la fenêtre, utilise une chaise pour que Stéphanie et Joëlle puissent monter facilement et sort en dernier avec la petite Bella qui dort.

Elles marchent sans dire un mot. Le vent d'automne souffle. Ce chemin paraît le plus long de l'existence de Nicole. Il faut traverser toute l'allée et les autres maisons avec leurs portes en fer, puis encore une autre petite allée avec d'autres pavillons tout le long. Nicole s'efforce de ne pas montrer à ses filles la profonde angoisse qui lui broie les tripes. Ne pas courir. Surtout ne pas courir. Et si un voisin la dénonce ? Et si Georges revient plus tôt ? Osera-t-il la ramener de force ? Et si Léonard se réveille et les rattrape ? Lui ne se privera pas de la corriger... Tronc sera-t-il là à l'arrêt de bus ?

Stéphanie et Joëlle regardent leur mère avec sérieux, les sourcils froncés, comme prêtes à faire barrage de leur corps si quiconque s'avise encore de la toucher.

Les secondes paraissent des heures ; enfin elles arrivent à la sortie des pavillons, sur la route. Nicole regarde sa 2 CV enchaînée. Elle reviendra la chercher. Elle ne la laissera pas. Elle l'a gagnée ; sans eux.

Il est 8 heures du matin, une bruine légère commence à perler. Le poids de la couverture pleine sur son dos ajouté à celui de Bella sur son ventre devient de plus en plus dur à supporter. Nicole, fluette, sent qu'elle va s'écrouler. Ne pas flancher. Elle n'en a pas le droit. Pas maintenant. Pas comme ça.

Ses filles ont besoin d'elle.

Stéphanie et Joëlle prennent deux sacs pour alléger leur mère, puis elles trottent à nouveau à côté d'elle, avec cette capacité hors du commun et pourtant enfantine de faire comme si de rien n'était, pour ne pas inquiéter les adultes, alors que chaque seconde se grave en elles.

Quand elles arrivent à l'arrêt de bus, dix minutes plus tard, Nicole croit mourir. Tronc n'est pas là. Elles sont totalement seules, à la merci de Georges s'il passait ici pour les chercher. Les jambes de Nicole commencent à trembler. Elle serre les dents.

Ne rien montrer aux filles.

Ne pas céder à la terreur qui la submerge.

« C'est le prix de la liberté », se répète-t-elle en boucle dans sa tête en serrant les petites mains de ses filles. Cela lui donne de la force. Elle se battra avec lui, dans la rue s'il le faut. Elle fera comme les hommes.

Le temps passe et le bus n'arrive pas. Il est 8 h 30. Au loin Nicole entend un groupe d'hommes qui rient. C'est son époux qui revient de son café matinal avec ses copains. C'est fini. Elle ferme les yeux pour se préparer à la guerre. Elle serre les poings.

Elle ne les rouvre que lorsque Tronc lui empoigne le bras de sa grosse main.

– On y va maintenant. C'est fini.

TROISIÈME PARTIE

JACQUES ET GEORGES

Lui parler de Georges. De ma quête. J'ai osé. Enfin.

Nina m'a donné rendez-vous à son atelier des Buttes-Chaumont, à deux pas du parc. C'est une ancienne boutique de chaussures reconvertie en ateliers d'artistes.

Quand je suis entré dans le loft, l'un de ses nus était en position sur le canapé, Nina face à lui les mains dans la pâte. Elle portait un tablier noir couvert de taches blanches. Dès mon entrée elle m'a pris dans ses bras et nous avons retrouvé tout de suite ces sensations propres à l'enfance. Les longues soirées d'hiver dans la maison de garrigue à manger du chocolat et à regarder des vieux films VHS ; les combats de fourmis dans des bocaux ; les bains que nous faisions déborder, suscitant l'ire de mamie.

– Que penses-tu de mon modèle du jour ? m'a-t-elle demandé, en fronçant les sourcils.

– Il me semble très qualifié, lui ai-je répondu d'un ton tout aussi sérieux.

– Alors, où en es-tu du côté de Georges ?

Je lui ai fait part de mes recherches sur Facebook. Mon échec.

J'ai commencé à me gratter le pouce et Nina savait que c'était chez moi un signe d'angoisse.

Elle s'est arrêtée un instant de sculpter.

– Vas-y, dis-moi ce que tu as sur le cœur.

– Voilà, je voudrais retrouver Georges et je voudrais que tu m'aides. Enfin, qu'on le cherche ensemble.

Elle a regardé en l'air et avalé un verre d'eau.

– J'ai besoin d'y réfléchir. Je te rappelle ce soir ?

– D'accord.

Le modèle s'est raclé la gorge.

– Excusez-moi, mais j'ai un peu froid.

Moins d'une heure plus tard, sur mon portable, je trouvais ce message :

« J'ai réfléchi, je suis d'accord. Dans un mois je pars bosser au Canada. Mais d'ici à mon départ, je t'aide. Ensuite, il te faudra agir seul. »

– Ça va aller, dit simplement Tronc à Nicole.

À l'arrière de la voiture, les filles sont muettes, à l'exception de la petite Bella, en pleurs.

Ils ont réussi à trouver un appartement proche du périphérique, dans un immeuble neuf. La cuisine est attenante à la salle de séjour, il y a un cabinet de toilette, deux chambres, une pour les filles, une pour Nicole. Un refuge.

Elle qui a refusé jusqu'à présent de parler à Jacques Bonmarin finit par l'appeler du téléphone de l'appartement.

– Ne me posez aucune question. Voilà c'est fait. Je suis partie avec les trois filles.

Puis tout lâche en elle. Elle pleure. Beaucoup.

– Je vais t'aider, je vais vous aider. Ne pleurez pas Nicole. Surtout ne vous faites aucun souci, pour aujourd'hui et demain, restez tranquille, organisez-vous, je viendrai vous voir.

Elle raccroche. Tout tourne dans sa tête. Georges, Léonard, toutes ses affaires qu'elle a laissées là-bas et qu'elle ne reverra peut-être jamais. Elle repense aux jours qui ont précédé son départ. Aux questions de son mari qui ressemblaient à un interrogatoire de police, à Dziadek avec son carnet bleu.

Nicole touche son épaule gauche et ses plaies. Ces douleurs-là lui semblent soudain bien dérisoires.

*

Une heure après, Jacques Bonmarin débarque à Montrouge. Les filles sont avec Tronc. En découvrant l'appartement il est pris d'une colère noire. Il hurle.

– Écoutez Nicole, cela n'est pas possible, vous ne pouvez pas vivre là-dedans. Je n'aurai jamais cru que c'était aussi affreux. Si Tronc m'avait dit…

Mais Nicole ne se démonte pas. Elle a envie de lui résister. Elle sait que cela lui donne du pouvoir. Qu'elle ne doit rien montrer de ce qu'elle ressent.

– Moi cela me convient. Je ne bougerai pas.

Jacques allume une cigarette, ses doigts tremblent.

– C'est trop petit, trop loin…

– Non, continue Nicole. Je reste ici. De toute façon vous êtes marié donc il n'est pas question de quoi que ce soit entre nous. Vous n'avez qu'à vous occuper de votre femme. Moi je travaille et j'ai besoin d'un logement décent pour mes enfants.

Ils sont debout, seuls, l'un face à l'autre, dans l'appartement vide qui fait résonner leurs voix. Il est beau tout de même, avec son costume noir, bien coupé, son chapeau, ses cigarettes.

– Écoutez-moi bien, monsieur, continue Nicole en détachant chaque mot. Si vous ne voulez plus que je travaille dans votre société, cela ne fait rien. Je connais le métier, je sais conduire et il y a d'autres entreprises qui me font des propositions.

Nicole ne bluffe pas. Jacques le sait. Il y a peu d'entreprises de nettoyage à Paris. Cela s'est répandu comme une traînée de poudre. Il y a une femme qui travaille chez Jacques Bonmarin. Oui une femme. Tout le monde a entendu parler d'elle, si jeune et si belle, qui illumine les matins sombres des hommes sur les chantiers.

– Ça n'est pas grave, monsieur. Si vous ne voulez plus que je travaille chez vous, j'irai voir ailleurs.

Jacques devient vert, puis blanc. Sa langue claque. Il rallume une cigarette sur les décombres de la précédente. Comment ose-t-elle lui parler comme ça à lui, le patron ?

Mais il est incapable de crier ou de partir. Il fait un effort surhumain pour articuler quelques mots de sa voix grave.

– Même si vous allez au bout du monde, j'irai vous chercher.

Je dois dire qu'avec Nina nous n'avons pas su par quoi commencer. Elle avait entamé des recherches de son côté, moi aussi, mais sans grand succès. Georges « n'existait » nulle part, ni sur Google, ni dans l'antique annuaire de la fin des années 1990 que j'avais religieusement gardé à la cave.

Il y avait bien ce Georges sur Facebook, avec une barbe et un chapeau dont nous avions cru que ce pouvait être lui. Il avait une vague ressemblance avec l'inconnu de la photo, la seule que mamie nous avait donnée, celle où on le voyait avec des lunettes de soleil dans un parc avec ma mère. Ce détail donnait tout de suite le ton : Georges était un homme dont il ne fallait rien savoir et dont même le regard devait nous rester inconnu. Peut-être était-il mort ? Peut-être ne voulait-il pas répondre ?

Nous nous sommes retrouvés un soir d'hiver dans mon studio. Nina avait réussi à trouver l'état civil de Georges Kowalski en fouillant dans les archives de mamie. Elle n'en savait évidemment rien.

Assise sur le canapé de faux cuir noir, Nina a égrené les quelques informations qu'on y trouvait.

On apprenait qu'il était né à Varsovie le 27 octobre 1926. Que son emploi avait été agent de tourisme (ce qui n'apparaissait pas tellement dans le récit de Nicole). Il y avait aussi des informations sur ses parents, sa mère, Marie Skorupicz-Mansuet, né à Saint-Pétersbourg sans précision de date. Et son père Léonard Georges Kowalski, né à Varsovie mais là aussi sans date. Sa dernière adresse connue remontait à 1956, il s'agissait du 1 square Marcel Toussaint, ce qui correspondait à la description de Nicole, cet appartement dans lequel elle était allée vivre avec Georges et les enfants quand l'entreprise avait périclité.

La fiche d'état civil comportait une partie intitulée : « Informations concernant Georges R. Kowalski sur sa vie en France ». Voici ce qu'on pouvait lire :

« – Pratiquant la compétition cycliste et le sport en général dont la gymnastique, notamment au Gymnase Renard.

– Ayant été chauffeur de taxi dans le milieu polonais (années 90).

– Amateur de la race de chien doberman. »

Le document contenait par ailleurs un passage titré :

« Informations sur la famille Kowalski :

La famille K. aurait quitté la Pologne dans les années de guerre (1941-1943). Le dénommé Anjë (parrain de la 3e fille de Nicole), aurait été pilote pendant la guerre de 1940, et la grand-mère de Saint-Pétersbourg serait de ligne aristocratique ».

Nous sommes restés quelques minutes interdits à la lecture de cette fiche. Il y avait certes quelques informations que nous connaissions déjà à travers le récit de mamie (Georges était un sportif), il y en avait d'autres que nous ignorions totalement comme le fait qu'il avait été chauffeur de taxi dans le milieu polonais dans les années 1990 (qu'est-ce que c'était que le milieu polonais ?) et qu'il aimait les dobermans.

Commencer l'enquête à partir de ces quelques bribes d'informations aurait sans doute été plus raisonnable mais Nina et moi étions habités par une folle croyance : retrouver Georges le soir-même en utilisant une technique de journaliste vieille comme le monde, appeler tous les Georges Kowalski de l'annuaire.

Nous avons tapé son nom dans les pages blanches et des dizaines de contacts nous sont apparus. Au départ nous nous sommes limités à la région parisienne (Nicole répétait que, même si elle n'avait pas de certitudes, elle était tout de même certaine que Georges vivait encore dans le coin en banlieue, je me rendrais compte plus tard qu'elle aimait noyer le poisson en donnant des informations contradictoires).

Moi assis sur une chaise, téléphone à la main, Nina sur le canapé, nous avons composé tremblants les numéros en nous demandant chaque fois si nous n'allions pas tomber sur cette voix inconnue. Un par un j'ai égrené les numéros (Asnières, Boulogne, Paris, Colombes)... Personne ne cadrait avec ce Georges né en Pologne qui aurait eu trois enfants avec une dénommée Nicole. Après avoir fait tous les Georges de Paris et d'Île-de-France nous avons senti le découragement nous gagner. Rien, nous n'avions rien. Pas le début d'un indice et Nina a mangé sous mes yeux le dernier carré de chocolat posé devant elle sur la petite table en bois.

La nuit était tombée depuis longtemps et pendant quelques secondes j'ai pensé à Georges. Il était quelque part, en ce moment, sous la terre ou en vie, mais quelque part, et il était impossible de ne pas le retrouver.

Alors nous avons décidé d'élargir nos recherches cette fois à la France entière. Nous avons téléphoné et téléphoné encore. Sans succès. Puis, au bout d'une heure notre cœur a failli cesser de battre, quand nous nous sommes retrouvés avec une dame qui habitait du côté de Lyon.

Je lui ai demandé, comme à tous les autres, qui était ce Georges-là. Elle n'a pas semblé étonnée quand je lui ai expliqué que j'étais le petit-fils de Georges, que je le cherchais. Elle ne m'a pas arrêté, je n'ai pu entendre que son souffle.

Avec Nina nos regards apeurés se sont croisés, comme deux personnes en train de vivre un moment familial historique. Mes mains sont devenues moites, mon cœur vaporeux.

– C'est incroyable ce que vous dites jeune homme... Mon mari a cherché ses enfants toute sa vie. Ses trois filles.

Elle a marqué un silence, il y a eu des sanglots dans sa voix, une voix âgée déjà. Comme Georges certainement.

– ... Hélas vous arrivez un peu tard. Mon mari est mort il y a quelques jours, sans jamais les avoir trouvées, et vous voilà...

Suivant la conversation sur le haut parleur, Nina s'est mise à pleurer face à moi.

J'ai essayé de garder mon sang-froid, de ne pas oublier de poser les bonnes questions.

– Pardon de vous poser cette question, madame, mais j'ai besoin de tout vérifier... Où votre mari est-il né ?

– À Strasbourg...

– Ah... À Strasbourg, ai-je répété.

Ma cousine a levé les yeux au ciel.

– Vous êtes absolument sûre ?

– Oui sûre, à Strasbourg en 1936...

– Ah... Hélas ça ne peut pas être lui. Le nôtre est né à Varsovie en 1926.

La dame a soufflé. J'ai compris qu'elle était dans la même attente que nous, attente déçue...

Je l'ai remerciée, elle nous a souhaité bonne chance et bon courage dans nos recherches mais que c'était triste de se quitter ainsi après y avoir cru, l'espace de quelques minutes. La descente fut dure. Nous n'avions plus personne à appeler.

J'ai cogité, en me raccrochant à la pensée magique : Georges était là quelque part à attendre. Et si lui aussi avait essayé de nous retrouver ? Devais-je croire mordicus ce que m'avait raconté Nicole ? Qui était vraiment cet homme, ce grand disparu ? Et, sans que je puisse m'en empêcher, derrière les traits de Georges ceux de mon propre père m'apparaissaient. Comme si les deux quêtes étaient liées par le fil ténu de l'absence et du manque.

Un peu groggy, nous sommes restés là à végéter, une heure ou deux, je ne sais plus.

– J'y ai cru, tu sais, m'a dit Nina. J'ai vraiment cru que c'était lui.

– Oui moi aussi...

C'était étrange cette sensation. Pour la première fois, la distance de l'écriture s'effaçait. Je réalisais à quel point cette histoire me touchait, à quel point ça me ferait quelque chose de le rencontrer, de me retrouver face à lui ou face à sa tombe. De voir les plis du visage de celui qui avait engendré ma mère et dans les veines duquel coulait mon sang.

J'ai commandé des pizzas. Nous les avons mangées en essayant de trouver comment poursuivre l'enquête. Nous avons évoqué un rendez-vous, un déjeuner avec la deuxième fille de Georges, celle dont on racontait dans la famille, sans en être certain, que peut-être elle l'avait recroisé.

Nina est partie en voyage au Canada avec la promesse de se revoir. Le temps a passé, le printemps est arrivé, et Nina ne faisait que retarder son retour.

Je crois que je n'ai compris qu'au mois de juillet qu'elle ne reviendrait pas. Elle filait le parfait amour de l'autre côté de l'Atlantique.

J'étais seul face à Georges, dont la dernière adresse connue était la maison de Courbevoie où il avait vécu avec Nicole et les filles. Date : 1954.

FÉVRIER 1956

Jacques n'a pas à aller chercher Nicole au bout du monde mais dans les mois qui suivent son départ il fait tout pour l'aider. Il lui trouve quelqu'un pour garder ses enfants, la conseille. Elle est dans une situation délicate car on la considère comme fautive par rapport à Georges. Elle est partie. On ne quitte pas son époux et son domicile quand on est une femme. De fait il faut trouver ce qu'on appelle des « circonstances aggravantes ».

Excepté Jacques, Nicole trouve peu de soutien autour d'elle.

– Mais pourquoi partir ? lui disent la plupart des femmes à qui elle se confie. Tu aurais peut-être dû rester chez toi… Et ton mari, comment il va faire sans toi ?

Ou encore :

– Tu sais qu'il aurait pu te retenir de force et que tu n'aurais pas eu le droit de manifester ? Tu aurais dû lui obéir.

Tout cela est énoncé sans méchanceté, sans jugement. Il est simplement impensable pour ces femmes de quitter leur mari.

Jacques se charge d'aider Nicole à trouver les « circonstances aggravantes ». Il l'emmène voir un avocat qui s'appelle maître Ours.

Maître Ours porte bien son nom ; il pèse au moins 100 kilos et mesure près de deux mètres ; il est si poilu qu'on distingue à peine ses mains sous son pelage ; il n'y a pas un seul espace de sa peau qui ne soit pas couvert. Sa barbe également très fournie est poivre et sel. Sa voix tonne. Ses yeux noisette sourient.

Il est de ces hommes qui ont du charme sans qu'on puisse vraiment dire pourquoi.

Maître Ours prend rendez-vous pour Nicole chez un médecin. Bien que les blessures ne soient plus visibles, le médecin fait le constat que Nicole a été battue, justifiant sa fuite. Et il antidate son constat au jour de son départ.

*

C'est la nuit que le réel revient taper à sa porte ; telle la mer qui ramène les ordures sur le rivage.

Nicole se contorsionne ; seule dans la pénombre.

Elle prononce des mots incompréhensibles, des noms, des souvenirs. Elle se réveille au milieu de la nuit en boule, suçant son pouce, comme un petit animal écorché, les draps emplis de sueur, les yeux mouillés.

Alors elle part vérifier que tout va bien pour les filles, puis elle revient se coucher et inlassablement le sommeil la ramène au passé.

Son départ, la 2 CV enchaînée… La culpabilité d'être partie, la peur d'être seule.

Et Nicole se réveille en sang. Elle se touche le visage, les jambes, allume la lumière pour constater les dégâts. Du sang, du sang partout. Elle en sent même l'odeur putride.

Mais non il n'y a rien, elle est seule dans ce lit. Seule à en crever. Et le réveil, 5 h 30. Quoi qu'il arrive. La douche, les enfants, les habits, le maquillage. Devenir Nicole l'inspectrice, puisque c'est le titre que Jacques Bonmarin lui a donné.

L'inspectrice qui part sur les chantiers. Vingt-cinq ans, longiligne, grande face à eux, « mes hommes », dit-elle, ces hommes de trente à quarante ans qui n'ont jamais vu de femme sur leur terrain de travail.

Nicole n'en a cure, elle travaille dix fois plus que n'importe quel homme, tenant son planning de travail de chantier en chantier. Les femmes de ménage, les laveurs de vitre… Il y en a des employés à voir. Dès 6 heures du matin, vérifier que personne ne manque à l'appel. Et si une femme de ménage fait défaut, se dépêcher d'en trouver une autre, la plupart du temps sur un autre chantier. Alors Nicole part elle-même chercher la remplaçante. Même pas peur, peur de rien et surtout pas des rumeurs qui commencent à se répandre dans l'entreprise.

« La jolie fille », comme on dit.

Quand Nicole marche dans les couloirs, elle entend les chuchotements, les gloussements. Elle garde la tête haute.

« Coucheuse. »

Pourtant, ce n'est pas encore vrai.

Mars 1956

Il a fallu cinq mois pour que Nicole accepte.

Six mois pour dépasser son angoisse de les revoir.

Il pleut ce matin-là, petite pluie fine. Nicole a les mains moites mais garde le sourire, ce sourire que jamais personne ne lui enlèvera.

Elle ne se demande pas comment Tronc compte s'y prendre. Elle lui fait confiance.

Au dernier virage, Tronc avale une dernière rasade de vodka dans une petite fiole qu'il cache dans sa poche.

– On y est, dit-il. T'inquiète pas, ça va aller vite.

Tronc gare la voiture devant la petite maison de Courbevoie. La 2 CV est là, toujours enchaînée au niveau du volant. Tronc sort de la voiture et prend dans la boîte à gants une sorte de torchon noir.

– Viens, dit-il à Nicole. Tu partiras directement avec, dit-il en lui montrant sa 2 CV.

Ils avancent sur les graviers vers le portail. Tronc frappe. C'est Léonard qui ouvre.

– Qu'est-ce que vous voulez ? dit-il d'un air embué, le dos voûté.

– Les clés du cadenas de la 2 CV.

Léonard a un petit rire, Georges apparaît derrière lui, en marcel blanc.

– Enfin tu reviens ? Il t'en a fallu du temps..., dit-il en voyant Nicole. Où sont les filles ?

– Non je ne reviens pas, je ne reviendrai jamais.

– Oh si tu vas revenir.

Il commence à s'approcher d'elle, elle recule.

Mais Tronc soulève son torchon et ils voient apparaître un flingue noir, brillant, qu'il n'a pas besoin de pointer sur les deux hommes.

– J'ai déjà tué. Je n'hésiterai pas à recommencer si vous dites ou faites quoi que ce soit d'autre que me donner les clés du cadenas.

Une goutte de sueur coule du front de Georges. Il saisit dans le regard de Tronc, perçant, implacable, que ce n'est pas une plaisanterie.

Tronc charge son flingue. Il n'y a plus un bruit.

– J'arrive, dit Georges, doucement.

Il revient une minute plus tard avec la clé.

– Bien, continue Tronc, maintenant vous fermez la porte. Vous allez bien écouter ce que j'ai à dire car je ne le répéterai pas. Vous n'importunerez plus jamais cette jeune femme, de toute votre pauvre existence. Me suis-je bien fait comprendre ?

Ils acquiescent. Léonard claque la porte. Et Tronc se dirige avec Nicole, flingue à la main, vers la 2 CV. Ils enlèvent le cadenas noir et vérifient que la voiture démarre.

– Va devant, lui dit Tronc. Je te suivrai. Il n'y a plus rien à craindre.

Elle roule sans se retourner. Elle ne voit même pas Georges qui court après la voiture et que Tronc arrête en lui barrant la route avec son propre véhicule.

Nicole n'entend plus rien. Elle a mis la radio. Elle pleure.

Années 2000

STÉPHANIE

– *Comment tu le décrirais, Tronc ?*

– *Une stature impressionnante, il avait fait le service militaire en Algérie avec Bonmarin. C'était un homme viril, tu vois, un peu enrobé par le temps… Tronc, c'est le genre de mec qui te dit (elle prend un accent italien qui ressemble à celui de Corleone dans* Le Parrain*) : « Ne te fais pas de souci petit, qui te veut du mal ? Tu me dis juste où il habite, tu ne parles de rien à personne… Ne t'en fais pas : tu me donnes l'adresse… Personne n'en saura rien. C'est déjà réglé. Tiens, prends ça et va manger une glace. »*

Cet été-là j'ai senti que quelque chose de puissant me poussait. Au moment où j'ai écrit cette scène. Au moment où, de nouveau, Georges n'avait pas de voix, pas de visage. Où il n'était qu'un monstre impuissant, pathétique.

C'est ainsi qu'un jour, dans un SMS, j'ai demandé à ma mère la date et le lieu de sa dernière rencontre avec Georges. Elle ne m'a pas répondu.

Le soir nous nous sommes appelés et c'est à la fin de la conversation qu'elle est revenue, à ma grande surprise, sur le sujet.

Au départ m'avait-elle expliqué, elle ne voyait pas l'intérêt de le mettre en lumière. Il allait s'en servir, il allait faire comme le père de Johnny Hallyday qui était arrivé avec une foule de journalistes là où la star faisait son service militaire, revendiquant sa paternité alors qu'il ne s'était jamais occupé de lui (ma mère avait tendance à surestimer ma notoriété et la sienne).

Cela n'empêche qu'après ce préambule elle s'était mise pour la première fois à me parler de lui. Elle l'avait revu à deux reprises étant adulte.

D'abord en 1975. Georges lui avait téléphoné (personne ne savait comment il l'avait retrouvée, par Nicole peut-être ou par une de ses sœurs, ma mère avait quoi qu'il en soit utilisé le mot « dénoncé » ; « j'ai été dénoncée par quelqu'un »).

Un beau jour, Georges avait débarqué avenue Émile-Deschanel dans cet immeuble ancien où ma mère habitait. Au téléphone elle ne m'avait pas fait de réelle description de la scène. Je ne sais pas ce qu'ils s'étaient dit, ce qu'ils avaient bu, de quoi ils avaient parlé...

Je sais juste que ma mère avait posé une condition à cette visite : Georges devait lui ramener une petite biche de porcelaine rouge qu'elle avait gagnée avec lui enfant à la pêche aux canards. Georges avait accepté et il avait débarqué avec la figurine.

Après son départ ma mère avait brisé la biche, pour « se venger » disait-elle. Se venger de quoi, elle n'avait pas voulu me le dire.

La seconde fois, c'était au milieu des années 1980. Ma mère avait reçu un appel suppliant de Georges. Il disait qu'il allait se faire opérer des yeux, qu'il aimerait la revoir avant… Elle lui avait souhaité « bon courage ».

Alors il était venu au cabinet, par surprise. Elle était avec son amant de l'époque. Georges lui avait dit qu'elle était très belle et qu'elle lui ressemblait.

– Ça m'étonnerait, je n'ai rien gardé de vous, lui avait-elle répondu.

– Pourquoi ne pas me dire « tu » ?

– Parce que je ne vous connais pas.

– J'aimerais rencontrer mon petits-fils.

– S'il en a envie, ce sera son droit.

À en croire ma mère ils n'avaient plus jamais eu de contact après cet épisode et elle n'avait pas gardé ses coordonnées.

Quoi qu'il en soit, à la fin de la conversation, ma mère m'avait parlé d'une amie à elle qui aurait été en contact beaucoup plus récent avec Georges. Une certaine Katia. D'après ma mère, celle-ci se rendait souvent dans un camp de vacances entre Hossegor et Capbreton, un endroit pour Russes nostalgiques qui se retrouvent tous les ans… Sokol.

Une recherche internet m'a permis de trouver un article de *La Dépêche du Midi* concernant ce lieu. Voici ce qu'on pouvait y lire :

Un petit coin de Russie se cache au cœur de la forêt landaise

Au cœur de la forêt landaise, il faut suivre un chemin de sable sinueux entre pins et fougères pour découvrir un petit

coin perdu de Russie : un village de vacances dans lequel se retrouvent chaque été, depuis plus d'un demi-siècle, des Russes installés en France.

Il faut remonter à fin du XIXe siècle pour comprendre l'histoire de ce camp « Sokol » (faucon en langue tchèque), qui tire son nom d'un mouvement gymnique nationaliste tchèque.

Rapidement, les « sokol » essaiment en Russie avant d'être importés en France par les Russes blancs. En 1952, c'est au fin fond de la forêt d'Hossegor qu'ils choisissent de recréer un coin de leur pays d'origine.

Au début, l'esprit des célèbres datchas est bien loin. Le camp est spartiate, tout le monde dort sous des tentes. Pendant que les enfants s'adonnent à la gymnastique, les parents se retrouvent pour partager des repas, aller à la plage ou jouer au volley… le tout en russe et au rythme de la pratique religieuse.

Cinq décennies plus tard, ce sont désormais les descendants des premiers « Sokol », comme ils se baptisent, qui se retrouvent dans ce qui est devenu un vrai village de vacances.

« Ici, c'est une grande famille, on a les mêmes valeurs et les mêmes centres d'intérêt, je n'imagine pas mes vacances ailleurs », explique, tout en picorant un cornichon avant le déjeuner, Nastasia, vingt ans, qui vient depuis sept ans en famille passer trois semaines à Hossegor.

Kristina, elle, est venue accompagnée de sa fille et de son petit-fils Alexis, quatorze ans, « retrouver ses copains et boire un peu de vodka » qui remplace l'habituel pastis à l'heure de l'apéritif. Comme beaucoup, c'est en russe qu'elle s'adresse à sa descendance, une manière pour elle de ne pas perdre une partie de son histoire.

Si le côté gymnique et paramilitaire que certains ont connu jusqu'à la fin des années 1960 a totalement disparu, la religion garde une grande place. Avant et après chaque repas, les chants

d'une prière retentissent dans l'immense réfectoire couvert et le dimanche, tout le monde se retrouve à la chapelle.

Mais c'est chaque année au 15 août que tous les membres du Sokol témoignent leur attachement à la culture de leurs ancêtres. Après une cérémonie du lever de drapeau Sokol, toutes les générations se retrouvent pour des concerts et spectacle de danses folkloriques.

Effectivement, du peu que je connaissais à présent Georges je pouvais bien l'imaginer là-bas. La gym, la tente (où il avait aimé pour la première fois Nicole) et son attachement à la culture russe. Tout collait.

J'ai été pris d'un drôle d'espoir. Peut-être Georges y était-il cet été-là ? Peut-être pourrais-je le retrouver et aller le voir ? Prendre un train, passer une journée sur place dans le plus grand secret ?

Je me suis rappelé aussi l'autre information lâchée par ma mère. La dénommée Katia avait été, aurait été, la maîtresse de Georges même si, selon ma mère, « elle n'a jamais voulu l'avouer ». Mon grand-père serait alors passé par l'Espagne.

Mais bien entendu, personne n'était sûr de rien.

Avril 1956

Chaque matin, dans le froid et la brume, Nicole dépose les trois filles dans le home d'enfants de Chanteloup-les-Vignes. Elle n'a pas encore les moyens de payer la nounou tous les jours.

Elle fait bonne figure, elle tient, elle essaye de rassurer les filles qui hurlent. La petite Bella enchaîne les coliques et Nicole doit partir travailler en la laissant agoniser sur le pot de chambre, entourée de ses sœurs.

Il n'y a qu'avec Jacques que Nicole oublie le travail, les enfants, Montrouge et le regard des voisins sur sa solitude. « La divorcée », comme ils disent. Elle aimerait que ce soit vrai. Plusieurs fois par semaine, prétextant des dossiers urgents à traiter avec elle, Jacques l'invite à dîner. Palaces, restaurants gastronomiques ; rien n'est assez beau.

*

En repartant vers Paris un matin elle a de nouveau ce sentiment étrange, ce frisson dans le dos qu'elle ressent depuis quelque temps, cette impression lancinante d'avoir une voiture à ses trousses.

Devient-elle folle ? Paranoïaque ?

C'est une voiture noire, une Citroën, comme il y en a tant à Paris. Cela dure depuis plusieurs jours. Elle n'en parle à personne mais elle veut en avoir le cœur net. Alors un jour elle change de chemin, fait demi-tour, va même jusqu'au parc de Saint-Cloud et s'arrête devant une des portes.

La voiture est encore là. Elle démarre en trombe et file droit au bureau de Bonmarin. Elle lui raconte tout. À la minute même, il charge Tronc de la mission exclusive d'accompagner Nicole où qu'elle aille.

Elle fulmine. Mais pour qui Georges se prend-il ? Comment ose-t-il ? Va-t-elle devoir porter ce fardeau toute son existence ?

Elle ne sait pas que ce pauvre Georges n'a rien à voir dans l'histoire. C'est Léonard qui en a pris l'initiative. Il a engagé un détective privé, pour pouvoir continuer à rapporter à son fils les moindres faits et gestes de celle qui est encore aux yeux de la loi son épouse. Nicole n'est toujours pas divorcée et Georges compte bien le lui rappeler. Il refuse d'accéder à sa requête et demande à voir ses filles au moins une fois par semaine.

Maître Ours a mis en garde Nicole : après les épisodes de violence avec Georges, les filles ne doivent pas être seules trop longtemps en sa présence.

*

Chaque matin Isabelle se lève et se hisse hors de son lit, celui qu'elle n'a jamais voulu changer depuis 1942. Une relique, un bout de lui, planté dans cette grande chambre froide aux rideaux fermés.

Elle boit un café, se lave et descend prendre son train à Saint-Lazare, toujours à la même heure, toujours dans le même wagon.

Le soir, le cérémonial est le même, elle monte dans le train de 17 h 02 qui la ramène à Asnières. Elle passe faire ses courses pour le dîner chez l'épicier, puis elle rentre. Elle s'assoit sur le canapé et regarde dans le vide. Parfois, en de rares occasions, elle lit un livre de la bibliothèque de Nicole restée en l'état depuis son départ.

Rien n'a bougé à vrai dire, si ce n'est la poussière qui s'accumule là où la femme de ménage ne passe jamais, sur le dessus du buffet du salon et sur le haut de la cuisinière.

À 20 heures, la pendule sonne et elle se lève.

Ce soir, Nicole doit passer la voir. Elle se dirige vers la porte et elle attend.

Il n'y a guère plus que Marion, « sa petite dernière », à encore venir ici avec les enfants. À cette pensée un léger sourire vient lui tordre le visage.

On sonne. Son sourire disparaît.

Nicole entre.

Elle embrasse sa mère qui lui tend une joue molle et va s'asseoir dans le salon. Nicole part dans la cuisine chercher un verre d'eau qu'elle lui tend en s'asseyant dans le fauteuil face à elle. Il n'y a qu'une lampe allumée ; Nicole a les mains moites.

– As-tu une cigarette ? demande-t-elle à sa mère.

– Non, dit-elle d'une petite voix. Désolée.

– Ta journée a été bonne ?

– Oui, j'ai pris le train ce matin et je suis rentrée à 17 heures.

– Rien d'autre de particulier ?

– Non. Et toi, les affaires vont bien ?

– Bien, merci.

– T'ai-je dit que Marion allait partir aux États-Unis ?

– Non.

– Ah...

Nicole se lève pour aller remplir son verre déjà vide.

– Tu sais maman j'ai beaucoup réfléchi et tu ne peux plus rester ici. C'est trop grand, trop cher et puis il y a trop de souvenirs... J'ai trouvé des appartements géniaux, qui plus est dans Paris. Tu n'aimerais pas être dans Paris ? Maman, maman ?

Mais Nicole a beau agiter ses mains et passer devant sa mère, celle-ci ne la voit plus.

– Je sais que tu es attachée à cet endroit mais ça te ferait du bien d'aller ailleurs. Et puis c'est trop grand ici pour toi, c'est trop cher.

– Nous verrons, nous verrons oui…

– Veux-tu aller au cinéma ?

– Non, je suis fatiguée. Je ne peux pas te proposer de rester. Tu m'excuseras je n'ai rien prévu pour le dîner. Une prochaine fois peut-être ?

– Oui, une prochaine fois. Je te laisse te reposer alors.

– Oui, merci.

Nicole se lève, embrasse sa mère. Avant de partir elle dépose les verres dans la cuisine. Au moment de franchir le seuil de la porte, c'est plus fort qu'elle, elle ne peut pas s'en empêcher, elle entre dans la chambre parentale. Là aussi tout est sombre. Les rideaux et les volets sont fermés. Ça sent le rance. C'est là qu'elle distingue quelque chose sur le lit, des sacs de course, une salade, de la viande, du pain, du vin.

Elle ressort de la chambre l'estomac noué.

Elle suffoque.

– Au revoir maman, dit-elle en claquant la porte.

– Au revoir Nicole.

Elle descend les escaliers et se dirige à droite de l'immeuble pour reprendre sa voiture. Elle se retourne une ultime fois.

Un taxi arrive.

C'est Marion qui ne la voit pas, mais qui pénètre dans l'immeuble ; une bouteille de vin dans la main droite.

Années 2000

J'ai reçu le carton d'invitation dans ma petite boîte aux lettres.

Caroline me conviait au cocktail de lancement du nouveau livre de Louis Quatorze, star de la littérature française (et quasi mondiale).

Je le savais, être invité était une chance. Pouvoir être là, moi le nain littéraire, au milieu de Caroline et de ses auteurs-phare.

Une consécration.

La semaine suivante je me suis donc rendu à l'hôtel de l'Abbaye, proche de la rue de Rennes et de Montparnasse, où le cocktail se tenait. Après avoir traversé une grande pièce avec cheminée, petites tables ornées de bougies, canapés de velours rouge, lumière tamisée et décorations façon salon anglais, on arrivait au « jardin », où une grande table avait été dressée face à la fontaine.

Caroline était là, avec son éternelle robe noire, son chapeau, ses lunettes, entourée de Louis Quatorze et d'une myriade d'auteurs et de journalistes, verres à la main. Ça suintait l'élégance, les nœuds papillon, le parfum. Moi je n'en avais plus depuis longtemps, du parfum, et j'ai tout de suite eu un frisson en me voyant passer devant la glace. Je n'avais pas pu acheter ou louer le moindre costume, j'avais donc emprunté à un ami de ma mère avocat une veste bleue dans laquelle je flottais.

Mais Caroline m'avait vu, tout le monde m'avait vu.

Impossible de rebrousser chemin.

Un silence s'est installé, brisé par Caroline.

– Ah mon cher Lucas !

Et elle m'a embrassé, me présentant à Louis Quatorze, chemise blanche ouverte. Bouche lipue.

– Louis, voici Lucas Lamour.

– Qui est-ce ? a-t-il demandé en se grattant le nez.

– Un de mes jeunes espoirs, il a publié l'été dernier son premier roman et il en prépare un autre sur sa grand-mère, une femme incroyable ! N'est-ce pas ?

– Le titre de ce roman ?

– *Et pour toujours ce sera l'été...*

– Jamais entendu parler mais je regarderai. Tenez, a-t-il continué d'un air nonchalant en tendant son bras pour attraper son propre livre. Lisez, lisez donc, cela vous instruira sur ce qu'est la littérature.

Et de son stylo noir il a apposé sur la première page « Amitiés, Louis Quatorze ».

Le cercle des courtisans s'est refermé sur eux, m'éjectant de fait, non sans que Caroline m'ait pointé du doigt un nouveau chihuahua couché près d'un énorme bol de gâteaux pour chiens.

Je me suis réfugié dans un coin en buvant des gin-tonics et en mangeant des sushis. Je ne savais comment me tenir, je me trouvais ridicule, de temps à autre Caroline accrochait mon regard pour me sourire.

Laurent Ruquier était arrivé il y a peu et il était en grande discussion avec eux. J'ai repensé aux mots de mamie ; « Tu crois qu'avec notre livre on pourra faire *On n'est pas couchés* ? »

– Oui, oui, avais-je répondu pour ne pas la décevoir.

Laurent Ruquier était reparti sans me voir, le nez sur son portable. Peu à peu l'hôtel s'est vidé, ne laissant que des verres vides et des cadavres de bouteille sur la journée finissante.

Passablement alcoolisé j'ai attendu le moment où Caroline sortirait ; elle était toujours avec Louis Quatorze.

Il s'est éclipsé sans un mot devant moi, puis cela a été le tour de Caroline. J'ai titubé.

– Je dîne avec lui mais dis-moi juste... Où en es-tu ? Tu écris ?

– Oui. J'écris.

– Bien. Je dois y aller mais appelle-moi. D'accord ?

J'ai marché, tout seul, incapable de rentrer chez moi.

JUIN 1956

C'est comme un volcan qui se rapproche d'elle, jour après jour, de manière toujours plus ardente. Elle le sent ; l'amour de Jacques et ce cœur, celui des hommes qui parlent peu mais qui agissent. Et Jacques Bonmarin a tant agi pour elle... Elle sait, qu'un jour ou l'autre, Jacques ne pourra plus se taire.

Cela arrive plus vite que prévu ; un soir sur les quais de Notre-Dame, dans un petit restaurant, chez Marcel, où ils ont leurs habitudes pour déjeuner, un troquet qui ne paye pas de mine. On y mange des steaks dans des petites cocottes avec des grains de poivre dessus et des pommes de terre sautées. Un délice.

Ce soir-là, en sortant, Jacques prend la main de Nicole.

– Venez vivre avec moi Nicole. Je vous aime.

– Il n'en est pas question.

– Je vous le demande, venez...

– C'est impossible car vous ne quitterez pas votre femme.

La réponse de Nicole claque, sèche, lapidaire.

Il ne répond rien ; elle continue.

– De toute façon je vais partir, c'est sans doute mieux ainsi. Vous serez soulagé.

Jacques lui attrape la main. Signe de son trouble, depuis la sortie du restaurant il n'a pas pensé à allumer une cigarette.

– Écoutez-moi bien. Où que vous alliez j'irai vous retrouver, même si vous partez au fin fond du désert, j'irai vous chercher ! Vous comprenez ?

Nicole s'arrête sur le pont et jette son regard dans le vide. Elle vient de comprendre le principe d'une négociation.

– Je veux un salaire plus élevé, des responsabilités et je ne serai jamais votre maîtresse.

– Je vais quitter ma femme. Ça fait longtemps que j'y pense. Vous n'avez qu'à chercher un autre appartement et aussitôt que vous l'avez trouvé, je déménage et je viens habiter avec vous.

*

Dissimuler ses émotions, Nicole sait faire. Mais en rentrant chez elle, elle ne peut s'empêcher de sautiller sur place. Cet homme est beau, bien en place, rassurant…

Elle court dans la chambre des filles, les regarde dormir. Elle se remémore la dernière scène en date, une scène du matin, toute fraîche. Lorsqu'elle est passée avec Stéphanie, Joëlle et Bella devant chez la concierge, elle a surpris ces mots chuchotés par la dame, en pleine conversation avec la vieille du dernier.

– Divorcée… Traînée…

Elle sent son ventre se contracter en repensant à ses mots et tout ce poids à porter sur ses épaules depuis qu'elle a quitté Georges.

Elle n'en peut plus. C'est si lourd. Si violent. La liberté.

Elle sera à l'abri, elle quittera ce lieu, elle aura un père pour ses enfants, elle sera installée. Elle aura une épaule sur laquelle se reposer… Le vide, la solitude, disparaîtront, et ce grand lit glacé… Nicole pense à tout ce qu'elle a supporté, à sa situation de jeune femme avec trois enfants à charge.

Oui, elle l'aimera. Comment peut-il en être autrement ?

– T'ai-je parlé de cette affaire dont je m'occupe ? me demande ma mère.

– Laquelle ?

– Cette fille qui est arrivée dans mon cabinet il y a trois mois environ, elle était très maigre mais très jolie, blonde, yeux bleus, mais il y avait quelque chose de brisé dans son regard. Tu me connais, j'en ai traité des affaires de viol...

(Moi, regard compatissant mais blasé, main sous le menton.)

– Oui oui...

– Grâce à moi, elle a...

Je l'ai coupée.

– C'est bon, maman, bravo, vraiment... Mais je préfère qu'on parle d'autre chose... Il n'y en a que pour tes affaires sordides...

– Ce ne sont pas des affaires sordides Lucas, c'est la vie. C'est le silence qui tue. Tu devrais comprendre ça depuis le temps que je t'en parle.

Et en disant cela, ma mère avait ce regard bleu déterminé. Un regard qui n'échoue jamais.

Le silence s'est étiré quelques secondes.

– Et ton père, maman ?

– De qui tu parles ? a-t-elle continué avec une voix dure. Du semeur de graines ? Du sac à graines ? Moi je l'appelle le sac à graines.

Elle s'est allumé une cigarette et elle s'est tue.

Maman ne m'a rien dit d'autre sur Georges ce jour-là. Rien de nouveau non plus sur Katia, cette amie qui pensait que Georges pourrait vivre en Espagne. Elle a obstinément refusé de me donner ses coordonnées sans toutefois pouvoir m'expliquer pourquoi.

– Je ne les ai plus depuis longtemps.

Alors ce jour-là j'ai attendu que sa secrétaire l'appelle et que maman sorte du bureau un instant pour faire ce que je n'avais encore jamais osé : fouiller. J'ai avancé mon bras sur son grand bureau de marbre noir, couvert de papiers, de coupures de journaux, de tasses de café, de téléphones portables, de cendriers et j'ai attrapé son sac. Dedans j'ai trouvé son épais carnet rouge, sa « bible ». Ma mère n'enregistrait aucun numéro sur ses portables ou son ordinateur de peur d'être piratée ; dans cette bible on trouvait les numéros du Tout-Paris, de Nicolas Sarkozy à Karl Lagerfeld, en passant par Virginie Despentes et François Hollande ; il y avait une partie « pro » et une partie « perso ». C'est dans cette dernière que j'ai cherché le contact de Katia. Il y avait plusieurs Katia à des noms différents... J'ai pris mon téléphone pour en faire une photo ; j'entendais déjà la voix éclatante de ma mère. Je me suis hâté de remettre le carnet et le sac à leur place.

Elle est rentrée dans la pièce.

– J'ai encore une affaire là je te raconte pas...

– Désolé, je dois y aller.

En quittant son bureau j'ai traversé le long couloir du cabinet qui faisait office de salle d'attente. On pouvait à peine marcher tant il y avait là de femmes, parfois assises à même le sol, qui patientaient.

Avant de partir, j'ai vu l'une d'elles s'effondrer en pleurs quand ma mère lui a ouvert sa porte.

Juillet 1956

Nicole et Jacques trouvent un appartement au Plessis-Robinson, dans un immeuble qui vient d'être construit. Un immeuble tout neuf, ultra moderne, avec ascenseur et garage en dessous.

– Que c'est chic ! s'écrie Nicole quand elle le voit pour la première fois.

Jacques n'a pas voulu être dans Paris pour s'éloigner de l'avenue du Maine, où il avait vécu jusque alors dans un grand appartement avec sa femme et ses enfants, à côté de l'église d'Alésia.

Les filles sont inscrites dans une nouvelle école. Un sentiment joyeux habite Nicole. Une nouvelle vie commence.

Tout ira bien. Oui, tout ira bien.

Même avec la future ex-femme de Jacques, l'entente est parfaite. Une solidarité de femmes inattendue. Quand Jacques a annoncé à sa femme qu'il partait, Madeleine lui a répondu avec un sourire.

– Tu as tout à fait raison, parce que cette femme est jeune, belle et intelligente. C'est très bien comme ça.

Madeleine a quinze ans de plus que Nicole et l'intelligence des femmes qui ont vécu.

S'ensuivent des jours merveilleux.

Madeleine, Nicole, Jacques et leurs enfants passent tous les week-ends dans une petite maison avec jardin, qu'ils louent à la campagne. On rit, on mange, on boit ; Nicole se dit parfois que c'est cela, « être heureux ».

Les regards prévenants de Madeleine, leurs discussions qui n'en finissent pas, sa main posée sur la sienne ; comme un remerciement ; une libération.

À peine quelques semaines après s'être installée avec Jacques, Nicole tombe enceinte. Un quatrième enfant... Elle espère de tout son cœur que ce soit un garçon. Elle prie.

Années 2000

STÉPHANIE

C'est ce jour-là que j'ai compris... C'était difficile de ne pas s'en rendre compte car il était dans le plumard de maman. Je suis entrée sans frapper et on m'a fait ressortir. Il était dans son lit. Je me souviens de cette gêne que j'ai ressentie : cet inconnu dans ses draps ; dans les draps de maman.

C'était fini. Finie la légèreté de la vie qui était la nôtre depuis qu'elle avait quitté Georges.

Avant Jacques on était avec maman ; il a été comme une ombre qui descendait sur nos vies.

ANNÉES 2000

Pendant mon enfance et mon adolescence je n'ai pas vu mes cousins et mes cousines.

J'ai peu de souvenirs des circonstances qui peuvent expliquer cela ; à ce stade de l'histoire je me rappelle juste un Noël de mon enfance.

Un des derniers chez mon oncle Julien.

Des cris, des insultes. Des portes qui claquent.

Quelques semaines plus tard ma mère avait asséné le verdict de cette soirée en me convoquant dans le salon de l'appartement du boulevard des Invalides.

J'avais huit ans.

– Lucas. Suite au Noël apocalyptique de cette année et suite aussi à tant d'horreurs familiales, nous nous sommes réunis avec mes sœurs et mon frère. Nous avons conclu ensemble, et pour une fois à l'unanimité, que cette famille était perdue et qu'il était impossible de la sauver sauf à une condition : rompre le fil.

Je n'avais pas compris. Maman avait continué.

– Cela signifie, Lucas, que pour en finir avec les jalousies, les méchancetés, les histoires, tu ne verras plus tes cousins ni tes cousines. À l'exception de Nina car je te sais très attaché à elle.

Ainsi m'avait été signifiée, ordonnée même, sans plus de détails, la dislocation de ma famille (pour des raisons que je ne connaîtrais et comprendrais que bien plus tard). Je n'avais plus vu mon oncle et mes tantes hormis quelques fois Bella et surtout Nikky, la dernière sœur de ma mère.

La fille de Nicole et Jacques.

À cette époque (depuis longtemps révolue) ma mère l'appréciait encore. J'aimais que Nikky vienne me chercher avec ses chiens et son 4 × 4 (elle aussi) pour aller au parc de Saint-Cloud passer l'après-midi. Mais hormis le 4 × 4 et les chiens, la comparaison s'arrêtait net avec ma mère.

Ma mère était petite, Nikky était grande. Ma mère était blonde, Nikky était brune. Ma mère passait des heures à se maquiller, Nikky ne se maquillait jamais. Ma mère détestait les tatouages, Nikky était tatouée.

Lorsque je partais avec Nikky, ma mère me préparait comme pour un mariage.

Mocassins, pantalon blanc repassé, chemise bleue. Raie peignée.

– Tu es parfait, me disait-elle en me laissant monter dans la voiture de sa sœur, d'un air toutefois soupçonneux. Tu fais ATTENTION hein, lui disait-elle, comme si nous allions à la guerre.

– Oui, ne t'inquiète pas.

Commençaient alors quelques heures de liberté et, Dieu merci, les portables n'existaient pas ; si j'avais été adolescent à l'époque de l'iPhone, je n'aurais pas survécu.

Nikky allumait une cigarette, je me souviens de cette odeur, comme une madeleine. L'odeur de ses Camel Blue. Nikky avait un visage assez carré, des lunettes de soleil. Son tee-shirt laissait voir des tatouages d'Indien. Elle ressemblait à une Apache. Tout chez elle était imparfait, mal repassé, buriné. Ses chiens montaient partout dans la voiture quand les nôtres étaient bien rangés dans le coffre, sages comme des images.

J'aimais qu'ils viennent me baver dessus.

Au parc, je courais avec eux ; je me roulais dans l'herbe. Nous discutions beaucoup. Je pouvais lui dire tout ce qui était impossible à formuler avec ma mère.

Quand j'ai eu quatorze ans, un après-midi au parc, elle avait sorti une étrange cigarette qu'elle avait allumée. C'était une odeur très particulière, plus âcre encore que celle de la cigarette.

– Tu es grand maintenant, je peux te le dire.

Et elle m'avait expliqué ce qu'était un joint.

– Tu sais, m'avait-elle dit cette après-midi-là, tu devrais voir davantage Julien. Il est un peu particulier mais c'est un bon mec.

Julien.

Ce nom qu'il ne fallait pas prononcer. Celui que maman et ses sœurs appelaient le « chouchou ». Celui qui les avait « volées », « spoliées », « humiliées ».

Julien. Rien que ce nom faisait battre mon cœur plus fort tant j'avais entendu pis que pendre à son sujet, alors même que j'avais dû le voir trois ou quatre fois dans ma vie.

– Tu sais, tu as l'âge de ne plus écouter tout ce qu'on te dit sur les gens et de te faire ta propre opinion. Et puis après tout c'est le seul homme de la famille. Ça te ferait peut-être du bien…

Quand nous étions rentrés à la maison, maman avait hurlé. Mon pantalon blanc était couvert de boue, ma chemise trempée de sueur et froissée. Mes mocassins ruinés.

Août 1956

Elle sait où elles vont mais dans la voiture personne ne dit rien ; elles n'iront que deux fois à cette adresse et pourtant elles la détestent déjà :

Avenue du Maine.

Numéro 25.

La voiture ne va jamais plus loin, bien que ce ne soit pas l'adresse exacte de son appartement. Les filles descendent là ; Stéphanie et Joëlle donnent la main à la petite Bella.

Dans leurs souvenirs il pleut.

Lui attend, cinquante mètres plus haut, grand, musclé et de plus en plus chauve.

Nicole leur dit au revoir.

Et les filles marchent.

– Le géniteur, répète Stéphanie.

Elle ne pense qu'au moment où, le lendemain ou le dimanche, il les déposera au même endroit, dans l'autre sens. La vie reprendra.

Manger, boire, s'ennuyer. Tel est le programme d'un week-end où rien ne se dira.

Les seules discussions ressemblent à des interrogatoires :

Que fait votre mère ?

Il est comment ce Jacques Bonmarin ?

Elle l'aime ? Et vous, vous l'aimez ?

Vous vivez où avec eux ? Comment ? Il a de l'argent ? Il est chef d'entreprise c'est ça ? Elle aime ça les chefs d'entreprise…

La petite Bella rit sans comprendre. Elle lui demande de lui lire des histoires ; il n'a pas le temps.

Elles vont une dizaine de fois avenue du Maine puis Stéphanie et Joëlle disent à leur mère qu'elles n'iront plus jamais.

Elles veulent retrouver leurs copines, leur grande chambre, leurs jouets.

Nicole n'insiste pas ; Georges non plus.

J'ai mis un certain temps avant de réussir à composer le numéro de Katia. Qu'allais-je lui dire ? Comment m'assurer qu'elle n'allait pas prévenir ma mère ? Il me fallait trouver une excuse, une raison valable pour la contacter et qu'elle ne se doute de rien... L'idée me vint un jour pluvieux que je marchais seul dans le parc des Buttes-Chaumont. Je m'étais abrité sous un arbre à proximité d'un banc et j'avais composé le numéro espagnol de Katia.

Une voix grave, une voix de fumeuse, a fini par répondre au bout de quatre tonalités.

Une voix à l'accent russe prononcé.

– Allô ?

Mon cœur a commencé à s'emballer, j'ai mis quelques secondes à retrouver mon calme.

– Oui... Bonjour, Katia ?

– C'est moi-même, qui êtes-vous ?

– Je m'appelle Max D'Orval, je suis un ami de Georges Kowalski, enfin un ami d'ami. Voilà je vous appelle car Georges est parti en voyage assez loin. Il ne reviendra pas avant un moment et il souhaitait vous remettre quelque chose.

Elle n'a rien répondu, j'ai senti qu'elle respirait fort.

– Ah mais... Vous lui avez parlé récemment ?

– Oui, enfin pas récemment mais avant qu'il parte. Oui.

– Vous êtes d'où ?

– De Paris.

– Il est donc repassé par Paris...

J'ai senti que des sanglots commençaient à étouffer sa voix.

– Je ne vous connais pas, c'est si étrange... Comment savoir que vous me dites la *pravda* ?

– Je ne sais pas madame...

– Vous semblez si jeune... Comment... Et quel est cet objet ?

Elle s'est tue.

– Je vous dis que je connais Georges et qu'il a souhaité vous remettre un objet, ai-je martelé en me faisant violence. Est-ce que cela vous intéresse ou non ?

Elle a fini par abdiquer.

– Très bien. Je... Je vis à Barcelone dans le quartier de la Gracia, pour encore quelques semaines. Après je quitte... Enfin... Faites-moi savoir quand vous souhaitez venir et nous nous retrouverons quelque part.

– Parfait, je vous tiens au courant demain. Je pourrai peut-être venir la semaine prochaine.

Et j'ai raccroché, ébahi de mon propre culot et de cette capacité naturelle à mentir. La pluie a redoublé d'intensité et même mon arbre ne me protégeait plus. L'eau ruisselait maintenant le long de mon cou.

Mais j'avais parlé à Katia, la toute dernière personne à avoir vu Georges vivant.

Août 1956

Comme Nicole aime cela.
Savoir.
Savoir qu'il pense à elle en permanence.
Chaque minute, chaque seconde ; à elle qu'il aime, à la femme de sa vie. Oui la femme de sa vie. C'est la première fois qu'il n'a pas peur de le dire, de le répéter ; et il ouvre la fenêtre de sa voiture quand ils sont tous les deux et il crie : « C'est la femme de ma vie ! »
Il crie son nom tout le temps ; en allant au bureau, avec ses clients, en buvant son café.
Tout le temps.

Nicole.
Nicole.

Bientôt ils auront un enfant ensemble. Il est si fier d'elle. Il le lui dit. Elle est si belle. Ah il lui donnera tout. Il fera d'elle la chef. Elle a tant de qualités...

Les soirs d'août il fait garder les enfants pour la soirée et ils vont dîner juste tous les deux à une terrasse, chez Lipp peut-être ? Oh oui chez Lipp.
Ils prennent la décapotable. Elle porte sa petite robe blanche, entrouverte au niveau du dos. Celle qui laisse deviner la douce chair de ses seins.
Et ils parlent.
– Oui Nicole, parle, parle, parle, je t'en prie, lui dit-il.

Elle sait les mots. Ceux qu'il lui écrit dans ses lettres enflammées mais qu'il ne peut pas dire. Les hommes ont si peur du dévoilement, de la vulnérabilité. Il continuerait, il ne s'arrêterait plus.

S'il pouvait parler comme dans ces lettres-là, chez Lipp, il lui dirait qu'il pourrait crever rien qu'en l'écoutant parler.

Et ils parlent de tout ; de politique, de la vie, des vacances, de l'entreprise. Ils rient.

Il regarde sa bouche, son nez ; il aime tant son nez.

Puis il se lance. Le courage lui vient. Il veut tout lui dire.

« Toute ma vie est pour toi Nicole. En regardant tes seins, je bande, je bande toute la journée, mais Nicole il n'y a pas que ça, je te le promets. Non parce qu'avec toi quand j'ai joui, j'ai encore envie d'être avec toi, je n'ai envie de personne d'autre.

Parle Nicole, j'ai envie de t'écrire des poèmes quand je te vois en train de rire, de manger du pâté sur du pain chaud, de siroter ton vin blanc.

Tout, j'aime tout de toi.

Oui nous aurons un garçon ; j'en rêve d'un petit garçon de toi. Il aurait mon nom ? Est-ce qu'on rentre ce soir ? On pourrait partir à la mer tout de suite, qu'en dis-tu ? Partons, enfin, mais une bouteille de vin d'abord. Embrasse-moi, embrasse-moi encore. Oui comme ça, comme tu fais, tout doucement comme le font les femmes ; non comme le fait La femme car La femme c'est toi. Moi je ne sais pas, tu comprends. Je suis si rugueux parfois. J'ai peur de te faire mal, j'ai peur de te casser ; mais Nicole j'ai tant envie de toi ; si tu savais, ça me rend heureux et fou, fou d'amour pour toi, que veux-tu, dis-moi ce que tu veux et tu l'auras ? Dis-moi, dis-moi ! Je te donnerai tout Nicole, tout. Nous irons au bout du monde, d'accord ?

Oh Nicole, es-tu heureuse ? S'il te plaît, dis-le-moi, es-tu heureuse ? Tu peux tout me dire tu sais, tout.

Tu sais comme je t'aime, Nicole ? Tu le sens ? J'ai peur de trop d'aimer. »

Août 1958

Le mariage entre Jacques et Nicole a lieu deux ans plus tard.

Nicole a déjà accouché de Nikky, alors qu'elle n'était pas officiellement divorcée de Georges Kowalski et donc pas mariée avec Jacques Bonmarin. Qu'importe, le couple Bonmarin-Lamour n'est plus à un scandale près.

Près de trois ans après la séparation avec Georges, le divorce vient enfin d'être prononcé. Ni Nicole, ni les filles ne l'ont revu depuis les week-ends avenue du Maine.

La cérémonie civile se déroule à la mairie du 7e arrondissement de Paris avant une fête fastueuse aux Vaux de Cernay, dans l'abbaye de cet ancien monastère cistercien du XIIe siècle.

Le Tout-Paris s'y retrouve.

Avant de partir se marier, Nicole prend Joëlle à part dans une chambre et lui annonce la nouvelle. Elle lui demande de garder le secret et de ne pas en parler à ses sœurs.

Ce n'est qu'à son retour que Stéphanie et Bella sont mises au courant par leur mère.

– Tu savais ? lâche Stéphanie à Joëlle. Petite traîtresse, pourquoi tu ne nous as rien dit ? Tu n'es plus notre sœur.

Et Joëlle s'enferme dans sa chambre, tandis que Nicole part en voyage de noces avec son nouvel époux.

Années 2000

JULIETTE

– Pourquoi je parle si peu des enfants ? Mais je parle des enfants !

– Non mamie, ils n'existent pas dans ton récit. Je suis obligé d'inventer beaucoup.

– Mais quoi par exemple ?

– Par exemple, tu ne me dis jamais à quoi ils ressemblaient, comment tu les habillais, quelle odeur ils sentaient le matin. Moi, je n'ai pas d'enfants mais il paraît que ça sent bon les enfants le matin, la pêche ou l'abricot…

– Je ne me souviens pas. Je travaillais sans arrêt. Et puis c'est tellement routinier les enfants, il n'y a pas de choses marquantes. C'est au jour le jour, des petites choses à chaque fois.

– Du style ?

– « Mets tes coudes sur la table, prends ton bain, lave-toi le nez. » Le lever, l'école, le bain, le dîner, le dodo… Je les éduquais classiquement, rien de particulier. Jacques était très classique dans sa méthode d'éducation, tu sais. Et Georges n'éduquait pas.

– Mais à la naissance de Julien, qu'est-ce qui a changé ?

– Ah là… Tout. Tout a changé.

Septembre 1958

Nicole ne s'est jamais sentie aussi heureuse et bien dans sa peau qu'en cette fin d'été-là.

Alors que la voiture roule vers Paris, on commente à la radio les résultats du référendum de la veille : la nouvelle constitution du général de Gaulle est passée ! Son héros est définitivement de retour ! La veille elle a voté pour le « oui », évidemment.

« Les femmes sont électrices et éligibles dans les mêmes conditions que les hommes. » Grâce à cette ordonnance signée le 21 avril 1944, le général de Gaulle a élargi le droit de vote aux femmes.

Elle regarde ses filles, peu avant d'arriver à l'école, se sent porter par un amour violent…

Quand elle les a déposées, elle redémarre en direction de l'entreprise mais lorsqu'elle arrive à hauteur de Lipp et du croisement entre le boulevard Saint-Germain et la rue de Rennes, elle se souvient.

L'Écume des Pages quelques années plus tôt. L'enterrement de Baba, la mère de Georges. Elle qui avait marché dans le froid et qui l'avait vu, lui, le Général ici.

Elle se souvient de sa peur et de sa honte de ne pas avoir un sou pour acheter son livre.

Alors elle se gare en double file, traverse en plein boulevard, manquant de se faire écraser et elle pénètre dans la vénérable institution littéraire.

– Bonjour monsieur, dit-elle à un des libraires. Je voudrais les *Mémoires de guerre* du général de Gaulle, s'il vous plaît.

– Très bien madame, je vais vous chercher cela.

L'homme attrape les deux volumes sur une étagère.

– Ah, je voudrais aussi *Bonjour tristesse* de Françoise Sagan.

Nicole sort un billet de 500, paye ses deux livres puis elle s'installe à la terrasse du café de Flore.

Elle commande un Martini, allume une cigarette, regarde les hommes.

Aujourd'hui elle a vingt-six ans.

QUATRIÈME PARTIE

« IL EST NÉ LE DIVIN ENFANT »

Juillet 1970

Comme d'habitude, toute la journée
Je vais jouer à faire semblant
Comme d'habitude je vais sourire
Comme d'habitude je vais même rire
Comme d'habitude, enfin je vais vivre...

La musique hurle dans la radio, à mesure que la voiture s'éloigne de l'appartement. Et qu'elle quitte enfin cet homme.

Pour la seconde fois de sa vie, elle divorce, elle part.

Ce jour-là, elle l'a préparé depuis si longtemps. Les enfants ne sont pas à la maison. Elle donne congé à la bonne.

Au matin, elle se lève, dans ses appartements. Il l'attend comme souvent à sa porte, lui demande ce qu'elle a encore fait la veille, avec quel homme elle s'est « envoyée en l'air ». Il la menace. Au matin elle prend ses deux sacs, le reste suivra. Il l'arrête du bras, cigarette aux lèvres, en djellaba mauve.

– Où vas-tu ?

– Je pars. C'est fini. Quand je reviendrai, je veux que tu aies quitté l'appartement.

Il devient tout rouge, il serre les poings. Il le lui interdit.

Elle n'écoute pas, marche jusqu'à la grande porte du salon.

– Nicole, Nicole... Je t'en supplie, ne me laisse pas.

Elle dévale les marches ; les hurlements de Jacques résonnent dans l'escalier. Il est hors d'haleine mais il réussit à la rattraper. Il lui agrippe l'épaule.

– Nicole...

– Laisse-moi, c'est fini. Et cesse de m'appeler Nicole. Je suis Juliette. Nicole est morte. Depuis longtemps.

Elle n'a jamais été aussi décidée. Jamais aussi belle non plus. La blondeur éclatante de ses longs cheveux, sa taille fine, sa poitrine. Il voudrait la posséder, la manger. Ah cette femme… C'est lui qui l'a faite. Elle n'a pas le droit de partir, il l'en empêchera par tous les moyens.

Elle tire l'énorme porte de l'immeuble, lui toujours à ses basques.

– Tu n'es rien sans moi, je te briserai, tu n'auras plus rien. Et pour ton fils, ah ton fils que tu adores tant, celui-là… !

Elle se retourne et lui adresse un regard de braise.

– Parle encore une fois de mon fils, touche un seul de ses cheveux et tu vas voir.

Il tombe à terre, il s'accroche à sa robe blanche. Elle met ses lunettes de soleil.

– Je suis désolé… Reste Nicole, reste je t'en supplie. Je ferai tout ce que tu veux. Tout.

Elle monte dans le Range Rover noir qu'elle a acheté peu de temps auparavant. Ses deux chiens l'y attendent. Elle ferme la portière.

Les cris de Jacques se transforment en hurlements sordides. Il oublie de rallumer une cigarette. Il est défait, ruisselant de sueur ; sous les yeux des voisins et de la concierge.

– Nicole… Je vais mourir sans toi. Je t'en supplie… Pardon.

Elle démarre. Il tambourine avec ses poings dans la carlingue du Range. Elle ne bouge pas d'un cil, caresse ses chiens, deux grands danois noirs qui aboient sur Jacques. Elle quitte la place de stationnement. Elle accélère. Jacques s'accroche à l'avant de la voiture en essayant de monter dessus.

– Nicole ! Nicole !

Tout le quartier est maintenant à la fenêtre comme on va au spectacle.

La radio s'allume en même temps que le moteur. « Comme d'habitude » passe en boucle. La musique couvre en partie les cris. Elle accélère encore.

Claude François chante.

J'ai tout préparé ; chaque étape, chaque dépense, chaque pas.

Je suis résolu, déterminé ; rien ne m'arrêtera. Je n'ai qu'à prendre le Roissybus à Opéra, le matin très tôt, et à décoller pour Barcelone à la rencontre de Katia.

C'est à cet instant que mon portable commence à vibrer sans s'arrêter : messages sur Messenger, SMS, puis appel.

J'allais partir et comme toujours, la famille s'est rappelée à moi.

*

« Chers tous, je ne sais si cette triste nouvelle vous est déjà parvenue mais je préfère tout de même vous tenir au courant. Mamie est à l'hôpital depuis hier suite à une double embolie pulmonaire. »

« *What???* »

« Oui c'est assez grave. Je n'ai pas encore pu l'avoir au tél comme elle recevait des soins. Ça lui ferait du bien de se sentir entourée. »

Le message était signé Nina et elle donnait un numéro de téléphone.

D'autres messages ont suivi dans un groupe Facebook dédié dans lequel on retrouvait tous les membres de la famille. Les fameux cousins et cousines inconnus, à qui nous n'avions jamais parlé.

Trente minutes plus tard mon téléphone a sonné. C'était Julien.

– Oui, c'était juste pour te rassurer... Ça va, elle a été prise à temps. Ce n'est pas grave. Elle va s'en sortir... Voilà, c'était juste pour éviter un vent de panique...

– Ah d'accord, merci de m'avoir appelé... Je vais la joindre.

Effectivement, sur Facebook tout le monde a commencé à se calmer. « Ça va mieux », « un roc la mamma ». Et chacun s'envoyait des pensées, des smileys, des « cœurs » et des « bisous », comme si seule la mort possible de mamie pouvait rassembler à nouveau cette famille, qui depuis maintenant vingt-cinq ans ne se parlait plus.

Le lendemain j'ai appelé ma grand-mère qui m'a semblé déjà bien remise.

– Merci mon chéri, ça va mieux. Oh tu sais je crois que j'ai bien failli mourir.

Silence. Et puis :

– Où en es-tu du livre ?

*

C'est au village, son village, Saint-Tropez, qu'elle m'a donné rendez-vous. Quelques jours pour me consacrer à elle et au livre (était-ce encore possible de faire la différence entre les deux ?). J'ai pris un avion pour Nice sur une de ces compagnies low cost où tout est expliqué en anglais. Comme d'habitude j'ai emporté trop de romans, trop de papiers pour deux jours, mais le vide me faisait peur. Il fallait que je puisse m'échapper.

J'ai fait mes prières mais l'avion a décollé sans turbulences et nous nous sommes retrouvés dans le ciel. J'ai commandé un hot dog immonde, des chips, du coca, un café en dépensant l'équivalent de mon budget nourriture d'une semaine. J'ai tout dévoré puis je me suis retrouvé avec moi-même, avec ce livre, avec elle.

J'ai repensé à ce qui m'avait poussé des années plus tôt à lui proposer ce projet. Était-ce pour me rapprocher d'elle ? Était-ce pour réussir à être le seul de cette famille à comprendre qui elle était ? Était-ce pour lui plaire ? Qui étais-je pour prétendre écrire ce livre, avais-je le droit de me servir de cette matière dont au fond je n'étais pas propriétaire ? J'ai repris tant de fois cette histoire, j'ai essayé de trouver un fil, sans y arriver. Je lui ai inventé un amant juif pendant la guerre, j'ai bâti tout un roman dans le roman dont j'étais assez fier, puis un jour, j'ai relu et trouvé cela très mauvais.

J'ai compris que cette histoire dans l'histoire n'était qu'une manière de m'échapper de la vraie personne, de ne pas la raconter ; c'était une lâcheté, une de plus. Une façon aussi de ne pas affronter mon propre père ; de ne pas le chercher. De faire comme si. Comme maman et mamie m'avaient appris. Écrire sur les autres. Taire mon histoire.

Il avait fallu recommencer, trouver un autre moyen de raconter sa vie. C'est comme ça qu'un matin, la réponse m'était venue : raconter la vérité, tout simplement, avec tous les risques que cela comportait.

Elle n'aimerait pas, c'était certain, mais c'était ainsi. J'ai écrit autre chose et cette fois j'ai envoyé le texte à mon éditrice.

« Bravo », m'a-t-elle répondu. Six mois plus tard, et en me mettant une liste de choses à travailler et à lui renvoyer « d'ici trois mois. Nous t'embrassons, moi et les enfants. La famille s'est encore agrandie. Je te raconterai… »

Six, neuf mois étaient passés et nous en étions là. Je ne comptais plus les mails et les appels de Caroline, ses menaces même. J'avais eu une avance plus que confortable pour un quasi inconnu (5 000 euros) et elle attendait que je lui rende enfin quelque chose de définitif. Mais ça m'était impossible. Il y avait toujours à reprendre, à travailler. Rien ne suffisait. Comme si rien n'était jamais à sa hauteur.

Et cette scène qui revenait en boucle, dans mes cauchemars, de la famille découvrant le texte, de moi crucifié sur une croix avec ma grand-mère m'envoyant des flèches enflammées.

C'est sur cette dernière image que l'avion s'est posé sur le tarmac de Nice. Grand soleil, mer turquoise, tout appelait au bonheur, à l'amour et moi je rêvais d'être ailleurs.

Septembre 1964

Jusqu'en 1964, Jacques et les enfants vont en vacances en Bretagne, dans une maison « typique ». Cela sent l'humidité et il pleut tout le temps. Un calvaire. Pas de toilette et puis ce chemin venteux qu'il faut arpenter pour accéder à la mer glaciale. L'eau est toujours trop froide, les filles grelottent, les rhumes sont quotidiens.

Nicole décide un jour qu'elle n'ira plus là-bas.

Elle prévient Jacques et lui explique qu'elle va trouver une maison en Méditerranée, là où il fait chaud. Nicole ne connaît rien au sud mais elle part sur-le-champ avec Bella, car c'est la seule à ne pas aller encore à l'école et que Nikky est trop petite pour voyager. Julien n'est pas encore né.

Elle visite de nombreuses maisons et au bout de plusieurs jours de route, elle parvient à Saint-Raphaël, où elle s'installe dans un petit hôtel des années 1930, qui donne sur la plage. Nicole porte son trench-coat qu'elle aime tant. Deux vieilles filles tiennent l'hôtel et Nicole prend l'habitude de discuter avec elles à l'heure du thé. Les deux femmes se montrent particulièrement curieuses de savoir ce qu'une aussi jeune et jolie fille peut faire seule avec une enfant dans la région.

L'une des deux femmes, aux cheveux gris, lui conseille d'aller du côté de Saint-Aygulf.

Le lendemain Nicole repart dans sa 2 CV avec sa fille, non sans un certain pincement au cœur. Elle a bien aimé ces vieilles et elle se doute qu'elle ne les reverra jamais. C'est aussi ce qui fait le sel des belles rencontres : elles ne se reproduisent pas.

À Saint-Aygulf, Nicole visite de nombreuses maisons mais elle n'a pas encore de coup de foudre, quand bien même l'agent immobilier est fort à son goût. Voyant sa déception, il lui donne un conseil :

– Continuez plus loin, allez au bout de la route. Il y a ce petit village qu'on appelle Saint-Tropez... Cela pourrait vous plaire.

Nicole l'écoute et quelques heures plus tard elle débouche sur une petite route qui semble s'étaler tout le long de la mer. Le soleil d'automne dessine des reflets dorés ; elle est seule alors elle accélère et après un virage, voit un village inconnu se dessiner au loin, avec une église.

Elle se gare sur le port. Il n'y a là que quelques bateaux à voile et des pêcheurs. Elle repère un café qui s'appelle le Gorille. Elle n'a pas froid, Bella non plus. Au soleil, malgré la saison, elle se prend même à avoir trop chaud et retire son trench. Elle commande un expresso et commence à regarder autour d'elle. Les quelques pêcheurs attablés au comptoir n'ont d'yeux que pour sa blondeur. Elle se laisse prendre par l'odeur du poisson, par l'ambiance villageoise, par les couleurs. Son cœur s'enivre, elle se met à faire des projets d'avenir ; elle tombe amoureuse. Au-dessus du Gorille, elle distingue le panneau d'une agence immobilière, « Agence du port ».

Après avoir terminé son café, elle prend Bella par la main, sourit aux pêcheurs, et monte l'étage qui la sépare de l'agence, c'est un vieil immeuble à la façade écaillée par le sel. Une jeune femme est installée à un bureau en bois qui donne sur le port et semble tenir lieu d'accueil. Sur les murs jaunis sont affichées de nombreuses photos en noir et blanc de maisons ou d'appartements plus ou moins désirables. La jeune femme, une brune aux cheveux courts et à la silhouette fine, dévisage Nicole et lui fait un signe de tête en guise de bonjour. Nicole a la nette impression de la déranger.

– Bonjour, est-ce que vous avez une maison à louer sur une plage, sans avoir de rue à traverser ? demande-t-elle sans préambule.

La demoiselle souffle. Nicole s'attend à une fin de non-recevoir. Mais elle ouvre un tiroir, en sort un jeu de clés, et le tend à Nicole.

– Peut-être que j'ai ça. Tenez, voila la clé, vous avez qu'à y aller…

– Comment je la trouve ?

Elle lui explique d'un air las qu'elle n'a qu'à reprendre la route par laquelle elle est venue et que la maison se trouve 500 mètres après la sortie du village.

– Si vous ne la trouvez pas, c'est que vous avez besoin de lunettes.

– Très bien, je vous remercie.

Nicole trouve sans peine la maison. Son nom est écrit à côté de la porte sur une plaque de céramique ; l'écriture semble approximative, presque indécise. Elle tourne la clé de la main gauche, l'autre main est prise par la petite Bella. La maison n'est pas immense mais pourra abriter sans peine la famille. Il y a un jardin, un garage et une sorte de dépendance. De quoi être tranquille avec Jacques, lui qui y tient tant.

Le clou du spectacle l'attend après le petit jardin. Une plage privée. Ce jour-là, Nicole y reste plusieurs heures à regarder la mer avec sa fille, à toucher le sable et à inhaler les odeurs de sel. Ce n'est que quand le soleil commence à se coucher, peu avant 17 heures, qu'elle se décide à retourner au port. Au Gorille elle demande à utiliser le téléphone.

– J'ai trouvé, dit-elle à Jacques, pendue au fil de ce vieux téléphone noir et crasseux, et décrivant la maison à son époux.

Quand elle sort du café, sa petite fille à ses côtés, elle remonte voir la dame de l'agence pour louer la maison au mois d'août suivant.

Elle passera désormais ici tous les étés de sa vie.

J'ai loué une Opel Adam noire (le loueur avait spécifié qu'elle était plus puissante que la Twingo qu'il me proposait ce qui avait eu un certain effet sur moi) et je me suis élancé sur l'autoroute direction Saint-Tropez. Une heure et demie plus tard, j'ai pris le grand virage, celui qui laisse apparaître au loin le clocher de l'église, le village, celui qui me donnait toujours le même frisson, la sensation, intime, inutile mais grandiose, que cette terre était bénie des dieux.

Je lui ai un peu menti sur mon horaire d'arrivée, histoire d'avoir une heure ou deux pour écrire. J'ai garé la voiture place des Lices, dans l'entrée du petit hôtel que j'avais réservé : les Palmiers, un trois-étoiles où nous venions avec ma mère quand j'étais enfant. Rien n'a changé ici, même entrée avec graviers, chaises de jardin, terrasse, palmiers et autres arbres charmants. La bâtisse datait du XIXe et faisait penser à ces petits hôtels particuliers de campagne qu'on trouve dans le Sud, couleur mauve. On entendait les oiseaux, ce qui contrastait avec le village de l'été, celui où je venais faire la fête avec ma cousine.

À l'accueil la vieille Anglaise avec des bigoudis roses a mis quelques minutes à retrouver ma réservation. Elle s'est assise sur un tout petit bureau qui n'avait, semble-t-il, pas changé depuis trente ans si on excepte l'ordinateur qui avait été ajouté. Derrière elle, un mur à clés, presque entièrement rempli, rendait compte du peu de monde au village ces jours-ci. Elle m'a tendu celle de la chambre 12 et m'a indiqué qu'elle se trouvait au premier étage à droite. Je me suis frayé un chemin par le petit couloir et l'escalier ; j'ai ouvert la porte de la chambre 12. C'était assez étroit mais charmant, la moquette était rouge, un peu tachée par endroits. Au milieu de la pièce se trouvait un lit double avec une couverture bleue qui faisait face à une commode marron, un mini-bar hors d'âge (dont le ventilateur faisait un boucan pas possible) et une télé. Le tout donnait sur les toits et une petite cour. De l'autre côté du lit, il y avait un bureau jaune sur lequel reposait une lampe constituée de galets. Aux murs étaient accrochés des tableaux de bouquets de fleurs. La salle de bains était presque aussi grande que la chambre et le sol y était d'une propreté éclatante en comparaison avec la moquette.

J'ai rangé toutes mes affaires avec méthode, pour me sentir chez moi le plus vite possible. J'ai sorti mon ordinateur, mon manuscrit, mes carnets, mon eau sur le petit bureau et j'ai commencé à écrire.

30 JUILLET 1965

Nicole. Un prénom banal, sans éclat, qui ressemble tant à sa mère ; un prénom dont elle rêve depuis sa plus tendre enfance de changer.

Car toujours ce prénom la raccroche au passé et à ce qu'elle veut oublier ; Asnières, sa mère, sa sœur, la mort de son père… Elle n'a plus rien à voir avec tout cela.

Non, plus rien.

Alors Nicole appelle un matin sa coiffeuse de la rue Bonaparte.

– Je voudrais une couleur, une couleur nouvelle. Quelque chose de révolutionnaire.

Mais sa coiffeuse n'est pas au salon ; elle est malade. C'est un jour magnifique d'été, une de ces journées lumineuses, quand l'air devient doucement chaud.

Nicole n'a pas envie de conduire ; elle prend un taxi.

Un homme donc pour lui faire sa révolution ; elle rit. C'est drôle tout de même… Elle pense à ses idoles, Brigitte, Marilyn.

Il y a peu de monde au salon de la rue Bonaparte en ce mardi matin quand elle y entre, précédée de ses deux grands dogues allemands.

Elle a apporté une photo de B.B.

– Voilà, dit-elle au coiffeur, c'est cette couleur que je veux. Mais en plus blonde encore.

– Ah oui… Ça va changer, dites-moi !

– C'est le but.

Ils parlent peu ; Nicole se contemple dans la glace, elle ne veut pas perdre une miette de sa transformation.

Peu à peu, ce qu'elle appelle sa « noirceur » s'évanouit ; les doigts experts de Martin l'emplissent de lumière.

Cela dure longtemps ; elle finit par fermer les yeux et s'assoupir.

C'est Martin qui la réveille.

Nicole ouvre les yeux puis la bouche. Lui aussi reste fixé quelques instants sur ses cheveux.

– Mon Dieu, dit-elle.

– Vous êtes... balbutie-t-il. Vous êtes si belle.

Elle paie et s'assoit à nouveau sur une des chaises du salon. Elle rehausse ses yeux de noir. Puis elle sort avec ses deux grands chiens qu'elle a fini par oublier et qui ronflent dans un coin.

Elle fait quelques pas dans la rue ; minijupe en cuir, cuissardes noires ; blondeur irradiante. Quelque chose a changé. Nicole n'est plus une belle femme ; elle est LA femme. Chacun de ses pas est comme une poudre qui se diffuse. Tous se retournent sur son passage.

Elle allume une cigarette en marchant et en savourant son nouveau pouvoir ; un homme lui demande du feu.

– Comment vous appelez-vous ?

Elle hésite une demi-seconde. Puis elle lui répond.

– Appelez-moi Juliette.

– Je peux vous inviter à déjeuner ?

– Je n'ai pas le temps, une autre fois peut-être ?

Et elle lui fait un clin d'œil en s'éloignant ; il ne détache pas son regard d'elle.

Quand elle rentre à la maison, Jacques fume dans le salon ; il manque ne pas la reconnaître.

Les mots s'entrechoquent.

– Tu es... si... je... Mais qu'as-tu fait Nicole ?

Elle s'approche de lui ; les deux dogues allemands sautent sur le canapé noir où il est assis ; il crie de douleur quand l'un d'eux lui écrase les testicules.

– Nicole n'est plus. Je m'appelle Juliette, désormais.

Années 2000

NIKKY

Pour moi elle s'est toujours appelée Juliette.
Je n'ai pas connu Nicole. Jamais.

Vers 17 heures, j'ai terminé d'écrire et j'ai eu envie d'aller faire un tour au village. Je me suis décidé à appeler mamie pour lui proposer de la retrouver quelque part. Elle avait la voix fatiguée.

– Je suis ravi que tu sois là mais je viens de rentrer. Je vais me reposer. Veux-tu venir vers 19 h 30 ?

– Très bien.

J'ai marché vers le port pour aller m'asseoir chez Sénéquier. J'ai commandé un café face au port ensoleillé. Il n'y avait guère que quelques yachts çà et là mais rien à voir avec la folie estivale. Quelques habitués étaient attablés comme moi pour profiter des derniers rayons du soleil d'hiver. J'ai bu mon café, fumé une cigarette et je me suis levé pour aller marcher au bout du port. Il y avait là quelques familles, quelques passants… Tous mes souvenirs étaient revenus, les sorties de boîte de nuit au soleil levant, les jeux avec Nina après la plage, la chaleur… Face au soleil qui se couchait j'ai eu ce sentiment étrange, une émotion crépusculaire.

J'ai marché le long des rochers vers la Ponche, la mer venait me lécher les pieds en mordant sur le chemin. Elle était si loin désormais Nina, tout était si loin et moi j'étais le seul à revenir ici ; incapable de penser à un autre roman, de m'ouvrir à d'autres histoires. J'étais prisonnier de celle-ci comme hanté par ce village maudit et par elle. À la Ponche j'ai fait quelques pas sur la plage. J'ai pensé à ma première amoureuse dix ans auparavant et à nos baignades ; au restaurant plus haut où nous allions chaque année et où les calamars étaient si bons… Que la jeunesse était loin déjà ; que les temps anciens paraissaient grandioses, vus d'ici.

Vers 18 h 30 j'ai fini par rentrer à l'hôtel et par prendre un bain en écoutant Véronique Sanson. La baignoire était grande, j'ai mis beaucoup de mousse. J'ai eu envie de me coucher.

Quand est venue l'heure je me suis habillé et j'ai pris la petite ruelle qui menait à son appartement. Il n'y avait pas de nom sur l'interphone. J'ai sonné.

*

L'appartement se trouvait dans un immeuble qui abritait deux boutiques. Un grand escalier de pierre, large et frais, menait à son logement au premier étage. Dès l'ouverture de la porte, la chienne m'avait sauté dessus.

Juliette a ri.

– Viens, viens, installe-toi, j'ai fait à manger comme ça nous n'aurons pas à sortir.

L'appartement était constitué d'une grande pièce très haute de plafond. Il y avait là tout son univers, son coffre peint de sa main avec un bateau à voile blanche voguant sur la mer, ses fauteuils Chesterfield marron, son grand lit, sa télé, ses tableaux représentant les vieux pêcheurs du village.

Une odeur de sauce bolognaise s'élevait dans l'appartement. La fenêtre du salon donnait sur les toits et une salle de bains s'ouvrait après le bar sur un lavabo et une baignoire. Cela semblait petit mais confortable. La chatte siamoise me regardait de ses yeux bleus et perçants, perchée sur le lit blanc.

– Tu sais j'ai bien failli mourir. J'ai eu très peur. Il s'en est fallu de peu, a dit Juliette en mélangeant la sauce aux pâtes.

Elle a marqué une pause, levé les yeux au ciel comme si elle allait se trouver mal.

Puis elle a repris.

– Enfin c'est fini... Je suis rentrée, ça va mieux mais maintenant je fais très attention, je me couche tôt...

Elle a apporté le plat sur la table.

– Tiens prends du vin pour moi, moi je ne peux plus.

Nous avons mangé en parlant de la pluie et du beau temps, de mon travail... Puis elle a fini par me poser la question que j'attendais. Je n'ai pas perdu de temps.

– J'aurais besoin de précisions. Sur Georges par exemple.

– Sur Georges ? a-t-elle tonné en tranchant dans le silence de la nuit. Sur Georges ? a-t-elle repris en baissant la voix. Mais il n'a aucun intérêt dans l'histoire. Je te le dis, je te le répète. Je ne comprends pas pourquoi il t'obsède ! Enfin, nous verrons ça demain...

Elle m'a raccompagné en bas avec la chienne, puis jusqu'au coin de la ruelle qui menait à mon hôtel. Le silence le plus total s'est abattu sur le village ; c'était à se demander si d'autres gens vivaient ici. Il faisait sombre et froid.

Elle m'a embrassé.

– Ça va aller ? Tu n'as plus peur de la nuit ?

15 AOÛT 1965

Avenue Rapp, où la petite famille a déménagé, Juliette rêve d'accoucher d'un garçon qu'elle pourrait appeler Julien.

L'été venu, et pour la première fois, Jacques accepte de découvrir cette maison de Saint-Tropez, la Moune. Elle est si heureuse que son époux vienne avec elle et les enfants. Mais Jacques roule vite, fume et peste. Il y a trop de gens sur la route.

Quand la nationale se retrouve totalement bloquée, comme souvent à cette période, Jacques sort de la voiture. Les tempes ruisselantes de sueur, il insulte l'homme du véhicule de devant. Ils manquent d'en venir aux mains. Juliette tremble face à la puissance physique de son mari ; à cet instant elle lui trouve des allures de maçon pendant la Grande Dépression, comme on en voit dans les films américains.

Sa chemise est trempée, ses manches relevées laissent apparaître ses muscles saillants. Ses yeux sont rouges.

Il donne un énorme coup de poing dans la Fiat 500. Le conducteur, un vieux aux cheveux très blancs, ne demande pas son reste, ni réparation pour son aile froissée.

Quand Jacques remonte dans la voiture, il sourit à nouveau et l'embrasse.

– Tu es belle, j'ai envie de toi, dit-il comme si de rien n'était.

À l'arrière, Stéphanie, Joëlle, Bella et Nikky ne pipent mot.

*

Jacques ne reste que quelques jours dans le Sud et, même si Juliette est enceinte, ils font l'amour, partout et tout le temps. Il fait trop chaud. Parfois, Jacques la serre si fort qu'il en reste des marques rouges sur son cou. Juliette se sait aimée.

Il finit par repartir, plus tôt que prévu. « Tu t'occupes mieux des enfants », dit-il. « Nous partirons bientôt en week-end tous les deux, comme avant. »

Ce même été, elle répond à l'invitation d'un client, le directeur d'un hôpital à Saint-Maurice, à côté de Vincennes. L'homme se trouve être à la fois un client et un ami de Jacques. Il souhaite leur montrer sa jolie maison qui se trouve dans un petit village méconnu et perché sur les hauteurs, comme suspendu ; Ramatuelle. C'est lui qui fait découvrir à Juliette ce qui va devenir son paradis perdu. Le Cap Taillat et la Bastide blanche ; la plage aux merveilles, la plage au sable blanc, là où, beaucoup plus tard, elle installera sa roulotte.

Là où elle disparaîtra.

Septembre 1965

Après des mois de négociation, et enceinte jusqu'au cou, Juliette parvient à ses fins. Faire quitter à sa mère l'appartement d'Asnières. Contre l'avis de sa petite sœur Marion. Pour une fois, c'est elle qui gagne.

Elle a réussi en attrapant sa mère à la sortie de son travail et en l'emmenant visiter ce joli trois pièces de la rue de Passy.

Elle la fait entrer dans l'immeuble devant elle. Avec son énorme ventre, elle a un peu de mal à monter les quelques marches qui les séparent de l'ascenseur, mais pour rien au monde elle ne voudrait rater ce moment.

Elle a étudié chaque détail. L'odeur de la peinture blanche et fraîche, l'ascenseur flambant neuf (elle sait que le confort moderne était le premier critère de sa mère) et ce trois pièces tout neuf avec chauffage central, un grand salon bourgeois, une salle de bains, une entrée, une belle petite cuisine.

– C'est exposé plein sud, donc soleil toute la journée.

Sa mère reste sans voix. Même la télévision flambant neuve dans le salon que Juliette a allumée ne semble pas la déranger.

– Voilà, je te donne les clés, tout est arrangé. Je m'occupe de ton déménagement.

– D'accord, Nicole, merci.

– Mais de rien, maman.

– Une dernière chose… Sais-tu où est le métro le plus proche ?

– C'est Passy, la ligne 6.

– Ah très bien, car tu sais qu'il faut absolument que je puisse aller voir tous les jours Marion et les enfants.

Années 2000

J'ai très mal dormi cette nuit-là. Les derniers mots de mamie à propos de Georges tournaient dans ma tête… « Aucun intérêt. » Mais comment avait-elle pu épouser cet homme et pourquoi avait-il disparu de la circulation ? Pourquoi ce silence ?

Je me suis réveillé aux aurores pour prendre le petit déjeuner dans la grande salle près du bar.

J'ai écrit un peu de 10 à 11 heures puis je suis allé la rejoindre chez elle.

Cette fois un franc soleil baignait sa grande pièce et la chatte aux yeux bleus était en vadrouille sur le toit.

– Nous partons, m'a-t-elle dit, nous déjeunons à la mer. Tu conduis.

Nous avions pris son vieux 4 × 4 au port et roulé vingt minutes jusqu'à la plage des jumeaux, à Ramatuelle, où se dressait un petit restaurant de poissons. Il faisait chaud ; en attendant nos plats nous avions marché sur la plage avec la chienne ; la houle était forte et des algues s'amoncelaient sur le rivage.

– C'est beau, n'est-ce pas ? dit-elle. J'aimerais voir cela, juste avant de mourir. J'aimerais lire mon livre aussi.

Automne 1965

Elle, robe blanche un peu ample pour cacher ses formes ; lunettes de soleil sur le nez.

Elle, les cheveux volant dans le vent.

Elle, au volant de sa Ferrari flambant neuve, dernier cadeau de Jacques.

Elle, fenêtre ouverte, chantant, le bébé à côté d'elle, harnaché à son couffin.

– « Il est né le divin enfant, Chantons tous son avènement ! »

En fredonnant elle regarde Julien.

– Oh mon bébé, oh mon garçon ! Que je suis heureuse !

Et elle reprend sa chanson.

Il est né le divin enfant !
Ô Jésus ! Ô Roi tout-puissant
Tout petit enfant que vous êtes,
Ô Jésus ! Ô Roi tout-puissant,
Régnez sur nous entièrement !

Et elle lui caresse le front ; le bébé qui n'a que quelques jours la contemple telle une merveille ; ses petits yeux semblent intrigués par cette grande femme si blonde, au sourire continu.

Juliette conduit comme d'habitude, un peu trop vite, dans les rues de Paris. Elle a demandé à Jacques de ne pas venir la chercher. Il y a trop de travail à l'entreprise et ses quelques jours d'absence pèsent déjà lourd, elle le sait.

À voir Juliette conduire ainsi, personne ne pourrait croire qu'elle a accouché deux jours avant. C'est à peine si elle a eu deux ou trois heures de mollesse après avoir donné vie à Julien.

Julien.

Julien comme Julien Sorel et elle s'imagine jouant *Le Rouge et le Noir* avec son fils à l'école. Elle serait Mme de Rênal, non, mieux, Mathilde de la Mole !

Elle rit d'elle-même.

Elle l'aime tant ce petit, elle l'a attendu si longtemps... C'est comme si soudain le vœu d'une vie entière se réalisait. Un garçon !

La force ; il lui donne tant de force. Elle sent cette pulsion de vie en elle ; elle accélère, la Ferrari vrombrit ; elle est comme elle, puissante, invincible. Elle ira au bout de l'univers pour Julien. Elle sera la meilleure mère du monde.

Elle se gare devant la porte de l'immeuble de l'avenue Rapp. Elle sort de la voiture ; fait mine de ne pas prêter attention aux voisins qui de leurs fenêtres ne perdent pas une miette du spectacle et aux passants qui s'arrêtent pour mieux voir cette grande blonde au regard incandescent.

Jacques l'attend, derrière l'imposante porte cochère de l'immeuble. Il vient l'aider.

Il ouvre la portière passager pour prendre le couffin.

– Je m'en charge, tiens-moi juste les portes. S'il te plaît.

– Tu es sûre ? Tu n'es pas fatiguée ?

– Non je te remercie, ça va très bien.

Juliette attrape son fils d'un geste un peu brusque, serre le couffin contre elle et ferme la porte de la voiture, en oubliant de remonter la vitre.

Ils commencent à marcher vers l'immeuble.

C'est là qu'ils entendent des voix assourdies.

Stéphanie et Joëlle, venues à la clinique voir leur mère, sont assises sur la banquette arrière. Elles attendent.

– Ah les filles, dit Jacques en riant. Tu les as oubliées, les pauvres.

Juliette s'excuse, revient leur ouvrir en les embrassant. Julien pleure.

Après le déjeuner, Juliette a voulu aller à la roulotte. Nous avons pris ce chemin que nous connaissions si bien, après Ramatuelle, quand la nationale se transforme en petite route, qu'on grimpe le lacet de bitume pour arriver au chemin de terre. Éviter les bosses, deviner au loin la mer ; puis arriver à la plage des rêves... Juliette a peu parlé, son dos la faisait souffrir mais elle a continué à sourire. À mi-parcours, au chemin des vignes, elle a pris le volant. Il était impensable que quelqu'un d'autre qu'elle conduise sur « sa » route.

À cette époque de l'année les vignes étaient sans feuilles et sans vie, attendant le printemps pour renaître mais le soleil, lui, continuait à briller. Toutes les portes du domaine étaient ouvertes et nous nous sommes enfoncés dans la forêt. Des pierres imposantes barraient le chemin ici et là mais Juliette, telle une vieille habituée, déjouait tous les pièges de la nature.

– Il faut aller très doucement, a-t-elle répété.

Il était loin le temps où elle prenait ce chemin à toute vitesse faisant cahoter le 4 × 4 de droite à gauche tandis que nous nous accrochions à nos ceintures qui ne se bouclaient plus.

Parvenue tout en haut du chemin elle s'est arrêtée un instant. C'était le lieu le plus élevé de la petite montagne. La mer turquoise brillait en contrebas.

– N'as-tu jamais rien vu d'aussi beau ? a-t-elle dit, comme à chaque passage.

– Non, jamais, ai-je répondu devant ce paysage que j'avais pourtant vu des dizaines de fois.

Elle avait engagé la voiture dans la descente et cette fois elle était allée plus vite. J'avais émis l'idée qu'il fallait peut-être réduire la cadence, car nous risquions de crever.

– Mes pneus sont solides, a-t-elle répondu, sans comprendre que ce n'était pas cette signification-là du mot « crever » que j'avais en tête.

J'ai cru plusieurs fois que la voiture ne tiendrait pas mais nous avons fini par arriver à la roulotte. La chienne est sortie de la voiture et s'est dirigée d'elle-même vers la plage.

– Elle a envie de se promener, nous reviendrons après. Viens.

Nous avons marché le long du chemin de vigne qui menait au rivage. L'air était très doux pour un mois de février. Juliette a trouvé un grand bâton dont elle a fait une canne. La chienne ne se souciait plus de nous, vadrouillant à droite à gauche dans les vignes ou les fourrés, sentant les odeurs et grattant les pistes de ses grosses pattes noires. La terre était saccagée par d'épais trous formés par les sangliers dans les couloirs de vigne, quand ils venaient la nuit à la recherche d'on ne savait quelle proie. Ici l'hiver ne semblait pas avoir de réelle emprise sur la vie. Les feuilles étaient vertes, les trèfles fleuris ; certes quelques lilas n'avaient pas survécu mais le tout donnait une belle impression de verdure.

À la porte de la plage il a fallu ouvrir le cadenas. Au prix de lourds efforts j'ai réussi à former une petite ouverture en poussant le sable qui bloquait et nous avons pu avancer sur le rivage.

Quelques enfants jouaient et deux vieux lisaient, en maillot de bain. La chienne a attaqué avec ses crocs les bouts de bois qu'elle trouvait et a trempé deux pattes dans la mer avant de s'y jeter totalement. Juliette s'est extasiée devant la beauté du lieu ; je me suis contenté de faire des photos d'elle, lunettes noires sur le nez, pull rouge, bâton à la main, fixant droit le soleil.

Elle m'a dit qu'elle était fatiguée ; elle a voulu rentrer à la roulotte. L'herbe ayant beaucoup poussé depuis l'été, Juliette a commencé à faire le tour du propriétaire. Je l'ai suivie.

– Tout semble en ordre, a-t-elle commenté, passant en revue le moindre détail.

À l'intérieur de la roulotte, tout était tel qu'elle l'avait laissé à la fin de l'été ; ses livres, sa télé, son bureau, l'écuelle de la chatte... Seule l'odeur un peu humide témoignait de l'hiver qui venait de passer. Son lit était aussi en fouillis. Elle a remonté la couverture.

– Il y a de la poussière, j'aurai tout de même du travail. Mais rien ne s'est effondré, c'est déjà bien.

Les roues de la roulotte étaient bien ancrées dans la terre malgré la pluie des dernières semaines. Sa douche de plein air demeurait aussi en bon état, il restait même du savon. On eût dit que l'été s'était achevé la veille. Les toilettes de la cuisine fonctionnaient, l'eau coulait et le toit de la terrasse n'avait subi aucun dégât.

Plus loin, vers la forêt, il y avait l'ancienne caravane où elle avait vécu avant la roulotte et où nous dormions adolescents.

Les souvenirs me revenaient... Mes levers à quinze ou seize ans, ma mauvaise humeur, ma déprime d'ado puant.

– J'ai pas le moral, lui disais-je, suis énervé.

Et elle qui de quelques mots et de sa douceur irradiante me redonnait de la force.

– Mais enfin quelle idée d'être déprimé le matin ! Tout est à faire et à réussir le matin ! C'est merveilleux. À la limite tu peux être déprimé le soir mais le matin... Quel gâchis !

Et elle me servait de la Ricoré, des tartines fraîches en me parlant de mon avenir radieux.

Je n'avais plus jamais été déprimé le matin. Et lorsque je me levais et qu'elle était partie faire le marché, il y avait toujours des croissants et un mot plein d'optimisme ; oh que j'eus aimé les avoir conservés quelque part...

– C'est mon paradis, m'a-t-elle dit, me sortant de mes souvenirs.

Elle était assise sur une chaise à caresser du regard ce lieu qu'elle aimait tant.

– Tu vas bientôt y revenir.

– Oui, j'ai hâte.

Elle a cueilli une rose blanche, la dernière de son rosier, et elle me l'a tendue.

J'en ai aspiré l'odeur fruitée.

Elle s'est levée pour aller chercher quelque chose dans la roulotte. Elle est revenue avec un de ces bois flottés peints dont elle avait le secret. Un bateau qui sortait du port de Saint-Tropez, toutes voiles dehors.

– Voilà, je l'ai fait pour toi. C'est le dernier.

– Merci, merci beaucoup.

Vers 17 heures, avant que le soleil ne se couche, nous sommes repartis vers le village. Elle m'a déposé à mon hôtel. Mon avion partait dans deux heures et j'étais en retard.

Dans la voiture elle ne m'a rien dit ; et cette sensation étrange en arrivant au village, quand elle m'a embrassé, quand elle m'a dit au revoir en me remerciant d'être venu. Cette sensation étrange que c'était la dernière fois.

Printemps 1966

Un pâle soleil d'hiver habille l'appartement de l'avenue Rapp.

Elles sont toutes postées dans le couloir, en haie d'honneur.

Dans l'ordre : Stéphanie, Bella, Joëlle et Nikky.

Il y a les deux nounous et Juliette, tout au bout, qui l'attend. À genoux.

Julien regarde ces femmes, d'un air sérieux, en suçant son pouce.

Ses cheveux ont poussé, il est blond ; il porte un pull de laine bleu, un pantalon blanc et des mocassins beiges.

Il a quatorze mois.

Au signal de sa mère, lui qui était à quatre pattes se lève, avec délicatesse et lenteur. Juliette l'encourage, les filles poussent des petits cris.

– Allez Julien, allez.

Julien parvient à se mettre debout sous les hurlements de Nikky.

– Vas-y !

Juliette l'encourage autant que possible, la tête baissée, les mains sur les hanches, lui crie qu'il est « le plus fort ».

Avec précaution, d'un petit pas alerte, Julien entame sa traversée.

Droit devant. Vers sa mère.

Sur sa route, ses femmes lui touchent la main ; il ralentit comme s'il voulait savourer chaque seconde de ce moment.

Et soudain un grand sourire se dessine sur son visage ; il s'arrête.

Jouissance.

Juliette baisse alors davantage la tête, se met à taper sur ses hanches, claque de la langue.

– Allez ! Tu vas y arriver ! Je t'aime !

Les filles trépignent d'impatience ; il ne reprend pas sa marche, il fait la grimace. Stéphanie se précipite vers lui. « Mon Julien, ça va ? »

Mais elle est arrêtée par la voix maternelle :

– Arrête Stéphanie, fous-lui la paix. Laisse-le finir, il faut toujours que tu t'occupes de lui. C'est moi sa mère.

Stéphanie retourne à sa place, le regard penaud, et la haie se reforme.

Julien fronce à nouveau les sourcils, arrête de sourire et reprend son train de sénateur.

Cela dure, cela dure. La petite Nikky est si excitée qu'elle se fait pipi dessus ; elle regarde sa mère qui n'en a que faire.

– On s'en occupera après ! hurle Juliette. Restons concentrées. Continue, continue Julien !

Alors Julien continue.

Il approche du dernier carré, celui de sa mère et de ses sœurs, sous les hourras et les hurlements.

Joëlle pleure, Bella lève les yeux au ciel, Nikky se met à genoux. Une petite flaque s'étire sur le parquet.

Julien, sous les vivats de la foule, parvient au bout du chemin et tombe dans les bras de sa mère qui l'embrasse dans les cheveux, dans le cou, sur les joues.

Partout.

Partout.

Qui l'embrasse et qui l'embrasse encore et il ne peut plus respirer et il se dégage.

Juliette pleure.

Et les filles se jettent aux pieds de leur frère, lui demandent s'il veut manger, s'il veut boire, s'il veut un cadeau, si elles peuvent QUELQUE CHOSE pour lui.

– Des cookies, tu veux des cookies mon frère ? demande Stéphanie.

Juliette glisse un verre d'eau entre les lèvres de Julien, mais elle tremble tant sous l'émotion qu'il se renverse sur les pieds de son fils.

Le liquide se répand. Julien fait la grimace.

– Oh mon Dieu, s'écrie Juliette, en regardant le plafond, les yeux embués de larme. Il marche. Il marche sur l'eau !

Une scène m'est revenue de ces quelques jours avec Juliette.

Fin de soirée. Juliette avait relâché ses défenses, et moi je voulais savoir pour de bon quel était son dernier souvenir avec Georges. Elle m'avait répondu.

Au printemps 1983, Bella voulut revoir son père, lui qui avait disparu de sa vie depuis ses deux ans... Juliette finit par céder.

– Je vais essayer de le retrouver...

Juliette avait pris sa voiture et s'était rendue dans le 8e arrondissement ; elle s'était retrouvée face à une dame replette aux cheveux blancs.

– Bonjour madame, j'ai été autrefois mariée avec un homme qui s'appelait Georges Kowalski. J'ai eu trois enfants avec lui et puis j'ai divorcé. Mais ses filles aujourd'hui voudraient le revoir. Savez-vous où il est ?

La grosse dame avait écarquillé les yeux puis contre toute attente avait répondu d'un ton assuré.

– Oui, oui, il vient de temps en temps. Nous allons le prévenir.

Juliette avait laissé son numéro de téléphone. Quelques jours plus tard, Georges lui téléphona.

Elle lui avait donné rendez-vous à la terrasse des Deux Magots, juste avant l'heure du déjeuner. Le soleil était radieux et la température douce. Juliette et Bella l'avaient vu arriver. Juliette fut frappée par son physique immuable ; trapu, musclé, quarante-sept ans, visage ovale, juvénile, nez rond, rien n'avait vraiment changé à l'exception notable de son crâne devenu chauve et de ses lunettes aux verres épais car sa myopie s'était aggravée. Cela lui faisait des tout petits yeux, rougis, sensibles ; sa seule fragilité, comme il aimait à le dire. Il avait quoi qu'on en dise toujours cette prestance, ce costume bien taillé sur son mètre quatre-vingts, ce côté Clint Eastwood ; un Clint Eastwood chauve.

Bella voyait son père presque pour la première fois, vingt-cinq ans après la séparation. De lui elle n'avait gardé que des photos, les mêmes que celles dont je dispose aujourd'hui ; costume noir, lunettes de soleil... Mystérieux, beau. « Imbu de lui-même » répétait Juliette.

De tout le rendez-vous qui avait duré montre en main dix minutes, Bella n'avait pas décroché un mot. Elle avait tant rêvé des bras de cet homme, qu'il puisse être son père. Mais il s'était contenté de quelques sourires. L'avait-il même embrassée ? Personne n'en avait le souvenir.

Au fur et à mesure, la gêne s'était installée et la rumeur des voitures sur le boulevard Saint-Germain s'apparentait de plus en plus à celle d'un cortège funèbre, une rencontre ratée. Comme toujours. Pour toujours.

Il n'y avait pas eu un mot de plus, pas une excuse, pas une reconnaissance de quoi que ce soit et Georges s'était levé. Il était reparti comme il était venu. Alors Bella avait regardé sa mère bien droit dans les yeux : « Je ne veux plus jamais le revoir. »

Mû par une intuition je demandai à Juliette si elle avait recroisé Georges avant ou après les Deux Magots. Elle me raconta deux autres scènes, d'un air léger.

Il était venu la voir, sans les enfants, au magasin ce même jour, rue de Rennes. Oui, avant de voir les filles (elles étaient deux ou trois, Juliette ne se souvenait plus), il était entré dans son magasin tel un conquérant, comme s'ils s'étaient quittés la veille et il l'avait embrassée sur la bouche.

Elle s'était laissée faire, un petit baiser cela n'a pas d'importance. Elle lui avait pourtant dit d'arrêter, voyons, ils étaient séparés depuis des dizaines d'années, ils n'étaient plus les mêmes.

Le même soir, après les Deux Magots, il lui avait donné rendez-vous et elle avait accepté. Ils s'étaient retrouvés comme dans le temps, sur la place Blanche devant le Moulin Rouge, et étaient allés dîner dans le coin. Tels de vieux amants ils avaient évoqué leurs souvenirs, leur rencontre, si jeunes.

– J'ai mangé avec lui. C'est le mot exact, rien de plus, se justifia Juliette. Puis je lui ai dit « Écoute c'est pas la peine, moi j'ai ma vie qui n'a rien à voir avec la tienne. Tu as une vie de loisirs et de plaisirs, moi c'est le contraire, j'ai une vie de travail. Je travaille du matin au soir. Nous n'avons rien à voir ensemble donc on arrête là et on ne se voit plus ».

Pour m'expliquer pourquoi elle avait accepté ce rendez-vous, Juliette me raconta qu'elle était une « gentille fille », que c'était pour « lui faire plaisir » et qu'elle avait quand même été mariée sept ans avec lui.

– Bien sûr qu'il aurait aimé que cela reprenne entre nous ! Parce que ça correspond à sa personnalité : il croit vraiment qu'il est le plus bel homme de la terre.

Et moi je ne comprenais pas comment elle avait pu faire trois enfants et passer tant de temps avec cet homme, dont elle se disait si lointaine, qu'elle avait fait disparaître comme par enchantement.

– Mais tu veux donner à Georges Kowalski une personnalité qu'il n'a pas ! Tu sais bien à quoi ça ressemble, quelqu'un de vide, d'ennuyeux... Si tu veux clore cette histoire, tu prends le jugement de ta mère, lapidaire mais tout à fait juste : il n'a aucun intérêt.

Et elle avait ajouté :

– Dis-moi Lucas, toi, que donnerais-tu pour connaître ton père, savoir qui il est ?

– Tout.

– Oublie Lucas. Oublie. Les hommes fuient, c'est là leur nature profonde. Et il n'y a rien de pire que ce que l'on ne pourra jamais savoir.

*

Dans le car qui me menait à l'aéroport de Nice je repensais à ces derniers moments avec Juliette.

À ce qu'elle m'avait dit.

À Georges. À mon propre père – cette blessure secrète.

En regardant mon portable j'ai trouvé les messages de Katia auxquels je n'avais pas encore répondu, me demandant avec insistance si je venais toujours aujourd'hui et me demandant si j'étais moi aussi un fantôme, si j'allais disparaître à jamais ; comme lui, comme les autres.

Tant que j'étais avec Juliette il m'avait été impossible de lui répondre, bien que je l'aie prévenue du décalage de ma visite.

J'avais peur, infiniment peur, d'aller voir cette femme, de lui révéler mon identité ; de ce que j'allais pouvoir trouver, d'entreprendre ce voyage auquel je m'étais engagé dans une ville inconnue.

Il m'était plus facile de me projeter seul dans mon petit studio parisien crasseux et jauni par le tabac à gribouiller mes inventions plutôt que d'aller me coltiner le réel et cette femme. Comment pouvais-je avoir si peur alors que pour la première fois j'avais trouvé le moyen d'entrer en lien avec le vrai Georges ?

Pas le Georges des récits de mamie, pas le Georges fruit de mes inventions.

Non, le vrai Georges, de chair et d'os.

Quelque chose de lui, une trace, se trouvait en Espagne, que j'avais cherché inlassablement depuis des mois.

La route avançait ; nous avons passé le Géant Casino de La Foux, les villages de la Môle, les routes des vignes ; nous avons attaqué les montagnes aux routes si petites que le bus ne pouvait rouler à plus de trente et qu'il fallait s'arrêter à chaque virage pour ne pas tomber dans le ravin ou percuter la voiture d'en face.

Nous sommes sortis de la montagne et j'ai senti la nausée monter. J'étais vaporeux et flottant en parvenant à l'aéroport. Il me restait peu de temps avant la fin de l'embarquement. Je suis passé aux toilettes pour me mettre de l'eau sur le visage.

J'ai entendu l'hôtesse faire son dernier appel.

J'ai regardé une dernière fois les messages de Katia.

Puis j'ai couru vers la porte d'embarquement.

Juin 1966

Depuis le début Jacques veut que Juliette réussisse, il veut qu'elle décide, il veut qu'elle préside.

– Tu seras ma reine, lui répète-t-il.

Promesse tenue ; peu à peu Juliette prend le pouvoir.

L'avenue de Ségur est devenue trop petite pour l'entreprise qui grandit à vue d'œil. La reconstruction d'après guerre qui s'amplifie et les Trente Glorieuses y aident beaucoup. Des immeubles neufs se construisent un peu partout et il y a un fort besoin de vitrification de parquets qu'on ne peut pas cirer. Pour répondre à ce besoin Jacques crée une nouvelle entreprise, la vitrification moderne. De fait il a aussi trouvé là le moyen de faire monter sa femme (celle que désormais tout le monde appelle Juliette), dans la hiérarchie.

La voilà présidente de cette deuxième entreprise. Les mauvaises langues disent qu'elle doit davantage sa place à « son cul » qu'à son talent. Qu'importe, les railleurs, le regard des autres l'indiffèrent. Elle a trente-quatre ans et elle trace son chemin.

Dès son arrivée, Juliette n'a pas tardé à imprimer sa marque. À commencer par les conditions de travail qu'elle jugeait moyenâgeuses. Elle a introduit les sacs poubelles en papier. Avant cela, les femmes de ménage ramassaient tous les sacs en jute des PTT et n'avaient même pas de gants pour travailler.

Elle a une idée par jour et épuise tout le monde.

Mais Juliette ne tarde pas à découvrir la vraie raison de la jalousie d'un certain nombre de femmes. Il se trouve que Jacques a couché avec beaucoup d'entre elles. Juliette n'est à leurs yeux qu'une parvenue un peu plus douée que les autres, à éliminer au plus vite. De toute façon le patron « se lassera », elles le savent toutes.

– Ah voilà encore la reine… marmonnent-elles le matin.

La reine a désormais sous ses ordres une vingtaine de raboteurs de parquet. Ces raboteurs travaillent à la main, le litre de rouge pour compagnon de route. Ce sont des durs à cuire, des garçons qui viennent des armées d'Indochine et qui ont été rapatriés en France après la fin de la guerre. Au départ pas un n'a pris Juliette au sérieux. Pire, ils la sifflent lorsqu'ils la voient en jupe. Aucun d'eux ne pouvait soupçonner qu'elle était la présidente de l'entreprise. Juliette se charge de les « éduquer » et de leur rappeler ce qu'est l'autorité et la suprématie du chef. Chaque coupable d'une remarque sexiste se voit retirer un jour de salaire.

Juliette apprend vite les codes de son nouveau métier ; elle embauche une secrétaire, fait attention à son allure.

Elle comprend que diriger est aussi communiquer.

Qu'elle est un personnage.

Les hommes se mettent à la vénérer, les femmes à la détester. Juliette se découvre un talent extrême pour le relationnel et elle a souvent cette étrange impression : celle d'avoir fait cela toute sa vie.

Août 1966

Un soir, alors qu'elle rentre du travail, Juliette croise un homme place de l'École militaire qui s'arrête à côté de sa voiture, au niveau du feu rouge.

Il lui explique qu'il est représentant pour la marque Ricard. Juliette engage la discussion. L'homme la trouve « magnifique » et il l'invite à dîner.

Elle refuse.

En rentrant, elle raconte la scène à Jacques.

– Il était assez beau, mais bien sûr j'ai refusé, lance-t-elle avec un sourire. Par égard pour toi.

Il l'embrasse et la remercie de lui avoir raconté la scène.

– Si jamais il recommence, j'irai lui casser la gueule.

Ils partent se coucher.

Dans la pénombre de la chambre, Juliette voit les doigts tremblants de Jacques au moment d'allumer sa dernière cigarette.

Elle sent aussi son odeur ; une odeur de transpiration très forte. Il fait si chaud ce soir-là.

Septembre 1966

– Lis-le-moi à haute voix, s'il te plaît…

Jacques est couché sur le lit, en djellaba mauve ; ouverte. Juliette est nue, à côté de lui, un exemplaire d'*Histoire d'O* dans les mains. Ce matin-là, elle l'a appelé du bureau pour lui dire qu'elle était fatiguée. Il lui a proposé de faire une pause au déjeuner ; avec lui.

Elle commence à lire.

Les volets, mi-clos, dehors le temps est gris mais caniculaire ; il y a l'odeur de sa cigarette, son regard brûlant. Sa main qui se promène le long de ses seins et qui fait de brèves intrusions dans le sexe de Juliette, la faisant frissonner, tandis qu'elle lit les passages que Jacques lui a indiqués, très précisément ; au stylo bleu.

Il désirait depuis longtemps la prostituer, et il sentait avec joie que le plaisir qu'il en tirait était plus grand qu'il ne l'avait espéré, et l'attachait à elle davantage comme il l'attacherait à lui, d'autant plus qu'elle en serait plus humiliée et plus meurtrie. Elle ne pouvait, puisqu'elle l'aimait, qu'aimer ce qui lui venait de lui. O écoutait et tremblait de bonheur, puisqu'il l'aimait, tremblait, consentante. […] O allait répondre qu'elle était son esclave, et portait ses liens avec joie. Il l'arrêta ; « On t'a dit hier que tu ne devais, tant que tu serais dans ce château, ni regarder un homme au visage, ni lui parler. Tu ne le dois pas davantage à moi, mais te taire, et obéir. Je t'aime. Lève-toi. Tu n'ouvriras désormais ici la bouche, en présence d'un homme, que pour crier ou caresser ».

Jacques l'arrête d'un geste. Il allume une autre cigarette et prend la main de Juliette pour la poser sur sa verge. Elle lui sourit.

– Continue, ordonne-t-il, en lui prenant le livre et en l'ouvrant à une autre page qu'il a cornée.

Elle s'exécute. Ils sont seuls. Les enfants sont à l'école.

Le corset qui la tenait droite, les chaînes qui la gardaient soumise, le silence son refuge y étaient pour quelque chose, comme aussi le spectacle constant des filles, livrées comme elle, et même lorsqu'elles n'étaient pas livrées, de leur corps constamment accessible. Le spectacle aussi et la conscience de son propre corps. Chaque jour et pour ainsi dire rituellement salie de salive et de sperme, de sueur mêlée à sa propre sueur, elle se sentait à la lettre le réceptacle d'impureté, l'égout dont parle l'Écriture.

– Stop, dit-il, c'est bien. Il faut que tu retournes travailler à présent. Tu t'es assez reposée.

– Mais tu ne veux pas que nous fassions... ?

– Non, la coupe-t-il. Nous n'avons pas le temps.

– Très bien. Et toi, qu'est-ce que tu fais ?

– Je passerai tout à l'heure... Je t'aime.

Juliette s'habille, se parfume et repart au bureau.

Le lendemain, la fatigue n'étant pas passée, Juliette prend rendez-vous chez le médecin qui lui ordonne de s'arrêter quelques jours. Elle a besoin de souffler, de s'arrêter, de voir ses enfants.

Elle travaille trop.

Jacques ne fait pas de remarque particulière.

Juliette en profite pour aller chercher Nikky à l'école.

Les jours passent, elle se sent mieux. Elle aime ce rythme de femme au foyer. Sa mère lui a appris que c'est ainsi que les femmes vivent, alors pourquoi pas elle ? Elle réfléchit à en parler à Jacques, peut-être acceptera-t-il, peut-être comprendra-t-il ?

Cela fait quelque temps qu'ils n'ont plus fait l'amour. C'est étrange. Comme s'il avait vieilli. Et les escaliers que Juliette et ses filles montent quatre à quatre laissent Jacques hors d'haleine, le visage rouge et le dos voûté.

ANNÉES 2000

STÉPHANIE

– Maman, c'était le rêve de sa vie, Julien. Il ne peut pas ne pas avoir de bons souvenirs de cette période où il a été notre idole. C'était notre petit « Bobome », on était toutes autour de lui. Maman lui mettait de l'eau oxygénée sur les cheveux pour qu'il soit encore plus blond l'été.

– Et vous n'étiez pas jalouses à l'époque ?

– Paradoxalement non. C'était à celle qui le protégerait le plus... On était un peu toutes ses mères et alors moi plus que les autres parce que c'est mon instinct. Si l'une de nous se faisait emmerder par lui et disait « Maintenant tu fais chier, maintenant tu nous laisses, on peut pas jouer tranquilles, t'as encore défait le Scrabble », les deux autres lui tombaient dessus : « Mais t'es pas sympa, il est tout petit, viens mon chéri sur mes genoux, je vais te consoler... » Moi j'ai poussé le bouchon très loin ; j'allais le chercher à l'école, dès que je sortais de classe, alors qu'il avait une fille au pair. Mes premiers petits soupirants n'avaient qu'à me dire que mon frère n'était pas mignon, pas beau, pour que je ne les voie plus. C'était le test du frère. Alors ceux qui n'aimaient pas les gosses, ils étaient servis... (Rires.)

– Comment tu expliques, avec tous ces beaux moments que tu racontes, que la famille en soit là aujourd'hui ?

– Je ne l'explique pas.

Années 2000

Julien est certainement le personnage le plus mystérieux de cette histoire.

Je me sens pourtant solidaire de lui, de ce qu'il a vécu. J'imagine ce que cela a dû être d'exister dans une telle famille quand on est l'unique garçon, au milieu d'un clan de femmes.

De ce que je pouvais en savoir, Julien s'était construit à l'envers de ses sœurs et de sa mère. Il avait même fini par se séparer d'elle et dans les dernières années, avant la disparition de Juliette, il la voyait aussi peu que possible.

Je n'ai jamais bien connu Julien mais je crois que même si j'avais passé des années avec lui je n'y serais pas parvenu. Nous ne nous étions vus qu'à quelques Noëls sans vraiment nous parler. Et puis à mes quatorze ou quinze ans, il y a eu une partie de foot.

Nous nous étions donné rendez-vous sur la grande pelouse des Invalides. Il était 10 ou 11 heures du matin et nous partagions le lieu avec quelques promeneurs de chiens et le flot des voitures longeant le boulevard.

Les cheveux de Julien étaient courts et blonds. À la différence de sa mère, sa couleur était naturelle. Cela avait toujours été un mystère de savoir comment Jacques et Juliette, deux bruns au départ, avaient pu donner naissance à un blond. Dans les moments d'aigreur ses sœurs aînées invoquaient le grand nombre d'amants de leur mère.

Julien m'avait embrassé ; il paraissait moins grand que dans les maigres souvenirs que j'avais gardés de lui. Il était assez trapu, des épaules carrées, un peu basses. Comme son père, il ne se tenait jamais droit.

Il m'avait demandé comment j'allais. Il avait sorti le ballon qu'il avait envoyé directement sur moi et, comme je ne m'y attendais pas, je l'avais reçu sur le nombril. Il avait explosé de rire.

– Faut avoir un peu plus de réflexes, mon petit ! Tu joues avec tes potes ?

– Oui, mais ma mère aime pas trop.

Il s'était à nouveau marré. Mais un rire outré, qui sonnait comme une protection.

– Comment va ta mère ? avait-il demandé.

– Elle va bien, toujours un peu chiante.

– Ha ha.

Il n'avait rien ajouté de plus.

Nous avions assez peu parlé ce jour-là ; mais nous avions joué au moins deux heures et quand nous nous étions arrêtés nous étions en nage.

Julien m'avait tapé sur l'épaule.

– Bravo, tu m'as tué. On va déjeuner ?

– Je ne peux pas, ma mère m'attend.

– Je comprends, une prochaine fois alors. Appelle-moi. Et embrasse ta mère. C'était cool, Lucas.

– Oui, c'était cool.

En marchant vers la maison, ce mot « cool » avait tourné dans ma tête. Quel étrange moment je venais de passer et en même temps quelle joie de pouvoir courir, transpirer. Quelle joie de ne pas être obligé de parler.

Cette joie avait cessé dès mon entrée dans l'appartement.

– Tu étais où ? Je n'arrivais pas à te joindre. J'ai pris exprès sur ma pause déjeuner pour revenir. J'ai eu peur qu'il te soit arrivé quelque chose. Tu étais où ?

– Avec Julien.

– Julien ? Julien, mon frère ? avait beuglé ma mère.

– Oui, Julien ton frère. Mon oncle.

– Ah bon, mais pourquoi ?

– Parce que j'avais envie.

Novembre 1966

Juliette rentre.

Épuisée par sa journée, elle ne prend pas le temps de dîner et s'écroule sur le lit. La nounou s'occupe des enfants.

Jacques vient se coucher à côté d'elle.

Elle s'assoupit et sent soudain une autre présence dans la chambre ; elle ouvre les yeux. C'est Monique, une des femmes de ménage, dix-huit ans, rousse à la peau très blanche, de ces filles qui semblent si fragiles qu'à les prendre dans les bras on craindrait de les briser.

– Madame, monsieur, pardonnez-moi de vous déranger. Je voulais vous dire que je vous quittais.

Juliette se redresse.

– Comment ça, vous nous quittez ?

– Je dois partir dès ce soir, j'ai des examens et je me rends compte que je ne peux pas étudier et travailler pour vous.

– Très bien Monique, mais vous ne voulez pas qu'on en parle ?

– Non, je n'ai pas le temps. Mais je vous appellerai après mes examens.

– Très bien Monique, très bien, alors bon courage.

– Au revoir madame. Monsieur, dit-elle en se baissant et en exécutant une étrange révérence.

Jacques la regarde, cigarette à la main, tête posée sur son coude.

La porte se ferme.

– Mais enfin elle a une drôle d'attitude, tu ne trouves pas ? demande Juliette à Jacques.

– C'était sans doute trop fatigant pour elle, tous ces enfants.

– Oui sans doute.

*

Parfois, Jacques n'arrive plus à suivre.

Il a cinquante ans depuis quelques jours mais tout le monde a oublié son anniversaire.

Juliette n'arrête pas ; son appétit est insatiable. Elle danse, elle rit, fait la fête tous les soirs.

Lorsqu'elle sort de la salle de bains, c'est comme un miracle, ou un mirage ; sa blondeur irradiante, ses très hauts talons, son décolleté blanc pigeonnant, ses yeux très noirs, dessinés à la Bardot.

Le cœur de Jacques s'emballe ; elle va sortir comme cela, à la merci des autres hommes, sans lui ?

Elle ressent sa panique ; s'approche de lui. Elle pose son doigt sur ses lèvres, écrase sa cigarette.

– Je ne serai pas de retour tard, mon amour.

Elle laisse son doigt sur ses lèvres, il le mordille ; ils gloussent comme deux adolescents. Il commence à l'introduire dans sa bouche.

Elle le retire en pouffant.

Après un baiser, la porte claque dans un effluve de parfum ; Jacques se précipite à la fenêtre pour la voir enfourcher sa Ferrari 250 GT, qu'il lui a offerte avant la naissance de Julien. Elle démarre en trombe.

À ses côtés, il y a un homme.

DÉCEMBRE 1966

Juliette roule à tombeau ouvert dans les rues de Paris à bord de sa Ferrari rouge.

Elle la gare devant l'entreprise, alors que sa secrétaire descend l'accueillir.

Elle pénètre dans les locaux et commence son tour habituel des employés ; la première tâche qu'elle exécute à 8 h 30, après la visite quotidienne des chantiers qui commence à l'aube.

Où qu'elle aille, un sillage de Shalimar la devance dans les couloirs ; c'est devenu la fragrance du pouvoir.

Juliette dort peu, elle tient à superviser elle-même les chantiers. Elle se fait un devoir de connaître chacun des prénoms des ouvriers et des femmes de ménage, ainsi que leurs histoires. Elle n'oublie jamais un anniversaire ou un cadeau de Noël. Juliette a la main sur tout et les bilans annuels n'ont plus de secrets pour elle. Il faut gagner toujours plus. Il faut développer, agrandir… Les grands restaurants de Paris, de la Coupole à la Closerie des Lilas, sont devenus ses terrains de conquête ; ceux-là-mêmes que Jacques lui a fait découvrir des années auparavant mais qu'elle arpente désormais seule, avec toujours deux ou trois clients.

Jacques, lui, travaille moins. Cela s'est fait naturellement. D'abord il a arrêté de venir le vendredi, puis le lundi. Il lui a peu à peu laissé la place et Juliette l'a prise. Après tout pourquoi ne pas lui offrir le pouvoir sur le terrain ? Tout le monde savait bien que c'était lui « le patron » et qu'il le resterait, quoi qu'il arrive. Puis il est si fier de dire que c'est grâce à lui si elle en est arrivée là, que Juliette est « sa » femme. Et même quand un jour il demande à sa propre secrétaire de lui apporter 5 000 francs dans la caisse de sa propre entreprise et que celle-ci lui répond qu'il faut d'abord demander à « Madame Juliette », il en rit de bon cœur.

Désormais quand Juliette arrive au restaurant elle ne prend même plus la peine de garer la Ferrari ; elle la donne au voiturier avec un billet beige.

Ces déjeuners peuvent durer des heures mais jamais Juliette n'en sort sans un contrat. Elle a cet éclair dans le regard, ce sourire, cette originalité qui annihilent la moindre velléité de résistance chez son interlocuteur.

À la maison, Juliette a mis en place une organisation millimétrée. Plusieurs nounous et bonnes s'occupent des enfants, du ménage, de la nourriture, des devoirs. Juliette passe quand elle le peut. C'est parfois si furtif qu'avant qu'un enfant ait pu sortir de sa chambre il ne subsiste déjà plus d'elle que quelques poils de chien et le sillage de son parfum.

Mars 1967

C'est elle qui a donné le ton, elle qui sans le vouloir, en entrant dans l'adolescence, a lancé la révolution.

À quinze ans, Stéphanie est une femme. Sa poitrine double de volume, elle porte des minijupes, une frange ; une voiture décapotable l'attend tous les soirs devant la maison, remplie de garçons, pour l'emmener danser.

La métamorphose de Stéphanie désarme Jacques. Hier encore c'était une enfant et la voilà, face à lui, si jeune, si désirable, si semblable à sa femme. Jacques s'interdit d'y penser et détourne le regard.

Mais après la métamorphose de Stéphanie suivent celles de Joëlle et de Bella, elle aussi magnifique ; lorsque les filles sont réunies, c'est comme si elles incarnaient toutes les nuances de la beauté.

Bientôt les quatre salles de bains de l'appartement ne suffisent plus. Quand toutes les filles, y compris sa femme, se préparent, Jacques se retrouve à la porte. Dans sa propre maison il ne peut pas se laver.

Puis les femmes sortent, apprêtées, maquillées, séduisantes, et Jacques ne sait plus quoi faire ; il pourrait s'occuper de son fils mais ce dernier préfère la compagnie des filles ou les jeux de cow-boy avec Nikky, qui n'intéresse guère son père.

Stéphanie aime provoquer Jacques, surtout quand Juliette n'est pas là.

Dans sa chambre elle met à fond Johnny Hallyday et chante à tue-tête, comme une provocation, « Pour moi la vie va commencer ».

Jacques hurle.

– Tu vas arrêter avec ta musique de dégénéré !

– Je fais ce que je veux, dit-elle en continuant à danser.

Jacques, dépité, retourne dans le salon, impuissant.

Mais le matin, dans la pénombre de l'appartement, pendant que Juliette se douche, Jacques boit un café et fume une cigarette dans son éternelle djellaba.

Parfois, il pénètre dans la salle de bains pour la regarder se laver.

Elle s'habille, il lui tend un café.

– Tu es si belle.

Elle lui caresse la joue.

– Alors que vas-tu faire aujourd'hui ?

– La même chose que d'habitude, dit-elle.

– Oui, mais j'aime te l'entendre dire.

Et Juliette détaille sa journée, les chantiers à visiter, la matinée au bureau, les déjeuners d'affaires et l'espérance, souvent déçue, de pouvoir faire la sortie de l'école.

Jacques lui demande des détails sur les clients qu'elle va voir. Elle lui répond en descendant l'escalier quatre à quatre.

Alors il se recouche le cœur battant, et il attend le moment où les enfants quittent le domicile pour sortir de la chambre.

À 8 h 30 précises, Jacques appelle Tronc à l'entreprise, Tronc à qui il a demandé de continuer à suivre sa femme sur les chantiers au cas où Georges chercherait à la recontacter.

– Alors comment se sont passées les visites de Juliette ?

Tronc le rassure. Tout va bien. Jacques se sent mieux et puis… Quelque chose l'inquiète. Et si Juliette lui mentait ?

Il rappelle Tronc, qui répète les mêmes choses.

Plus tard dans la matinée il appelle la secrétaire de Juliette pour avoir son emploi du temps. Il a « besoin de savoir » car ils ont « un rendez-vous client ensemble ».

La secrétaire lui donne la liste ; Jacques prend alors le carnet noir où il a noté les déclarations de Juliette pour vérifier qu'elle a dit la vérité.

À midi il revêt son costume noir, sa cravate. Il se lave, se peigne. Il sort acheter des cigarettes et manger au café en bas de la maison, au coin de le rue de l'Université. Il commande une entrecôte frites et un verre de vin rouge.

Du téléphone du restaurant au sous-sol, il rappelle la secrétaire. Les rendez-vous de Juliette ont-ils changé ?

Non.

– Surtout vous ne dites pas que j'ai appelé, ordonne-t-il d'un ton grave.

– Non, bien sûr, monsieur.

Plus tard, vers 15 heures, Jacques passe à son bureau. Il n'y reste pas plus de dix minutes, le temps de prendre de l'argent dans son coffre.

– Vous n'avez pas vu madame ? aboie-t-il à la secrétaire en passant devant le bureau de Juliette.

– Non, comme je vous l'ai dit, elle est en rendez-vous au Café de Flore.

– Très bien.

Il craint le pire. Il hèle un taxi.

– Au Café de Flore, aussi vite que possible.

Il le fait arrêter boulevard Saint-Germain, en face, pour ne pas être vu.

À pas de loup, il entre dans le café. Rien au rez-de-chaussée. Son cœur manque sortir de sa poitrine.

Il monte les marches.

Elle a menti. Elle couche avec un autre. Il n'est plus rien. Elle va le quitter.

Mais en haut des marches, il la voit, avec les clients, qu'il connaît bien sûr. Jacques a honte de lui-même.

De retour avenue Rapp il s'effondre, haletant, sur le canapé.

Il se calme un instant puis les images du Flore lui reviennent. C'est alors qu'il revoit le plus jeune des clients de Juliette, un brun, assez grand et baraqué. Jacques acquiert la certitude absolue de ne jamais l'avoir vu alors que Juliette lui a certifié qu'il les connaissait tous.

La sueur coule de son front ; il imagine sa femme nue avec le type dans un hôtel de Saint-Germain-des-Prés, lui en elle. Leurs salives mêlées. Comment ose-t-elle se moquer ainsi de lui ?

Alors Jacques enlève sa chemise, se dirige vers la cuisine où la femme de ménage nettoie les sols. Jacques est torse nu, trempé ; il a des yeux de fou. Elle comprend qu'une fois encore, elle n'y échappera pas.

Il la prend contre le four.

En pensant à Juliette.

Avril 1967

– J'ai une surprise pour toi ce soir, ma chérie. Il faut que tu t'habilles bien. Nous sortons.

Ils dînent dans un restaurant des quais de Seine, au croisement de la rue du Bac. Juliette et Jacques discutent jusqu'à 1 heure du matin ; ils font même la fermeture, comme au bon vieux temps.

Puis ils remontent dans la DS de Jacques. Ils traversent la Seine, dépassent l'Opéra et la gare Saint-Lazare.

– Mais enfin où va-t-on à cette heure, Jacques ?

– Tu verras.

Vingt minutes plus tard, il gare la DS devant le Moulin Rouge. Lumières partout. Fête et défaites. 2 heures du matin à Pigalle.

– Attends, je vais chercher quelqu'un.

Quelques minutes plus tard. Jacques revient avec un homme très jeune et très beau. Jean et veste de cuir.

L'homme grimpe dans la voiture et Jacques redémarre. Pas un mot sur le chemin.

Près du cirque d'hiver Jacques s'arrête à nouveau dans une petite rue sombre, devant ce qui ressemble à une loge de concierge.

– Monsieur veut te montrer quelque chose, dit Jacques sur un ton mystérieux.

Juliette le suit ; la nuit est noire, l'air étouffant.

Dans la loge le garçon offre un café serré à Juliette.

– Je préférerais un verre d'alcool.

Le garçon commence à lui sourire et lui sert un Martini glaçon.

– Écoutez, dit-il, je ne peux pas faire des choses comme ça, vous êtes trop naïve, trop belle…

Juliette le presse. Il lui explique ce que Jacques attend de lui et pourquoi il l'a payé. Jacques n'est pas un inconnu pour lui.

– On va lui faire croire ce qu'il veut. Restons juste vingt minutes à discuter. Je veux pas vous faire de misère, ni rien du tout ; je vois bien que vous êtes pas de ce genre-là.

Le regard du garçon est clair même si ses yeux sont déjà cernés par les nuits sans sommeil et son teint abîmé par l'alcool.

– Je vais juste vous faire un suçon dans le cou comme ça il croira que...

– Oui, répond Juliette, très bien.

Trente minutes plus tard, Juliette sort seule de la loge. Jacques est rouge écrevisse ; il fume deux cigarettes en même temps dans l'atmosphère confinée de sa voiture. Juliette lit dans ses yeux un mélange d'amour, de fureur, de volonté de la soumettre, de honte.

En partant, elle a pris le numéro de téléphone du jeune homme. Et son prénom. Bertrand.

– Faites attention à vous. Je vous aiderai, si vous le voulez, ajoute-t-il en l'embrassant sur la joue. Appelez-moi.

La voiture a à peine parcouru cent mètres que Jacques pose la question qui lui brûle les lèvres et qu'il posera désormais chaque fois :

– Alors, c'était comment ?

ANNÉES 2000

Non, Juliette n'a pas voulu savoir ; elle a enfoui cela au fond d'elle, tel un cadavre qu'on jette à la mer, mais dont on sait bien qu'un jour il refera surface.

Juliette a tout accepté des étranges fantasmes de Jacques. Par amour.

Elle n'a pas voulu penser à ces hommes qu'il recrutait partout, dans les bordels, les boutiques, les bars et qu'il attrapait à coups de billets de 500 : « Je voudrais que vous baisiez ma femme », leur disait-il.

Si cela pouvait le calmer, pourquoi pas ? Oui, Juliette a cru pouvoir le contrôler, le cadrer...

Jacques lui a expliqué un jour très calmement pourquoi il faisait tout cela.

Il était persuadé qu'il ne la satisfaisait plus à cause de son âge. Elle avait donc le droit de le tromper mais avec son autorisation. Et avec des hommes jeunes qu'il aurait choisis. Il déciderait de tout, seconde par seconde, il serait là dans la voiture à attendre et tout lui serait raconté. Cela ferait partie du plan. Ainsi elle resterait avec lui, elle ne le quitterait pas.

Juin 1967

C'est la petite Monique qui a vendu la mèche, Monique, l'ancienne domestique.

Plus d'un an après son départ de l'avenue Rapp, elle a appelé la secrétaire de Juliette et demandé à la voir.

Elles se sont retrouvées dans un café au pied de l'appartement, Monique refusant d'y monter.

– Alors ma petite, comment allez-vous ? Comment se passent vos études ?

Monique a le teint blanchâtre, elle se ronge les ongles, ses doigts sont crispés.

– Justement madame, c'est ce que j'voulais vous dire. Je vous aime bien… J'peux plus, j'peux plus…

Les yeux rougis, elle éclate en sanglots. Pendant plusieurs minutes elle ne parvient pas à articuler le moindre mot. Juliette lui donne des mouchoirs et lui prend la main.

Monique finit par lui raconter. Tout.

Ces mois de relation cachée avec son époux Jacques, ces étreintes dans les chambres quand personne n'était là. Sa culpabilité, sa honte. Et son départ, son faux départ, car tout cela était devenu insupportable pour elle.

– J'avais envie de mourir, murmure-t-elle.

– Merci de me l'avoir dit, conclut Juliette d'un ton sec.

Elle ne veut plus rien entendre, juste quitter ce café, aller travailler. Mais elle ne peut s'empêcher de poser une dernière question.

– Y a-t-il autre chose, Monique que vous aimeriez me dire à propos de mon mari ?

– Oui.

ANNÉES 2000

L'avion s'est posé à Barcelone. En rallumant mon portable j'ai trouvé un message de Katia, m'indiquant l'heure du rendez-vous, midi, et l'adresse : Loft, 25 Paseo de Gracia.

J'ai facilement trouvé le car qui conduisait place de Catalogne où mon auberge de jeunesse se situait. J'y ai déposé mes affaires et à 11 h 30, sac à dos et ordinateur sur les épaules, j'ai pris le métro direction Paseig de Gracia.

J'étais moi-même étonné de la facilité avec laquelle je me déplaçais ; je ne ressentais aucune des angoisses dont ma mère m'avait tant parlé. Au contraire, marcher dans cette ville inconnue était pour moi apaisant ; son soleil, les murs rosés, sa douceur, ses cathédrales gothiques et ses vieux immeubles.

J'ai marché le long de la grande avenue bardée de magasins de luxe et de rooftop d'hôtels. Je me suis arrêté dans une librairie et j'ai acheté un livre, la seule idée de cadeau « de la part de Georges » qui m'était venue. J'ai imaginé imiter son écriture mais je ne la connaissais pas. Elle se contenterait d'un roman ; j'ai trouvé une traduction espagnole des *Nourritures terrestres* de Gide.

D'après mon plan, la rue de Katia se situait non loin de là. Dès l'entrée dans son quartier c'en était fini des grandes avenues ; il n'y avait plus que des petites rues étroites, du linge séchant à la fenêtre, des couleurs ocre, orangées, comme un coucher de soleil : des disquaires, des placettes où des enfants jouaient au foot et où l'on pouvait prendre des verres à l'ombre des arbres.

Ce coin où les vieux se mélangeaient aux bébés, où les familles se réunissaient autour d'une bière me plaisait beaucoup.

J'ai fini par trouver la rue de Katia et le numéro 25. C'était un petit immeuble comme tous ceux de ce quartier ; pas plus de trois étages. Il y avait en bas des vélos et des poussettes stationnées et une saine fraîcheur se dégageait des épais murs de l'immeuble. L'appartement de Katia était au dernier ; on y accédait par des escaliers de pierre.

J'ai gravi les hautes marches jusqu'à l'appartement de Katia.

La porte était ouverte.

– Bonjour, ai-je dit assez fort, mais personne ne m'a répondu.

Je me suis dirigé vers la gauche ; un parquet ciré claquait sous mes pas ; le salon, assez petit, avait les rideaux fermés. J'ai deviné plus que je n'ai vu une cuisine américaine et un comptoir en aluminium qui devait faire office de table. Un canapé était disposé devant une petite table et une télévision. À droite se trouvait un lit double.

– Bonjour, ai-je répété en forçant ma voix.

J'ai alors remarqué sur la table de nuit en verre, à gauche du grand lit, un cadre photo.

On y distinguait un homme assez vieux, avec des lunettes de soleil.

J'avais en ma possession une des rares photos de Georges, alors âgé d'une trentaine d'années. Quarante ans plus tard, le même visage, la même bouche, les mêmes lunettes ; seul le temps avait creusé des rides et fait blanchir ses cheveux. Mais c'était lui.

C'est à cet instant que j'ai reconnu la voix rauque à l'accent slave prononcé.

– Bonjour, a dit Katia. Désolée, j'étais descendue acheter du vin ; j'ai laissé la porte pour que vous puissiez rentrer. Ça ne craint rien ; ici les gens ne volent pas.

Juin 1967

Ce matin-là Juliette décide de ne pas travailler.

Elle affirme à sa secrétaire qu'elle est en déplacement.

La veille elle a prétexté à Jacques une réunion à Rouen.

Étrangement cette fois-ci, Jacques ne demande pas de justification supplémentaire.

Au petit matin, Juliette monte dans sa Ferrari rouge et quitte l'avenue Rapp. Sachant que Jacques l'observe depuis le balcon elle tourne au bout à gauche, avenue de La Bourdonnais puis fait le tour de la maison pour se stationner rue de l'Université. Elle s'installe ensuite dans le café qui fait l'angle, de façon à pouvoir surveiller discrètement Jacques quand il sortira.

À 11 heures, il quitte l'immeuble et se dirige vers sa DS. Juliette règle son café et retrouve la nounou de Julien, Eva, à qui elle emprunte sa Fiat 500, contre une liasse de billets et la promesse du silence le plus total.

À bonne distance elle suit son mari dans Paris. Il traverse la Seine, en direction de la rue de Rivoli. Ses cigarettes volent par la fenêtre au fur et à mesure du trajet. Puis Jacques se gare devant le parc des Tuileries.

Il entre dans un immeuble.

Elle attend.

Une heure et demie plus tard, il en sort, une jeune femme à son bras. Ils s'installent à la terrasse d'un café. Il fait bon, c'est bientôt l'été.

Jacques lui tient la main et lui offre un bijou. Il lui sourit et l'embrasse sans cesse. Quel âge a-t-elle ? L'âge de Juliette sans doute, mais elle est bien moins belle.

Dans la rumeur et le brouhaha automobile Juliette contient sa rage. Elle a envie de hurler ; elle se retient de foncer pour lui mettre une claque.

Elle ne s'abaissera pas à cela. Ce n'est pas de son niveau. Quels diables que ces hommes ! Quelle honte ! Il paiera, oui il paiera !

Elle demande une cigarette à un passant, la fume en deux minutes, tousse.

Elle hait la cigarette autant que cet homme ; ce traître, ce salaud, ce porc.

À 13 h 30, Jacques quitte la jeune femme et remonte dans sa voiture.

– Il va bien aller travailler ce con, se dit Juliette en serrant les dents.

Jacques prend la place de la Concorde puis les quais, vers le Châtelet. Juliette est prise d'une pulsion ; se rapprocher de lui, lui rentrer dedans, le frapper. Et elle cherche déjà tous les moyens pour venger son honneur. Tout lui revient : Pigalle, *Histoire d'O*. Et dire qu'elle a tout accepté pour en arriver là.

Elle le tuera, oui.

Le temps s'est couvert et le ciel est devenu si gris qu'une rafale d'éclairs semble prête à déchirer Paris. Juliette espère que la foudre s'abattra sur Jacques.

Sur la place du Châtelet, il s'arrête devant un autre immeuble au porche tout blanc. Il tape un code et disparaît.

Une heure plus tard, il reprend la voiture, les quais, pour s'arrêter dans une petite rue entre l'Hôtel de Ville et la place de la Bastille.

Il en sort vers 18 heures. Seul.

Juliette n'y tient plus. Sitôt qu'il a disparu, elle pénètre à son tour dans l'immeuble. À première vue un immeuble tout ce qu'il y a de plus normal. Juliette gravit les étages. Au quatrième, elle remarque une porte entrouverte ; elle entre.

Une odeur d'encens flotte dans l'appartement ; il fait sombre et un gigantesque couloir dessert des pièces fermées ;

des bougies tremblent dans l'obscurité, des hommes en costume et en cravate attendent dans des fauteuils anglais. Dès son entrée, ils la regardent tous d'un air gêné ou étonné.

Juliette reste quelques minutes. Des femmes peu vêtues sortent en riant des chambres, tenant un ou plusieurs hommes par la main. Elles les saluent comme des amis, leur disent « à demain » ou « à la semaine prochaine » et font entrer d'autres clients dans leurs salons.

Debout, prostrée, Juliette observe sans pouvoir y croire. Une fille un peu joufflue vient à elle. Elle a compris.

– Madame, puis-je vous aider ?

– Non, fait Juliette de la tête, retenant ses sanglots.

La fille la prend par le bras.

– Faut pas vous mettre dans ces états, ma petite dame, c'est votre mari c'est ça ? C'est que des hommes, l'oubliez pas, c'est pas contre vous. C'est comme ça.

Juliette ne retourne pas au Châtelet. Elle ne sait que trop ce qu'elle y trouverait.

Elle ne croyait pas Monique, mais à présent elle a vu.

Katia était restée debout à me regarder, ses yeux plantés dans les miens qui fuyaient ; comme si elle cherchait quelque chose, un signe, une trace de lui.

Je ne parvenais pas à distinguer son visage dans la pénombre de l'appartement.

– Pardonnez-moi pour l'obscurité. Je n'aime plus tant la lumière. J'ai grandi à Saint-Pétersbourg. Je ne suis pas dans mon habitat naturel.

Ses phrases étaient sèches, ciselées. Son accent encore plus prononcé qu'au téléphone ; je ne saurai l'imiter ou le transcrire par les mots, mais c'était celui des espionnes russes de *James Bond*.

– Je dois vous dire la vérité, je vous ai donné une fausse identité. Je craignais que vous ayez peur de me voir. Je m'appelle en réalité Lucas Lamour et je suis le petit-fils de Georges. Je le cherche depuis des années.

Elle n'a pas semblé surprise.

– Je m'en doutais un peu. Ce nom... Vous êtes donc le fils de Stéphanie ?

– Vous lui avez dit que l'on se voyait ?

– Non, pas plus que ça. Nous nous sommes croisées une fois par hasard, via une de ses clientes avec qui je suis amie. Elle m'avait touché un mot du livre.

Elle a fait quelques pas vers moi et un rayon de soleil a éclairé sa robe noire. Sa silhouette évoquait celle des diseuses de bonne aventure, capables de lire dans vos mains votre avenir en vous révélant la vérité ; il y avait cela dans les premières secondes de ma rencontre avec Katia ; ce je-ne-sais-quoi d'envoûtant, d'inquiétant.

Elle m'a proposé un café et est passée devant moi. Je n'ai pas osé regarder mieux son visage ; une fleur dans les cheveux lui donnait des airs de vieille danseuse. Elle était pieds nus. Sur l'étagère du salon, qui était à droite du bar en formica métallique, elle avait sorti d'une boîte en bois une cigarette qu'elle avait allumée en un éclair.

Elle m'a montré le canapé ; je me suis assis. Toujours pas de lumière. Il fallait se contenter du peu de soleil que laissaient filtrer les persiennes.

J'ai vu qu'elle me souriait ; ce fut furtif et elle a tout de suite retrouvé sa froideur téléphonique ; quel âge pouvait-elle avoir ? Je discernais des rides ; ses cheveux étaient si bruns qu'ils devaient être teints.

– Tenez, ai-je dit en lui tendant le livre. C'est l'objet que Georges souhaitait vous donner, du moins c'était ce que j'avais inventé pour que vous acceptiez de me voir.

– Posez-le sur le bar.

Elle m'a tourné le dos et elle a soupesé le livre.

– Je n'y aurais pas cru de toute manière. Georges n'a jamais lu un livre avec moi.

Elle a reposé l'ouvrage, ouvert le frigo et sortit une bouteille de vodka dont je n'étais pas parvenu à lire le nom.

– C'est du russe. En français cela se dit Baikal. Je ne bois que cela.

Elle a servi deux immenses verres puis est restée debout, face à moi.

– Vous devez vous dire qu'il est étrange cet appartement ; ce n'est pas le mien. Il n'y a rien de moi ici. J'ai rendu mon appartement et jeté ou vendu toutes mes affaires. Je loue celui-ci sur Airbnb. C'est l'affaire de quelques semaines. Barcelone n'a plus rien à me donner.

Elle a marqué une pause.

– Nous… Nous n'habitions pas ici. Nous étions avenue Diagonal, un peu plus loin.

– Vous ?

– Oui, nous.

– Vous avez vécu avec Georges ?

– Oui.

– Combien de temps ?

– Un an, peut-être plus. Peut-être moins aussi. Quelque chose comme ça.

J'ai senti sa voix vaciller. Un flot de questions me venait mais il fallait attendre, ne pas la brusquer ; procéder comme un peintre, par petites touches, pour tirer le meilleur de Katia.

– Qu'est-ce donc que ce livre que vous écrivez, Lucas ? a-t-elle demandé, la voix à nouveau froide et dure.

– C'est un roman qui part de l'histoire de ma grand-mère Juliette et qui retrace en fait celle de toute la famille. Il y est question de fuites, de départs inexpliqués, de disparitions… D'ailleurs, il en parlait de sa famille, Georges ?

– Non. Georges ne parlait de rien. C'était un homme sans passé.

Elle s'est tue une seconde, a marché vers la fenêtre et regardé à travers avec insistance.

– Pourquoi voulez-vous tant savoir Lucas ?

– Je ne sais pas. Je sens que je ne peux pas faire autrement et que si je ne le fais pas, personne ne le fera. C'est plus fort que moi.

– Je trouve cela beau d'écrire. J'aurais adoré connaître Dostoïevski. La famille aussi était son obsession. Il y a pensé toute sa vie. Je me demande si ce n'est pas précisément cela qui l'a empêché de vivre. Vous n'avez pas peur de ça ? Que votre famille vous tue ?

– Non, je crois plutôt que c'est de ne pas savoir qui me tue et qui m'empêche de vivre ma vie. Je veux savoir. Je veux comprendre. Je ne veux pas excuser, pas pardonner, je veux juste savoir.

Katia s'est approchée de moi et s'est accroupie ; elle en était à sa troisième vodka en quinze minutes ; j'ai senti son haleine chaude, forte, enivrante.

– Vous voulez vraiment que je vous raconte notre histoire ?

– Oui.

– Alors il va falloir me regarder dans les yeux. Mais je vous préviens, vous risquez d'en sortir avec davantage de questions que de réponses.

– J'ai l'habitude. C'est de famille.

Katia alluma soudain la lumière ; son visage m'apparut ; je retins un cri. Il était entièrement balafré de cicatrices ; son nez semblait avoir été reconstruit à partir de rien ; et cet œil ; cet œil mort, vide, qui regardait mais ne voyait plus.

Août 1967

Comment les filles ont-elles su ? Est-ce Juliette qui les a mises dans la confidence ?

Personne n'est capable de le dire aujourd'hui.

Mais dès la confession de Monique, les sœurs commencent à développer une haine farouche envers leur beau-père.

Stéphanie est la plus véhémente.

Un soir, elle s'emporte contre lui à table, alors qu'il lui demande du sel.

– Tu arrêtes de m'adresser la parole, tu me fous la paix !

– Je t'interdis de me parler comme ça, petite conne.

Juliette, qui pour une fois dîne avec eux, tente de calmer sa fille.

– Stéphanie, ne parle pas comme ça à ton beau-père.

– Alors qu'il me foute la paix, dis-lui qu'il cesse de me suivre aux toilettes !

– Qu'est-ce que c'est que ces histoires, Jacques ? Laisse-la donc tranquille.

– Je ne vois pas de quoi elle parle.

Stéphanie renverse sa chaise en arrière, jette son assiette et part en courant, faisant voler ses longs cheveux blonds comme ceux de sa mère.

En sortant de chez Katia ma tête tournait ; toute cette vodka que nous avions bue, sans doute, et son récit si fou que je n'aurais jamais pu l'inventer ; c'était agaçant tout de même la propension de la vie à être toujours plus inventive, toujours plus forte, que mon roman.

Je ne sais comment je suis parvenu à rentrer à l'auberge de jeunesse. Nous étions en pleine après-midi, j'étais seul ; ma vision était floue, j'avais envie de me coucher mais à peine la tête posée sur l'oreiller, tout a recommencé à tourner ; je suis sorti dans la rue et j'ai marché sur la Rambla noire de monde ; j'ai fini par vomir dans une ruelle et j'ai acheté une bouteille d'eau à un marchand ambulant.

L'histoire de Katia passait en boucle dans ma tête ; c'était comme un besoin incontrôlable et insatiable de l'entendre. Il fallait que j'appelle ma cousine. Par chance, le décalage horaire avec le Canada, où elle se trouvait toujours, était favorable.

Elle m'a tout de suite répondu. « Nina, tu ne vas pas me croire. »

*

Katia avait rencontré (ou plutôt vu) Georges pour la première fois au milieu des années 1990 au club de vacances de Sokol au pays Basque ; Georges avait déjà soixante-dix ans, elle cinquante-cinq. D'origine russe, Katia venait ici depuis sa plus tendre enfance et, malgré la mort de ses parents et l'éloignement de ses propres enfants, elle tenait à maintenir la tradition.

On y buvait beaucoup ; on y chantait ; on y parlait littérature russe et mélancolie, souvenirs de guerre pour les plus anciens. C'était l'année 1995 ; Katia, divorcée depuis quelques années déjà, avait repéré lors d'une de ces soirées nostalgiques cet homme assez grand, le buste droit, les bras musclés, le crâne chauve ; un homme d'un certain âge, oui, mais qui n'était pas dénué de cette beauté un peu froide que Katia recherchait. L'homme était souvent là, seul, mais il ne parlait jamais. Tout juste chantait-il parfois, aux heures tardives de la nuit quand le froid et la brume descendaient sur Sokol, des chansons russes, un verre d'alcool à la main. L'homme tenait une place très importante dans la partie sportive du camp ; il participait à toutes les activités et on racontait qu'il avait été professeur de sport dans une autre vie.

Personne ne le connaissait ; c'était sa première année ici. Il partit à la fin de la première semaine (Katia restait la suivante) ; elle avait tout de même réussi à lui soutirer son prénom le jour de son départ : Georges.

Katia était retournée chez elle à Barcelone ; là où elle avait fait sa vie depuis que ses parents avaient émigré pour échapper au stalinisme. C'est ici qu'elle avait élevé ses deux enfants, que son mari l'avait quittée, et qu'elle vivait encore, sans travailler, puisque son époux (un entrepreneur qui avait créé une chaîne de vêtements en Catalogne) lui versait une pension conséquente.

Cinq ans plus tard, alors qu'elle se promenait place de Catalogne, elle était tombée sur lui, casquette sur la tête et gros sac à dos noir. Elle l'avait tout de suite reconnu.

Georges.

Il avait moins de rides que dans ses souvenirs de Sokol... Elle lui avait sauté dessus, comme un pirate attaque un bateau de marchandises ; l'avait-il reconnu ? Georges avait cette capacité de ne rien montrer de ses sentiments.

– Ah oui, avait-il simplement dit, lorsqu'elle lui avait rappelé le lieu de leur rencontre.

Il portait un jean bleu clair délavé et troué au niveau du genou ; sa chemise était blanche et ouverte ; il sentait le voyage et les heures d'avion.

Katia approcha sa main pour lui remettre son col de chemise qui était tordu ; il se laissa faire.

– Avez-vous une adresse ? Où dormez-vous ?

Mais elle sentit en prononçant ce dernier mot qu'elle était sans doute allée trop loin avec un homme dont elle ne connaissait rien et à qui, au fond, elle parlait pour la première fois.

– Je suis pressé, pardonnez-moi, marmonna-t-il.

– Je comprends. C'est une petite ville, nous nous recroiserons sans doute.

– Sans doute, dit-il en s'éloignant.

Elle eut une irrésistible envie de le suivre mais se retint. C'était une petite ville, oui, elle le retrouverait et elle l'aurait.

Six mois plus tard elle recroisait Georges ; pendant tout ce temps elle avait arpenté sa ville, de la place de Catalogne et la Rambla à la Barceloneta. Elle était restée de longs dimanches sur la plage en imaginant que Georges viendrait faire un jogging ; en vain.

Puis un jour elle l'avait revu, assis à une terrasse de café de la Gracia, sur la place Libertat. Georges sirotait un café glacé, seul, chapeau sur la tête et lunettes de soleil sur le nez.

Elle s'approcha de lui.

Elle lui tendit la main. Il ne la repoussa pas. Elle portait sa robe à fleurs et son chapeau de paille ; elle fumait une longue cigarette.

Elle s'assit à côté de lui. Ils ne parlèrent pas. Elle savait qu'elle ne devait pas poser de questions.

– Que voulez-vous boire ? lui dit-il.

– Un café.

Et Georges commanda pour elle.

– Vous vivez ici ? demanda-t-il.

– Oui, j'ai un appartement Avenue Diagonal.

Il ne répondit pas mais la dévisagea. Le soleil tapait sur la terrasse ; c'était le printemps.

– On va chez vous ? lança-t-il quand elle eut terminé son expresso.

– Oui.

Dans les semaines qui suivirent ils se retrouvèrent toutes les semaines au même café et recommencèrent le même rituel.

Katia ne posait pas de questions, mais elle attendait ces moments avec délices.

Georges ne lui demandait rien, ne visitait pas l'appartement qu'elle laissait toujours dans une obscurité moite et, à mesure que les semaines passaient, dans une chaleur de plus en plus oppressante.

Avait-il quatre-vingts ans ? Était-ce possible ? Georges avait un corps remarquablement tonique, une allure svelte.

À la fin de l'été Georges débarqua un matin avec son sac. Il s'installait chez Katia.

Ses journées se ressemblaient toutes. À 22 heures il disparaissait et il ne revenait qu'à 5 heures du matin. Là il gagnait le lit chaud de Katia et dormait avec elle, deux heures. Puis il partait faire un jogging et revenait à 8 heures se doucher.

Il dormait jusqu'à midi. Il passait ensuite l'après-midi et le début de soirée avec elle. Ils sortaient, mangeaient, buvaient, se promenaient le long de l'avenue Diagonal ; ils admiraient la Casa Sayrach ; en regardant à travers la porte vitrée on se sentait comme dans le ventre d'une baleine, tant les murs et les colonnes rappelaient l'ossature de l'animal.

Parfois Georges souriait à Katia ; un sourire heureux, peut-être.

Quand fin août les enfants de Katia annoncèrent leur venue, celle-ci proposa à Georges de les rencontrer.

Il refusa.

Quelques jours avant leur arrivée il disparut. Pendant deux semaines elle ne le vit plus.

La nostalgie, le souvenir de ses enfants et de cette maison qui s'animait comme antan ; les cris de ses petits-enfants, la venue de son ex-mari pour dîner à la grande table familiale, les volets ouverts, les virées au marché de la Boqueria pour préparer le festin ; rien de tout cela ne lui permit d'oublier Georges.

Elle ne parla pas de lui. Elle se contenta de raconter sa vie à faire les musées, à voir quelques amis, à peindre.

Et ses enfants s'en allèrent retrouver leur quotidien, la laissant seule avec son angoisse. Quelques jours plus tard, un matin à 5 heures, elle entendit la porte de l'entrée s'ouvrir ; Georges se glissa dans son lit et se frotta à elle.

Les mois suivants s'écoulèrent ainsi ; quelques fois Katia tentait de savoir quelle pouvait bien avoir été la vie de cet homme... Mais Georges ne répondait jamais. Et même lorsqu'elle tentait de lui parler en russe, Georges lui rétorquait qu'il ne connaissait pas cette langue.

Un jour tout de même ; un jour de décembre alors qu'ils remontaient le Paseo de Gracia pour faire les magasins, Katia lui posa la question ; il était 23 heures, ils avaient bu quelques vodkas, elle avait allumé une cigarette et elle l'interrogea avec ce regard pénétrant des fins de soirée dans le noir, la gravité de la voix renforcée par l'alcool et le tabac.

– Georges, je ne te demande rien mais tout de même, comment gagnes-tu tout cet argent ?

Il baissa les yeux.

– Tu me parleras un jour ?

Oui, avait-il fait de la tête avant de reprendre une chanson russe chantée par un homme très gros et très barbu qui venait de Moscou.

– J'aime cet endroit, avait-il dit à Katia.

C'était comme une enclave d'Europe de l'Est à Barcelone ; tout y était noir et seules les bougies répandaient un peu de lumière sur les petites tables rondes où des seaux à champagne étaient disposés.

Noël passa (Katia fut une nouvelle fois seule avec ses enfants dans l'appartement de l'avenue Diagonal). Georges réapparut pour le 31 qu'ils fêtèrent tous les deux tout en haut d'un des hôtels du Paseo de Gracia ; ils n'eurent pas froid, ils burent beaucoup.

Les journées recommencèrent à s'allonger annonçant le printemps ; c'est là que les choses changèrent. Ils firent moins l'amour ; Georges devint plus distant.

Katia commença à avoir peur et elle se rappela les prémices de la séparation d'avec son époux, peu avant qu'il la trompe. Elle se transforma en lionne. Elle commença à harceler Georges de questions ; le silence, qu'elle avait tant toléré, supporté, lui parut soudain insupportable. Elle lui demanda de chercher un appartement qui serait à eux deux pour qu'elle puisse mettre celui-ci en vente et écrire une autre histoire ; elle voulut lui faire rencontrer ses enfants ; Georges refusa et se mura dans le silence. Alors Katia décida de le suivre.

Une nuit, à 23 heures, lorsqu'il partit comme tous les soirs dans la nuit barcelonaise, elle se faufila derrière lui. Il marchait d'un pas tranquille ; en costume noir et chemise blanche, mocassins aux pieds.

Elle n'eut pas à le suivre longtemps car 500 mètres plus loin, après avoir dépassé le centre commercial, elle le vit tourner à gauche dans la Calle de Numancia. Il marcha 200 mètres et entra dans un immeuble anonyme, en brique rouge ; des appartements sans doute et en dessous des magasins, aux stores fermés et couverts de tags. Que pouvait bien faire Georges dans cet immeuble ? Katia prit peur. Elle rentra chez elle.

Mais dès le lendemain, elle le suivit à nouveau jusqu'à ce même immeuble. Le troisième jour, elle décida de s'y glisser à son tour ; il n'y avait pas de code et la porte était ouverte.

Elle avança sans allumer la lumière ; il y avait à droite ce qui ressemblait à des boîtes aux lettres, une porte avec un interphone mais ce fut autre chose qui attira son regard. Plus loin une porte donnait sur une cour éclairée ; elle la poussa. C'était en fait un très grand jardin ouvert sur une vaste maison, cachée par des arbres. De la musique s'en échappait, une musique très douce.

Elle hésita, comme une prémonition, et tourna quelques instants en rond dans le grand jardin taillé à la serpe. Des allées de fleurs, des roses rouges, délimitaient le chemin de sable qui menait à la maison. Katia sursauta quand elle entendit des pas ; c'était un homme d'une quarantaine d'années, aussi élégant que Georges, mais il ne lui prêta aucune attention et se rendit tout de suite dans la bâtisse.

Elle voulut en avoir le cœur net et s'approcha ; une hôtesse brune, vêtue d'une robe noire échancrée, aux yeux très maquillés, l'accueillit. Elle sentit qu'elle était surprise mais elle ne montra rien.

– Que pouvons-nous faire pour vous, madame ? demanda-t-elle en espagnol, avec un grand sourire très blanc.

– Rien, je... bredouilla Katia.

L'hôtesse eut un petit éclat de rire. Visiblement, ceux qui pénétraient ce lieu savaient d'habitude très bien ce qu'ils venaient y chercher.

Autour d'elle, les vapeurs de musc lui montaient à la tête...

Katia tourna les talons ; elle courut dans les rues noires de Barcelone ; elle chercha de la vodka, un bar ; elle ne voulait pas rentrer. Elle rêvait de Saint-Pétersbourg et de son pays. Il faisait si chaud ici ; et elle n'avait plus de cigarettes.

*

Cette nuit-là, Georges ne rentra pas.

Il ne rentra jamais.

Il avait laissé chez Katia quelques vêtements ; deux pulls, deux jeans, des paires de mocassins et un peu d'argent liquide mais rien d'autre.

Le numéro de son téléphone portable n'était plus attribué.

Katia tenta de rester calme et patiente ; mais au bout de quelques jours, Georges n'était toujours pas revenu. Alors elle alla voir la police.

Georges Kowalski n'était connu de personne.

Katia avait passé de longs mois à arpenter la ville, à sa recherche, espérant comme d'habitude que Georges réapparaîtrait. Dans ses rêves elle le sentait, elle l'entendait rentrer la nuit et à 5 heures du matin elle était debout, les yeux ouverts.

Dès sa disparition elle retourna bien sûr à la maison close ; demanda si on le connaissait, montra des photos.

Mais personne ne lui répondit.

À force d'aller voir la police, on la prit pour une folle ; elle prenait des médicaments ; maigrissait à vue d'œil. Et buvait trop.

C'est un soir d'errance, alors qu'elle conduisait dans les rues de Barcelone dans l'espoir d'apercevoir Georges, qu'elle avait eu son accident.

Elle n'avait pas vu la priorité à droite ; ni la voiture qui arrivait.

Elle ne portait pas de ceinture ; elle avait été éjectée à travers le pare-brise ; quand elle s'était réveillée les lumières de l'hôpital clignotaient autour d'elle.

On lui avait dit qu'elle avait eu beaucoup de « chance » ; elle était passée à deux doigts de la mort. Elle en avait perdu la vision de l'œil droit. Heureusement, d'après les médecins, cela restait superficiel : impossible de savoir en regardant son œil qu'il était mort. Contre cela, on ne pouvait « rien faire ». Comme avec Georges. Ce serait son dernier cadeau, la trace indélébile de son passage dans la vie de Katia.

Octobre 1967

Grigou de la Jarretière.

Tout le monde sait ; tout le monde connaît le surnom de Jacques.

Monique a libéré la parole ; dans le grand appartement de l'avenue Rapp les sœurs ne parlent que de cela, les bonnes aussi.

Seuls Nikky et Julien, occupés aux jeux de leur âge, semblent ignorer le tumulte provoqué par l'affaire.

Grigou de la Jarretière.

Il y a cette bonne portugaise qu'il a rejointe dans la cuisine et collée contre le four. D'un « monsieur » prononcé d'une voix inaudible elle a tenté de le stopper mais elle n'a pas osé résister au maître de maison.

Elle en a parlé à son époux et le soir-même il est venu attendre Bonmarin en bas de l'immeuble ; ils en sont venus aux mains ; il a failli le tuer.

Il y a les femmes de ménage de l'entreprise ; cela se passe à 5 h 30 du matin, dans un placard, sur les chantiers. Où il peut. Elles n'osent pas se refuser à lui.

Il y a la sœur du voisin à qui il a fait des propositions. Il a bien tenté de lui sauter dessus dans l'immeuble ; sans succès.

La concierge, les domestiques, les femmes de ménage… Grigou est devenu le sujet principal de discussion.

Il y a aussi l'histoire de cette blonde dont on rit sous cape dans les couloirs… Une mannequin du magazine *Lui* que Juliette a pris quelques mois comme fille au pair. Elle est belle avec ses longs cheveux, ses grandes jambes. Un été, dans l'escalier de la maison de Normandie que les Lamour ont louée pour juillet avant de partir dans le Sud, il lui a mis la main aux fesses, à travers sa courte jupe noire. Deux claques sont parties. Il n'a pas recommencé. À l'époque tout le monde a baissé les yeux ; les temps ont changé.

Car désormais, quand Jacques Bonmarin revient entre midi et 15 heures pour faire sa sieste, qu'il remise au placard son beau costume trois-pièces pour enfiler sa djellaba et errer dans les couloirs, les bonnes restent en groupe, comme on se protège d'un prédateur.

Il était 18 heures et je venais de raccrocher avec Nina ; sur mon portable des SMS s'affichaient ; ma mère qui s'inquiétait et Katia qui me proposait que l'on se revoie le lendemain en espérant que je ne sois pas choqué par son récit.

Je n'ai répondu à personne ; j'ai eu envie de me débarrasser de mon téléphone dans la poubelle du café ; j'ai marché dans les rues de Barcelone alors que le jour baissait et qu'une lumière orangée, un peu blafarde tel un voile de vapeur solaire, se répandait sur la capitale catalane. Qu'allais-je bien pouvoir faire ? Je ne pouvais partir ainsi et pourtant je rêvais de fuite. Mais je ne pensais qu'à Katia.

Son récit m'obsédait, m'excitait en même temps qu'il provoquait en moi une gêne profonde ; pourquoi la maison close ? Cela ne collait pas avec Georges... Je ne l'imaginais pas ainsi à quatre-vingts ans, client chaque soir de cet étrange lieu. Ou bien était-il amoureux d'une fille là-bas ? Il avait pourtant Katia et, bien qu'il ait été incapable de lui parler (ce n'était pas une surprise sur ce point car c'était bien la caractéristique invariante de Georges de ne pas transformer en mots ce qu'il ressentait), il avait cependant semblé amoureux d'elle (mais encore une fois le problème de la vérité revenait me hanter car je n'avais que le récit de Katia) ; non, quel que soit le sens de mon raisonnement et de mon questionnement, je ne parvenais pas à m'expliquer sa présence récurrente à la Felina : Georges, mon Georges, ne pouvait pas être client de ce genre de lieu ; cela ressemblait à Jacques, pas à lui.

Tous les scénarios s'emmêlaient dans ma tête ; et si la vie de Georges avait pu être si incroyable alors qu'imaginer de la vie de mon propre père ? Qui était-il ? Où vivait-il ?

Je suis repassé à l'auberge de jeunesse résolu à faire un tour à la Felina pour en avoir le cœur net. J'avais peu l'expérience de ce type d'établissement mais je savais qu'il était rare qu'on y organise des « visites ». Il me faudrait consommer ce qui, je dois l'avouer, m'excitait bien. C'était si nouveau et si sulfureux pour moi qui n'avais connu en termes de prostitution que les salons de massage glauques de la porte d'Orléans ; j'imaginais déjà la fille nue, face à moi...

J'avais regardé sur mon téléphone les « conseils » donnés par d'autres clients concernant l'« établissement ». Ces commentaires étaient excellents : « propre », « luxueux », « jacuzzi et chambres agréables », « rien à voir avec les putes de rue ».

Je m'étais habillé peu avant 20 heures ; j'étais sorti place de la Catalogne ; j'avais l'air d'un pingouin mal fagoté ; le pantalon m'écrasait un peu l'entrejambe et je devais marcher les jambes écartées ; j'avais si peu l'habitude de m'habiller ainsi.

Sur le site de la « maison » on précisait une disponibilité 24 heures sur 24 ; j'ai pris le métro direction Paseo de Gracia et je me suis dirigé vers la rue indiquée par Katia.

Un voile opaque était tombé sur l'avenue Diagonal ; dans la rumeur des voitures, le bruit des talons des filles, les voix espagnoles ; j'ai perdu pied quelques secondes et me suis arrêté sur un banc. Savais-je encore dans cette histoire ce qui était de l'ordre du roman et de la réalité ?

Katia ; Georges ; mais ce Georges-là, celui qui avait vécu ici, était-ce mon grand-père ?

Novembre 1967

Un électrochoc.

Du jour au lendemain, Jacques arrête tout ; il se rhabille, il se tient ; il ne regarde plus personne.

Il n'a plus peur ; il redevient le conquérant, le chef. Celui qui, dans la nuit finissante, a vu un jour une jeune femme de ménage et a compris en un quart de seconde qui elle était.

Cette jeune fille dont il s'était dit, « elle sera la femme de ma vie ».

Alors, comme aux premiers temps, Jacques vient la chercher pour déjeuner. Juliette remet à plus tard ses idées de vengeance ; elle l'aime après tout ; il faut bien un père à ses enfants ; et cette vie confortable qu'elle mène, n'est-ce pas grâce à lui ? Elle travaille tant. Partir encore, être seule, tout cela lui semble surhumain.

Il la couvre de cadeaux, de montres en diamants, de robes de grands couturiers. Rien n'est assez beau.

Il lui promet même de réaliser son rêve, oui, bientôt ils iront ensemble aux États-Unis, voir Elvis Presley en concert.

Un jour qu'elle rentre d'un de ses voyages secrets et qu'il l'emmène manger au Bristol, elle obtient enfin ce qu'elle veut.

Jacques est d'accord. Il est prêt à tout.

Même à aller voir les plus grands spécialistes pour qu'on le libère de son mal. Il sera à nouveau lui-même ; tout redeviendra comme avant.

Tout était semblable à la description de Katia.

La rue sombre ; l'immeuble anonyme à la porte rouge au-dessus de laquelle il était écrit en lettres grasses et blanches 42B ; les vitres noires et teintées.

À peine ai-je appuyé sur le bouton de l'interphone qu'une femme m'a ouvert. Ce n'était pas une jeune blonde mais plutôt une femme d'une quarantaine d'années, veste noire, cravate, joues fardées de blush, cheveux très bruns, beau sourire ; sans doute la « mama » dont parlait internet.

– Hello, ai-je dit avec mon mauvais accent anglais.

Elle m'a répondu directement en français.

– Bonsoir, jeune homme. Suivez-moi.

Nous avons parcouru le chemin décrit par Katia à travers le long couloir, puis traversé le grand jardin jusqu'à la maison.

Elle m'a fait passer devant elle désignant un couloir sur la gauche, desservant une série de petits boudoirs aux murs rouges.

– Un verre de champagne ?

– Volontiers.

Quelques minutes plus tard elle m'a apporté une coupe bien fraîche et j'ai trempé mes lèvres dans le liquide glacé.

Puis l'hôtesse m'a escorté le long d'un vestibule à la lumière mauve tamisée. La mama m'a installé dans l'une des chambres et a fermé la porte ; je me suis assis sur le lit.

Il y avait des miroirs au plafond, les murs étaient blancs et ouatés au touché, comme de la mousse ; têtes de lit grises et fuchsia ; douche transparente en plein dans la chambre.

Ma porte s'est ouverte.

Une fille assez grande, aux longs cheveux frisés et bruns, est entrée, une bouteille de champagne fraîche à la main.

Sara était mate de peau ; elle avait une légère fossette sous l'œil gauche, ce qui lui donnait beaucoup de charme ; elle portait une jupe blanche et courte sur un petit tee-shirt.

Je n'ai pas songé à la renvoyer.

Elle s'est assise à côté de moi et nous a servi une nouvelle coupe de champagne.

On la sentait chez elle. J'étais empâté, chacun de mes gestes me semblait faux, balourd. D'une main très douce elle a ôté mon tee-shirt. Ses doigts agissaient comme de la nitroglycérine sur ma peau ; je tremblais.

– Calme-toi mon chou, a-t-elle chuchoté avec un léger accent espagnol. Ça va être très bien.

Elle a enlevé son haut ; elle n'avait pas de soutien-gorge ; j'ai découvert sa généreuse poitrine que je n'osais pas encore toucher ; elle a alors pris ma main et l'a déroulé sur son sein gauche pour faire le tour de son téton.

– C'est ta première fois ici, je me trompe ?

– Non, ai-je dit en baissant à nouveau les yeux.

Elle m'a enlevé mon pantalon ; je me suis laissé faire ; c'était la première fois qu'une fille me déshabillait aussi vite.

Elle a caressé mon sexe à travers mon caleçon ; j'étais en feu ; et sa main s'est introduite à l'intérieur et a commencé à me branler très lentement. Au rythme de ses doigts je me laissais bercer ; peu à peu je ne pensais à rien d'autre qu'elle ; ma bouche posée sur son épaule qui sentait la pêche et le soleil.

– Tu aimes ? Je continue ?

– Oui, s'il te plaît.

Je ne voulais rien faire ; pour une fois j'acceptais qu'elle décide de tout.

Elle s'est approchée, a enlevé son string et est venue se poser sur moi, comme une libellule sur une feuille.

Elle a attrapé mon sexe et l'a introduit en elle.

Les mains posées sur mon torse, telle une chef d'orchestre cosmique, elle donnait le tempo ; parfois très vite, puis très lentement, je l'ai suppliée de continuer mais elle se faisait attendre, et lorsque je gémissais, elle repartait de plus belle ; le plaisir était tel que je l'ai implorée d'arrêter, mais sans que j'aie plus aucun contrôle elle m'a fait jouir et ma bouche s'est perdue dans ses seins pour ne pas crier trop fort.

Elle m'a laissé là, exsangue, vaincu sur le lit, mais si heureux, pour une fois, d'avoir capitulé.

– Ça t'a plu mon chou ? a-t-elle dit en m'embrassant le torse.

– C'est peu de le dire. Il est quelle heure ?

– Il nous reste vingt minutes, tu veux recommencer ?

– Non, je n'en peux plus. On peut parler ?

– Oui, dans la douche ?

Et elle m'a entraîné dans la cabine transparente.

Après cela nous sommes retournés en peignoir sur le lit.

– J'ai une question.

– Tout ce que tu voudras, a-t-elle répondu en projetant ses longs cheveux mouillés d'avant en arrière.

– C'est une question sérieuse, hors prestation.

Elle a froncé les sourcils.

– Vas-y.

J'avais peu de temps ; j'ai décidé de jouer la carte de l'authenticité ; je lui ai dit la vérité sur la raison de ma présence ici, sur le livre, sur Georges... Elle a voulu se rhabiller. Je l'ai retenue. Quelque chose de pitoyable dans mon regard a dû la convaincre.

– Si tu savais le nombre d'histoires que je peux entendre dans ce lit, soupira-t-elle. Écoute, je vais te répondre mais tu dois me promettre de n'en parler à personne ici, de partir immédiatement et de ne jamais revenir. Autrement, j'aurai de graves problèmes.

– C'est promis.

À peine m'a-t-elle raconté ce qu'elle savait que la porte s'est ouverte ; c'était la mama.

Sara est repartie en déposant un baiser sur mon front ; sa jupe brillait à mesure qu'elle s'éloignait de moi, en même temps que s'effaçait son doux parfum de pêche ; un mirage qui soudain disparaît ; avant de tourner dans le couloir, elle m'a lancé un ultime regard ; il ne me resterait que son image et ses derniers mots sur Georges.

Noël 1967

Première classe comme toujours ; Jacques sait faire les choses bien.

Taxi, champagne, petits fours. Et des mots d'amour.

Juliette se croit revenue des années en arrière.

– Bon voyage les amoureux, leur dit le taxi en les déposant à Orly.

Direction Venise, vaporetto et Danieli, évidemment, cet hôtel que Juliette aime tant et où ils sont venus dans le plus grand secret, alors qu'ils étaient encore tous les deux mariés, au début des années 1960.

Le Danieli et leur chambre fétiche, la chambre rouge, avec une magnifique terrasse donnant directement sur la lagune.

Petit déjeuner au soleil et deux jours à boire du bon vin et à faire l'amour.

Juliette retrouve son Jacques et lui, en deux jours avec elle, son teint de jeune homme ; il fume moins, ses rides s'assouplissent ; on dirait qu'il est reposé d'elle.

Jacques prie Dieu pour mourir dans ses bras.

Ils repartent en se jurant de revenir à Venise bientôt ; Jacques raconte à Juliette son rendez-vous avec ce qu'on n'appelle pas encore un sexologue, en lui promettant d'y aller autant qu'elle le voudra et elle applaudit des deux mains.

Ce week-end-là, Jacques va jusqu'à dire à Juliette que leur fils est merveilleux, tout comme leur fille, et qu'avec eux aussi il a « compris ».

– Je veux être un bon mari, mon amour, un bon père. Tu me crois ?

Et Juliette lui caresse le front de sa main gauche, comme elle l'a toujours fait. De son autre bras elle s'accroche à son poignet velu.

Elle retrouve son homme.

Leur avion décolle à 21 heures pour Paris.

Janvier 1968

Tout recommencer ; faire table rase du passé.

Comme au temps de l'avenue Rapp, Jacques cherche un nouveau nid pour accueillir leurs amours, leur famille.

Pas trop loin du premier bien sûr ; Juliette l'aime tant, sa tour Eiffel.

Il déniche un 400 mètres carrés sur le Champs-de-Mars. L'argent n'est pas un problème ; Jacques créera d'autres entreprises, travaillera à nouveau jour et nuit. Il a à peine plus de cinquante ans, tout est possible. Il fera comme Johnny et Claude François, du sport, il arrêtera de fumer. Elle ne regardera que lui ; à nouveau.

Il sera un homme, il sera l'homme.

Ce matin-là, Jacques virevolte au volant de la Ferrari qu'il a piquée à sa femme ; l'appartement est à deux pas de l'avenue Rapp mais il veut l'y emmener en voiture, pour qu'elle n'ait pas à faire d'effort.

« Initials BB » passe à la radio.

Jacques pose la main sur la jambe de Juliette, pile la zone où la peau est à nu, juste au-dessus des cuissardes. C'est sa femme. Il a envie de crier sa joie. Il accélère et tourne à droite sur l'avenue de La Bourdonnais.

– Voilà, c'est ici.

Elle descend de la Ferrari. Il la laisse en double file et ils s'engouffrent dans l'immeuble ; la concierge sort pour les saluer.

Elle semble déjà connaître « M. Jacques » qu'elle regarde avec déférence.

Ascenseur jusqu'au dernier étage.

Juliette met dix minutes à faire le tour de l'appartement et elle tombe dans les bras de Jacques ; jamais elle n'a vu d'endroit aussi magnifique. Il y a plusieurs salons avec appartements privés. Un pour elle, un pour lui, et presque un par enfant.

La vue sur le Champs-de-Mars est à couper le souffle depuis la terrasse fleurie. Il y a des baignoires partout ; Juliette court de chambre en chambre en faisant claquer ses bottes sur le parquet.

On pourra loger toutes les bonnes.

– Où préfères-tu commencer pour inaugurer l'appartement ? lui demande Jacques.

– Ma chambre, sourit-elle en le prenant par la main.

Ils font l'amour comme si c'était la première fois.

Les filles, Julien, la vie, ne tardent pas à s'installer.

Le soleil de l'hiver a disparu ; une pluie fine et grise tombe sur la ville.

Février 1968

Les premiers temps sont joyeux ; on ripaille le dimanche, on fait des projets d'avenir.

Comme par le passé les filles rient avec Jacques et partent faire des tours en voiture avec lui ; certaines fument ses Gauloises.

Puis, comme le ressac qui s'abat éternellement sur la rive, tout revient, lentement, insidieusement.

La fatigue de Jacques, les envies de sortir de Juliette, en même temps que la haine des sœurs pour lui, et cette impression qu'il a que Juliette est toujours plus belle, plus grande, plus puissante, plus forte que lui. Il ne sera bientôt plus qu'un vieillard toussant ses cigarettes ; elle lui échappera, encore, toujours.

Le soir, il la voit monter dans des voitures inconnues avec de nouveaux prétendants ; d'autres plus culottés l'attendent dans sa Ferrari sans même se cacher.

Elle parle de « clients ».

Jacques se contrôle autant que possible, c'est sans doute ainsi que sa femme trouve réparation de l'offense qu'il lui a faite.

Il doit lui faire confiance.

Il ne doit pas la suivre. Il ne doit rien demander.

Ils dorment de moins en moins ensemble ; de temps à autre les appartements de Juliette lui sont même fermés.

Les filles, toutes adolescentes, sortent chaque soir et Jacques se retrouve seul avec ses deux propres enfants ; ce n'est pas qu'il ne veut pas s'occuper d'eux, c'est qu'il ne sait pas.

Il se traîne jusqu'à la chambre de son fils ; le voit avec ses saloons de cow-boy, ses batailles d'Indiens, ses courses de voiture... Il a envie d'entrer, de jouer avec lui, mais quelque chose l'en empêche.

Comme si Julien n'avait pas besoin de lui.

Nikky manifeste davantage l'envie d'être avec son père. Mais ils se retrouvent face à face, autour d'un chocolat, l'air bête, sans rien réussir à se dire.

Alors il lui achète des poupées qu'elle n'aime pas.

– Madame, un avion est prêt à décoller au Bourget pour vous et les enfants. Si jamais les choses tournent mal.

– Mais ça ne va pas, non ? répond Juliette à sa secrétaire. Vous êtes folle. Je vais au contraire annuler mes rendez-vous du jour.

Et Juliette descend avenue de Ségur. Impossible de sortir la Ferrari vu l'état de siège de la ville.

Dépassant les Invalides elle s'engouffre rue de Varenne, boulevard Raspail puis boulevard Saint-Germain en direction de la Sorbonne. Il fait beau ce jour-là et Juliette a le cœur léger. Elle n'a peur de rien. Pourtant les barricades sont partout.

Elle félicite les grévistes et les manifestants de faire usage de leur liberté et d'essayer de changer les choses.

Plus tard, au théâtre de l'Odéon, sur scène, elle participe à un débat sur la libération de la femme.

– Oui je suis pour la libération de la femme, dit-elle d'une voix forte, pour que les femmes soient libres, qu'elles soient les égales des hommes. Mais écoutez-moi bien mesdames : le mot « libération » est un piège, un leurre, une criminelle illusion inventée par les hommes pour nous maintenir sous leur domination. Le mot « libération » implique que nous serions toujours captives dans notre tour ou notre prison à attendre qu'un prince ou qu'un gardien vienne nous « libérer ». Ceci est un mensonge. N'attendez pas les hommes. N'attendez pas qu'on vous libère. Faites-le vous-mêmes. Prenez les clés, donnez des coups s'il le faut, mais ouvrez cette porte, sortez, respirez. Cessez de demander la permission, faites, arrêtez de vous excuser. Arrêtez d'attendre.

Vous ne changerez pas les hommes mais vous pouvez vous changer, vous, et par ce changement nous faire évoluer, nous, toutes les autres femmes. Prenez les commandes, n'attendez pas qu'on vous les donne ! Ne soyez plus passives ni dupes de rien !

Juliette finit son discours sous les ovations et les hurlements, alors que des hommes quittent la salle.

Des femmes montent embrasser leur nouvelle héroïne.

Après sa harangue un homme s'approche d'elle ; il est chauve, tout de noir vêtu. Il porte de petites lunettes rondes.

– Aimeriez-vous faire de la politique, madame ?

– Alors ça jamais ! lui répond-elle. Vous êtes fort aimable, monsieur, mais j'ai bien trop de travail et bien trop d'enfants. D'ailleurs, je dois vous laisser car j'ai une manifestation.

– Réfléchissez tout de même.

Il lui tend sa carte : conseiller spécial de Monsieur le Premier ministre, Georges Pompidou.

Elle ne le rappelle pas ; elle oublie son nom.

Bien plus que la politique, il importe d'abord à Juliette d'appliquer à sa propre vie les principes de la libération de la femme et des discours qu'elle tient : qu'importe les difficultés, elle suit le chemin de son désir. Un jour elle vivra sans homme.

Mais voilà Juliette repartie vers la Concorde, où l'attendent ses enfants pour manifester son soutien au Général. Julien et les filles ont préparé les drapeaux français.

« Oui à de Gaulle, oui à de Gaulle ! » scandent-ils depuis la Concorde jusqu'à l'Étoile.

Jacques n'est pas là. Juliette porte un jean et un chemisier blanc sur des baskets américaines. Juste devant elle, une femme tient un gigantesque portrait de leur héros.

Plus la foule remonte vers l'Arc de Triomphe, plus l'émotion est forte. Les drapeaux tricolores sont partout. À hauteur du Fouquet's on chante *La Marseillaise* et Juliette se croit revenue vingt-quatre ans plus tôt.

ANNÉES 2000

JULIETTE

– Mamie il y a quelque chose que je ne comprends pas, pourquoi tu ne parles plus du tout de ta sœur Marion et de ta mère Isabelle ?

– Ah... Tu trouves ? C'est peut-être parce que ma mère a toujours été un problème dans ma vie. Et la seule fille qui l'intéressait c'était Marion. Elles étaient bien ensemble, elles n'avaient pas besoin de moi.

– Isabelle ne s'occupait pas de tes enfants ?

– Ah non, elle ne s'occupait que de ceux de ma sœur, les autres n'existaient pas. À partir de la mort de mon père, je n'ai plus existé. C'était « Marion Marion Marion ». Qu'est-ce que tu veux ? Je lui en ai voulu longtemps. Ensuite on vieillit, on comprend des choses, puis on passe l'éponge. C'était une femme de devoir et elle n'a eu qu'un amour, mon père. Moi je trouve cela admirable mais elle n'avait rien d'autre dans sa vie. Elle vivait dans un monde à part. C'est incroyable quand tu y penses parce qu'elle a vécu jusqu'à quatre-vingt-deux ans. Et sur ces quatre-vingt-deux ans, elle n'en a vécu que quinze avec mon père, c'est tout.

– Et tu n'es pas allée à son enterrement ?

– Non.

– Pour quelle raison ?

– Je n'étais pas là, j'étais à Saint-Tropez.

– Tu aurais pu revenir ?

– Non j'étais pas à Saint-Tropez, j'étais en voyage ou quelque chose comme ça, mais en même temps c'est bizarre cette histoire, car tu sais ma mère est décédée... Mais attends, pourquoi tu dis que je ne suis pas allée à l'enterrement de ma mère ?

– C'est toi qui viens de le dire.

– Mais bien sûr que si, j'y étais, qu'est-ce que tu racontes ? C'est à l'enterrement de ma sœur que je ne suis pas allée, mais ça c'était en 2009.

Décembre 1968

Une nuit froide est tombée sur Courchevel et Stéphanie, dix-sept ans, se prépare à sortir. Elle a demandé à sa mère bien sûr ; celle-ci a accepté à condition de savoir avec qui elle sort et de pouvoir l'accompagner.

Guy doit passer la chercher vers minuit et ils partiront tous les trois. Stéphanie est ravie. Guy lui fait la cour depuis quelques jours déjà et elle se réjouit de passer cette nuit à ses côtés. Guy est beau et sympathique, galant, typiquement le genre de garçon qui lui plaît et Dieu sait que la sélection est dure. Depuis qu'elle est devenue une femme, les garçons lui font une cour effrénée et il n'est pas rare qu'ils attendent en rang d'oignons devant l'appartement parisien, pour savoir s'ils auront la chance ou pas d'être les heureux élus.

À minuit comme prévu, Guy sonne. Stéphanie lui ouvre, les pieds encore nus. Elle l'embrasse et lui fait visiter le chalet. Un feu crépite dans la cheminée.

Elle présente Guy à sa mère qui lui fait un grand sourire. Juliette est déjà prête, elle a maquillé ses yeux de bleu, ce qui lui donne une puissance encore plus impressionnante qu'à l'habitude ; Stéphanie aime cette force que dégage sa mère, comme si elle était prête à dévorer le monde. Juliette, qui vient d'avoir trente-sept ans, est son modèle en tout, la jeune fille est d'ailleurs de loin celle qui ressemble le plus à sa mère ; même nez, mêmes yeux, même cambrure.

Tandis que Guy fait connaissance avec Juliette, Stéphanie s'éclipse une minute pour aller chausser ses bottes en laine, celles qu'elle a spécialement achetées pour les sorties. Elle monte les escaliers qui mènent à sa chambre en sifflotant, elle s'assit sur le lit ; elle est heureuse. Elle attrape ses bottes, elle les met lentement pour mieux sentir leur douceur sur ses pieds ; elle regarde au dehors, il neige, puis termine de se maquiller devant la glace. Elle se trouve assez jolie ce soir. Quand elle a fini, elle met son manteau et redescend.

Cinq minutes tout au plus se sont écoulées.

Mais à mesure qu'elle descend, elle s'étonne de ne plus entendre de bruit. Elle les a pourtant laissés discuter sur le canapé du salon face au feu.

Encore quelques secondes et elle se retrouve dans le salon.

C'est là qu'elle les voit.

Juliette et Guy. Guy et Juliette. En train de s'embrasser.

Elle crie.

– Puisque c'est comme ça, je ne sors pas !

Elle remonte dans sa chambre, en larmes.

– Mais enfin Stéphanie, ce n'est pas grave, n'en fais pas toute une histoire ! Allons-y ! lui dit sa mère.

Elle finit par la convaincre et au bras de Guy, elles vont tout de même en boîte de nuit. Au début, Stéphanie reste muette. Puis elle finit par danser avec lui et d'autres.

Juliette les surveille en enchaînant les vodkas.

Elle danse comme on jette son âme dans l'abîme ; elle embrasse plusieurs garçons. Juliette s'éclipse avant la nuit.

Stéphanie ne reverra jamais Guy.

C'est sa mère qui couchera avec.

ANNÉES 2000

BELLA

Bien sûr que maman était en rivalité avec nous. Je me souviens d'un déjeuner dans un de ces petits troquets de la rue Saint-Dominique où elle aimait nous emmener.

Jean, le patron, la connaissait bien. Nous étions accueillies comme des reines.

Ce jour-là, il y avait un nouveau serveur, un grand brun. Maman lui a souri comme elle le faisait toujours...

C'était un Marseillais d'origine italienne, assez beau.

Là, parce que je lui demandais un peu de pain, j'ai eu le malheur de l'appeler « maman ». Le monsieur s'en est étonné : « Mais ce sont vos filles ? Quelle jolie maman vous avez là, mes enfants. »

Dès qu'il s'est éloigné, elle m'a fusillée du regard en disant : « Écoute-moi bien ma chérie, en public je t'interdis de m'appeler maman. Devant les gens tu m'appelles Juliette. C'est compris ? »

Années 2000

La nuit barcelonaise était lancée, à tous les coins de rue des garçons en costume conduisaient de grosses cylindrées accompagnés de filles très maquillées aux talons claquant sur le bitume.

Une chaleur de débauche se dégageait des rues.

Nina m'a répondu tout de suite.

Georges n'avait pas été le client de cette maison close mais son gérant, pendant trois années.

Sara était arrivée après son départ mais elle avait beaucoup entendu parler de lui. Avant la mama, c'était lui, avec ses grands chapeaux, qui accueillait les clients, lui qui choisissait les filles ; on louait sa discrétion et son tact ; il parlait peu et c'était une qualité appréciée dans le métier. Sous sa direction la maison avait triplé son chiffre d'affaires et était devenue un des lieux de perdition qui comptaient dans la capitale catalane ; personne n'avait jamais su son nom ni qui il était ; on se contentait de l'appeler Georges.

– Mais alors il est où maintenant, elle te l'a dit ?

– Non, personne ne sait. Mais apparemment, les flics sont venus un soir et l'ont embarqué, menottes aux poignets. Personne ne l'a plus jamais revu à Barcelone.

Mai 1969

Elle est couchée sur le canapé noir du salon principal ; elle lit un roman de Françoise Sagan en fumant des Vogue à la menthe et en écoutant Johnny.

Sa jupe rouge en cuir remonte sur ses cuisses (celle pour laquelle elle vient à nouveau de se faire renvoyer du lycée). Elle n'en a que faire ; elle recommencera le lendemain ; sa mère ne la gronde que rarement.

Elle entend au loin la porte de sa chambre claquer ; elle sent la signature de Gauloise.

Il arrive.

– Tu t'es encore fait virer de classe ? crie-t-il du fond du couloir.

– Je fais ce que je veux, t'es pas mon père.

– Ça serait bien que tu te mettes à faire quelque chose de ta vie…

– Je t'emmerde vieux con, lui dit-elle en continuant à lire.

Il s'arrête net, à l'entrée du salon.

– Viens un peu me le dire là.

Elle se lève, pieds nus. S'approche de lui, le parquet crisse très légèrement. La nuit est presque tombée. Elle se retrouve face à lui, nez à nez, dans le couloir.

Elle le regarde bien droit dans les yeux, de ses pupilles soulignées au crayon ; et il doit faire un effort pour ne pas regarder son décolleté plongeant. Elle articule chaque mot, de la manière la plus claire possible.

– Je disais : JE-T'EMMERDE-VIEUX-CON. GRIGOU. SANS COUILLES !

Il tire sur son bout de cigarette, en allume une autre.

– Tu vas baisser les yeux et te taire. Tu vas me respecter.

– Non.

– Tu vas baisser les yeux.

– Non.

– Tu vois cette cigarette ? Je vais te l'écraser entre les deux yeux et c'en sera terminé de ton beau visage.

– Non.

Il commence à avancer vers elle, le mégot rouge pointé vers son nez, au milieu du couloir sombre ; elle recule pas à pas.

L'odeur de la Gauloise se rapproche et lui donne envie de vomir, elle sent la chaleur du mégot.

Il hurle. Il tremble. Il sue.

– Tu vas les baisser tes putains d'yeux ?

– Je ne baisserai jamais les yeux devant toi.

Il avance encore, le mur et la porte d'entrée se rapprochent ; bientôt elle n'aura plus d'échappatoire. Mais elle n'a pas peur ; elle n'a plus peur de lui depuis longtemps.

– Je t'ordonne de m'obéir ! Baisse les yeux.

Elle crie.

– JAMAIS ! Quand je serai contre le mur et que tu m'auras brûlée, la police sera là. On t'arrêtera. Tu iras en prison.

Ils sont au bout du couloir ; le mégot à quelques millimètres d'elle ; elle ne voit plus que ce bout rouge incandescent dans la nuit ; elle imagine la sensation, la douleur.

Il l'approche encore.

Puis, subitement, il ouvre la porte et part en courant.

Août 1969

– Vous avez vu madame ?

Jacques vole de bureau en bureau, il téléphone, partout, tout le temps, à tout le monde.

Il ne se cache même plus. Et cette impression étrange de parler à des inconnus... Cela fait si longtemps qu'il ne vient plus travailler. C'est comme si ses propres employés étaient devenus des étrangers. Mais Jacques n'abandonne pas sa quête. Jamais. Il n'y a plus que Juliette. Il ne perdra pas ce combat.

Sur quels chantiers ? Sur quels rendez-vous clients ? Avec quels clients ? Quand, où, comment ? Il calcule le temps nécessaire pour aller d'un endroit à un autre, à la première minute de retard il devient fou, éructant, lorsqu'il est seul, que sa femme « se fait encore sauter ».

– Vous avez vu madame, vous avez vu madame ?

Septembre 1969

Jacques se sent si seul.

Et cette lourdeur le matin, cette fatigue, comme si jamais aucun sommeil ne pouvait le reposer.

Depuis que Juliette fait chambre à part, il n'a même plus le droit de la regarder partir travailler.

Alors Jacques passe sa journée en djellaba, à errer dans ses appartements. Il s'ennuie, s'épuise à téléphoner, à refaire l'emploi du temps de Juliette, à tout vérifier dans son carnet noir taché de vin qui empeste le tabac. Son visage s'est creusé, il a pris plusieurs années d'un coup. Son regard est vitreux, son pas traînant, son dos voûté.

Parfois, Jacques erre nu, précédé de sa fumée, un verre à la main. Quand les bonnes oublient de refermer à clé les appartements de Juliette, il s'y cache, assis au pied de l'armoire, pour renifler ses soutiens-gorge et pleurer.

*

Les semaines passent et les choses empirent.

Juliette ne se cache plus. Elle le trompe éhontément ; elle l'humilie, le punit.

Jacques vit désormais seul, entouré de cinq femmes et d'un garçon, comme assiégé.

Il habite une autre partie de l'appartement, celle que les filles appellent « la cité interdite ». Il a son bureau, sa propre salle à manger.

Les rares moments passés en famille se résument aux reproches que Jacques adresse à Juliette. Il épie le moindre de ses gestes de tendresse à l'endroit de Julien. Ses yeux noirs se portent sur lui comme on regarde un amant dont on craint qu'il ne parte avec votre femme. Lui qui a fait de Juliette ce qu'elle est devenue, lui qui lui a demandé, ordonné, de tenir les clients, les employés, de superviser tous les actes comptables, de faire des enfants, d'être sa maîtresse, son épouse, sa putain, d'être tout, ne supporte plus de la voir lui échapper.

– Tu me voles, lui dit-il souvent. Tu ne fais que ça, me voler.

Et puis un jour Juliette prononce la phrase qu'il redoute le plus :

– Si tu continues, je divorce.

Automne 1969

Il fait tout comme d'habitude ; en apparence il semble calme.

À 17 heures, *Le Monde* est livré.

La bonne lui fait cuire son morceau de lard dans de l'eau bouillante ; il a revêtu ses caleçons et chemises à ses initiales, JB ; celles-là-mêmes qu'il achète dans un magasin de luxe de l'avenue George-V.

Il a toujours de l'allure, Jacques. C'est tout ce qui lui reste.

Il va prendre le chemin du siège de l'entreprise.

Il va péter les plombs.

*

Il brise tout sur son passage, il met à sac le bureau de Juliette.

Il menace et insulte les employés.

Il est rouge sang, la veine de son cou est gonflée de rage.

– Dites-lui que je vais la tuer.

Juliette apprend à semer les voitures, à prendre des chemins de traverse, à laisser sa voiture au parking, puis à se faufiler dans le métro.

Années 2000

JULIEN

– Il est parfois décrit comme un monstre par les femmes de la famille…

– C'était pas le cas. La vérité c'est que mes trois sœurs l'adoraient ! Jusqu'à ce qu'il trompe Juliette, ils avaient des relations très fortes, et encore plus entre ta mère et lui. Puis tout est parti en vrille… Mais ce que je veux dire aussi, c'est que quand tu trompes une femme sublime, quand tu perds tout contrôle, c'est pas sans raison. Tout n'est pas noir ou blanc.

– Tu veux dire qu'elle avait aussi des relations extraconjugales ?

– Bien sûr. Et pas qu'un peu.

– Et Jacques en tant que père, tu en dirais quoi ?

– Il s'est pas occupé de ses enfants, a pas été présent, a pas été le contre-pouvoir nécessaire à celui de notre mère. Parce que c'est comme ça que ça se passe, il y a une lutte de pouvoir entre le père et la mère pour garder la main sur les enfants, mais lui n'a pas du tout lutté. Par contre je ne crois pas au reste, ce que t'as dû entendre de la bouche de mes sœurs, qu'il m'aurait vu comme un rival. Ça j'y crois pas une seconde. Comment tu peux considérer ton fils comme un rival ? Ça n'existe pas.

– Tu ne crois pas à cette théorie ?

– Non. C'est de la connerie. Tu n'es pas jaloux de ton fils. Jamais. Personne. Aucun homme. Tu peux être envieux, fâché, pas d'accord, mais tu n'es pas jaloux de ton fils.

Janvier 1970

Comme à l'époque de Georges, et même s'il reste un indéfectible ami de Jacques, Tronc soutient Juliette.

Il lui conseille un avocat, maître Dreyfus, qui a son cabinet avenue Victor-Hugo.

– Je veux divorcer, lui dit-elle sans préambule.

Il y a eu deux mots, Jacques s'est avancé vers elle, les yeux exorbités, et a fait le geste de l'étrangler.

L'avocat ouvre de grands yeux derrière son bureau en chaîne massif. C'est une bien étrange pièce. Des piles de bouquins, des cendriers partout. Des rideaux violets.

– Chère madame, les choses ne sont pas aussi simples que cela. Quelles sont vos raisons de divorcer ? Les femmes dans notre société ne divorcent pas.

– Je veux absolument divorcer… C'est la seconde fois…

– Ah, en plus. Vous êtes une championne. Quel âge avez-vous ?

– Trente-huit ans.

L'avocat à la longue barbe noire marque un silence quelques secondes, se gratte le nez, allume une Gitane.

– Il y a bien une chose qui serait possible… Est-ce que votre mari a une maîtresse ?

– Oh plus d'une !

Il se gratte à nouveau le nez.

– Il faut le faire suivre et qu'on le surprenne au lit avec sa maîtresse. C'est la seule façon pour vous de pouvoir divorcer.

Dreyfus lui conseille alors d'aller voir un dénommé Borniche. Il a été commissaire de police, et il a ouvert un cabinet de détectives à côté de la rue Saint-André-des-Arts.

– Je l'appelle pour le prévenir. Allez-y tout de suite. Il faut battre le fer tant qu'il est chaud.

À l'arrivée de Juliette, Borniche ne paraît pas surpris. Il a cet air ténébreux, mystérieux qu'ont les gens habitués aux œuvres de l'ombre. Son bureau, au contraire de celui de maître Dreyfus, est parfaitement ordonné. Pas un livre, pas une miette. Juste deux tasses de café et quelques journaux posés sur une grande table blanche et deux chaises vertes, tout cela donnant sur le bruyant boulevard Saint-Michel.

– Dreyfus m'a prévenu... Nous allons nous mettre en piste mais cela va coûter cher.

Il n'est pas sympathique mais a l'air efficace. Cela plaît à Juliette. Et elle est prête à payer.

Elle n'est pas déçue. En deux jours Borniche trouve la garçonnière, située dans l'immeuble du *Canard enchaîné*, au 173 rue Saint-Honoré. C'est là que Jacques passe la plupart de son temps, quand il n'erre pas à la maison, et c'est ainsi que trois jours après ils le surprennent un matin avec une jeune femme. Borniche, implacable, lapidaire, entre, tâte le lit, constate qu'il est chaud et que le placard est rempli des vêtements de Jacques et de sa maîtresse. Grâce à ce constat, Juliette obtient l'expulsion de Jacques du domicile familial. Il faudra encore attendre cinq ans avant le jugement définitif du divorce, mais au moins il ne vivra plus avec elle.

Juillet 1970

Dix heures que Juliette roule, depuis qu'elle a laissé Jacques hurlant dans la rue.

En tournant à droite pour prendre la route de Ramatuelle, elle pense à son fils. Lui revient la scène qui s'est déroulée quelques jours plus tôt dans le grand couloir.

Elle l'avait fait venir, une main sur l'épaule, elle l'avait regardé droit dans les yeux.

– Mon chéri, avec qui tu veux vivre ? Avec papa ou maman ?

Julien avait éclaté en sanglots ; c'était tellement évident pour lui. Juliette comprendra plus tard que ce n'était pas tant la séparation qui avait fait pleurer Julien que la possibilité qu'elle imagine qu'il voudrait ne plus vivre avec elle.

Elle est presque arrivée à Ramatuelle quand elle s'arrête pour faire de l'essence chez Gaby, le pompiste à l'entrée du village. Gaby le timide qui l'appelle Juliette. Elle mesure alors le chemin parcouru, à l'opposé de sa pauvre mère, et caresse de la pensée son prénom.

JULIETTE.

Elle repense à ce moment, quelques années plus tôt, chez son coiffeur. « Initials BB » trottait dans sa tête.

Elle était sortie de ce salon de coiffure, la crinière devenue blonde. Elle avait marché avec ses cuissardes noires, sa minijupe, ses lunettes de soleil, ses deux chiens.

Ses yeux parfaitement maquillés de noir.

Elle se souvient.

Quand elle avait arpenté la rue Bonaparte de ce pas élancé, félin, déterminé.

Quand elle avait senti les regards des hommes qui n'osaient pas lui parler.

Quand le temps s'était arrêté sur son passage pour contempler sa beauté.

Quand enfin ce jour-là elle s'était sentie femme.

Années 2000

Cette période de la vie de Juliette, cette période qui s'ouvre, est certainement la plus folle, la plus belle, la plus démesurée, la plus heureuse et la plus dramatique. Les années tropéziennes ont forgé sa légende.

Ce fut aussi pour moi la période la plus dure à écrire et à raconter.

Je me souviens très bien de cet appel de Julien. L'été.

De ces images à la télévision.

Le feu, la destruction.

Tout allait changer.

Mon roman.

Ma vie.

Et celle de toute ma famille.

Dire que tout cela avait commencé par une entrecôte avec ma grand-mère et un dictaphone.

CINQUIÈME PARTIE

JULIETTE
DE SAINT-TROPEZ

La nuit blanche pourrait durer,
Jusqu'à la fin de l'été
Allongé sur le sable givré,
Sous les flocons de l'été
La nuit pourrait durer
Toute l'éternité

Étienne Daho, « Les flocons de l'été »

2017

Juliette, quatre-vingt-cinq ans, regarde la télévision comme tous les soirs ; il doit être 19 ou 20 heures ; c'est le moment où la plage commence à se vider et où l'air devient plus respirable. Son instant préféré, son moment de bonheur ; à suivre sa série préférée avec sa chienne.

Elle descendra ensuite les marches de la roulotte et ira se préparer à manger ; du melon avec du jambon de parme ; peut-être un poisson à la plancha. Elle dînera à sa table, posée en pleine nature, au milieu des pins, devant sa roulotte et face aux vignes. Elle admirera le soleil tomber, peu à peu, sur la mer. Quel délice que cette vie ici, seule ; cette vie qu'elle s'est choisie et qu'elle s'est créée ; son paradis à l'abri des tumultes du monde.

On gratte à la porte, c'est sa chatte ; elle la fait rentrer. Elle vient se blottir contre elle, sur le lit.

Quelle joie, quelle joie…

Son téléphone sonne. Une fois.

Elle ne répond pas.

Elle ne veut pas rater une miette de sa série ; il sonne à nouveau.

Elle peste.

Il sonne encore ; cette fois elle se lève.

C'est Malabar, le gardien du domaine.

Il a l'air essoufflé. Il parle très fort.

– Juliette, vous êtes où ?

– Mais enfin Malabar, où voulez-vous que je sois ? À la roulotte.

Malabar crie :

– Vous êtes folle ! On ne vous a rien dit ? Il faut partir ! Tout va cramer ! Allez sur la plage !

Elle raccroche, descend les marches ; à première vue tout semble normal.

Puis elle lève les yeux vers la forêt et là elle le voit, le halo de fumée ; comme une nuée d'insectes qui va la dévorer.

Elle crie.

– NON !

Elle attrape sa chatte et sa chienne, les enferme dans son 4 × 4 ; elle rassemble quelques affaires dans un sac de voyage, son iPad, sa trousse de maquillage ; elle se retourne, et elle les voit ; les flammes qui lèchent les arbres à côté de sa deuxième caravane à quelques dizaines de mètres ; les pins en feu.

Elle saute dans sa voiture. Démarre en trombe, faisant voler la poussière et les pierres. Aller sur la plage ? Renoncer à conduire ?

Elle ne peut s'y résoudre ; c'est son intuition qui la guide.

Il faut partir.

Elle monte le chemin. Les flammes sont là ; à gauche, à droite, elle est encerclée de flammes qui détruisent et brûlent ses pins d'amour ; elle accélère ; elle est à 80 à l'heure dans le chemin ; tout saute tel le diable dans sa boîte ; son sac, la bouteille d'eau ; elle prie ; elle se parle à elle-même et aux animaux.

– Je vais y arriver, je vais y arriver…

Elle a peur et en même temps elle est excitée de combattre pour sa vie ; de vérifier sa résistance au danger ; son pied qui appuie sur l'accélérateur ; sa certitude qu'elle est plus forte que tout, même à près de quatre-vingt-dix ans.

Elle se retourne une dernière fois ; les flammes ont pénétré son paradis. Elle monte, elle monte.

Le feu est partout autour d'elle ; elle est comme une luciole au milieu du brasier ; et cette odeur, cette odeur de soufre immonde qui a remplacé celle des pins ; le crépitement du feu qui a éteint celui des cigales.

Elle parvient en haut de la montée, le 4 × 4 saute littéralement sur une bosse et elle manque de tomber dans le ravin ; elle descend vers la première porte de fer.

Elle prie.

Pourvu qu'elle soit ouverte. Non. Le feu est partout.

Même devant la porte.

Un quart de seconde à hésiter. Vivre ou mourir.

Elle ne réfléchit plus ; elle saute de la voiture, elle court jusqu'à la porte. Elle sent les flammes qui la lèchent. Elle libère le verrou brûlant. Elle regagne la voiture.

Elle remonte toutes les fenêtres ; pied au plancher ; elle ferme les yeux.

Il faut passer, il faut passer.

Il faut essayer, toujours.

Et croire en la Vierge et en son père qui la regardent et qui l'aident. Elle attend l'explosion ; la calcination.

Mais miracle : elle passe !

La voiture jaillit d'entre les flammes qui encerclaient la porte ; la voilà lancée dans le chemin des vignes, elles aussi en feu.

Elle ne réfléchit plus ; elle se sent comme l'adolescente qu'elle était quand la faim pendant la guerre obnubilait ses pensées ; elle ne songe qu'à survivre.

Heureusement la deuxième porte est ouverte. Elle lève les yeux au ciel.

La voilà embarquée dans la dernière partie du chemin ; la chaleur est terrible ; l'odeur de soufre partout ; on se croirait dans un four géant. La fumée recouvre tout. On ne voit plus le ciel ni le soleil.

Il n'y a plus rien.

– Lucas... Écoute... Je pense que tu as vu les infos... Je ne sais pas où tu es... Tout a brûlé. Je crois que maman s'en est sortie mais elle a... Enfin... Rappelle-moi dès que tu peux. Je t'embrasse. C'était Julien.

Quand j'ai eu son message, j'ai attrapé mon sac, payé ma chambre et je me suis retrouvé dans les rues endormies de Barcelone.

Il était 7 heures du matin.

Je n'avais plus aucun courage ; Katia, à qui je ne répondais plus, s'était mise à m'insulter, me disant que j'étais bien comme mon « grand-père » et comme tous les hommes.

Un « lâche ».

Au moment où mon avion décollait j'avais simplement envoyé un SMS à Julien : « J'arrive dans deux heures à Nice. Je te rejoins. »

Une fois dans les airs, j'ai pensé à Georges que j'abandonnais peut-être pour la dernière fois tant les pistes ressemblaient à des impasses.

Avec cet incendie, le réel avait une nouvelle fois dépassé la fiction ; Juliette, à son habitude, était revenue sur le devant de la scène, éclipsant Georges, mon père et tous les autres.

Comme une ultime manière de démontrer, si cela était encore nécessaire, que c'était bien elle l'unique héroïne de mon histoire.

*

« Apocalyptique. »

Telle était la une de *Var-Matin* que j'ai découverte en posant le pied à Nice.

On y voyait la mer, des bateaux, la petite montagne et au-dessus de cette montagne, comme un immense coucher de soleil, une boule de feu inondant tout le haut de la photo.

J'ai sauté dans le premier train en direction de Saint-Raphaël.

Septembre 1970

Juliette est déterminée et rien ne l'arrêtera.

Elle entre d'un pas décidé dans les locaux de la Caisse d'épargne de la rue Cler, à deux pas de l'École militaire. Elle a rendez-vous avec M. Bertaud, un conseiller clientèle, un grand monsieur aux lèvres pincées et à la voix grave, toujours vêtu d'une veste noire ornée d'un nœud papillon blanc.

– Madame Bonmarin, que puis-je pour vous ?

– Dans un premier temps m'appeler Mme Lamour…

– Vous êtes venue sans votre époux ?

– Justement, rétorque Juliette, ce n'est plus mon époux. Je divorce.

Bertaud esquisse une petite moue.

– Vous savez bien, madame, depuis le temps que je vous le répète, que j'ai besoin d'une autorisation maritale, car vous n'êtes pas encore divorcée, dans les faits.

Juliette prend son souffle et se lance :

– Écoutez, je vais être très claire car je n'aime pas me répéter. Cela fait des années que je veux vous voir et que vous me répétez cela. Or vous n'en avez pas le droit. Ce que vous faites est paternaliste, honteux et insupportable. Vous le savez très bien, depuis le 13 juillet 1965 (et Juliette sort l'article de loi qu'elle a fait recopier), les députés français ont adopté la loi sur la réforme des régimes matrimoniaux, ce qui rend effective la capacité juridique de la femme mariée. Depuis, celle-ci peut signer un contrat de travail sans avoir l'autorisation de son mari et aussi, je vous le donne en mille… Ouvrir un compte en banque. C'est ce que vous allez faire pour moi, maintenant.

Mais Bertaud reste imperturbable.

– Chère madame, comment vous dire ? Votre petit dessin est fort intéressant, mais ici c'est moi qui décide et je ne fais rien sans M. Bonmarin. Qui me dit que vous êtes responsable et que vous avez de l'argent ? Auriez-vous au moins un mot de la part de votre mari puisqu'il est le chef de famille ?

– Ex-mari, dit Juliette en serrant les dents. Sachez que j'ai de l'argent, je travaille et je suis moi-même chef d'entreprise...

À ce mot Bertaud a un sourire qui horripile Juliette.

– ... J'ai donc de l'argent, poursuit-elle en faisant un effort, et je vous rappelle que la libre disposition du salaire pour les femmes mariées a été adoptée en 1907. Enfin, dernière chose, la notion de « chef de famille » a été remplacée dans la loi il y a trois mois, précisément le 4 juin 1970. Elle a été remplacée par celle d'« autorité parentale conjointe ».

Cette fois Bertaud éclate de rire en s'allumant une cigarette.

– Vous avez appris votre petit texte sur la « libération de la femme »...

Juliette retient son souffle. Une idée lui vient. Être crédible. Et elle repense à cet air qu'elle parvenait à se donner au début sur les chantiers avec les ouvriers. La peur terrible qui la rongeait à l'intérieur et le sourire radieux qu'elle affichait à l'extérieur.

– Je ne sais si mon ex-époux vous l'a déjà dit, mais je suis une amie personnelle du général de Gaulle, avec qui mon père a combattu, ainsi que de son successeur naturel, M. Georges Pompidou. Je ne dis pas que ce sont les premiers des féministes, mais s'ils apprenaient la manière dont vous me traitez, je crains que cela ne puisse affecter votre carrière...

Elle sort de son portefeuille le petit bristol aux armes de la République, que par chance elle avait conservé.

Bertaud pâlit.

Juliette achève sa victoire de quelques mots.

– Je vous laisse aux policiers qui attendent dehors avec mon avocat, prêts à vous obliger à respecter la loi de la République française.

Dix minutes après, Juliette ressort avec un compte en banque à son nom et un chéquier.

ANNÉES 2000

La traversée en bateau depuis Saint-Raphaël m'a paru interminable. Julien est venu me chercher au port de Saint-Tropez. Il a eu du mal à pénétrer dans le village ; c'était jour de marché. Les yachts avaient envahi le port, la terrasse de Sénéquier était pleine. Vu d'ici, l'immense incendie qui venait de ravager les montagnes de notre enfance semblait bien lointain.

Nous avons grimpé dans la Méhari, cette voiture si particulière ; notre madeleine du Sud qui nous ramenait toujours à elle et aux cinquante ans que la famille avait passés ici. Cette robuste voiture, la seule capable de nous porter jusqu'à son nid, aux limites de la civilisation. Julien avait les traits tirés, il ne parlait pas. Il me semblait avoir beaucoup vieilli depuis la dernière fois que je l'avais vu, des années auparavant.

C'était une de ces soirées dont il a le secret, dans sa maison, à la lisière de la forêt de pins. Nous avons bu trop de rosé ; nous n'avons parlé de rien.

Pourquoi m'avait-il appelé moi ? Je n'en savais rien. Qui était prévenu ?

Julien a gardé le silence ; de nouvelles rides s'étaient creusées sous son front.

Nous avons pris les petites routes de Saint-Tropez et évité les embouteillages de la sortie du village ; nous nous sommes retrouvés sur la route des plages.

Rien n'avait encore changé.

Nous sommes passés par la maison de Julien ; là où le chemin bitumé se transformait en piste de terre façon safari. Là où, au fur et à mesure de la montée, le tracé s'abîmait de plus en plus, dévoilant des bosses. Il fallait freiner pour ne pas risquer de tuer son engin ou de tomber dans les ravins.

Nous n'avons pas croisé les randonneurs habituels mais plutôt les pompiers.

– Il vous faudra passer par les vignes, nous ont-ils prévenus, l'autre chemin par la montagne est fermé.

À mesure que nous roulions nous avons vu l'étendue de l'horreur grandir et grandir encore ; si les vignes du voisin avaient survécu, l'intégralité des pins derrière étaient carbonisés ; couleur marronnasse, la montagne d'habitude si luxuriante semblait soudain vide ; on eût dit qu'un cancer de feu était passé par là et avait tout rasé.

À l'entrée de l'autre domaine, Malabar, le gardien, nous a arrêtés ; il n'avait pas vu Juliette depuis la veille. Nous avons pu passer car « vraiment », nous étions des amis, mais il ne fallait pas trop que cela se reproduise.

– J'ai un patron, a-t-il dit d'un air important, et il m'a ordonné de ne laisser entrer personne.

*

– Ça veut dire quoi qu'il ne l'a pas vue ? ai-je demandé ensuite à mon oncle. Elle t'a appelé au moins hier, avant de partir ?

Julien n'a rien répondu ; il avait le visage fermé.

Quelques minutes plus tard, il a garé la Méhari sur le chemin qui menait d'habitude à la mer, chez Juliette.

L'odeur de brûlé était insupportable ; nous sommes descendus de la voiture.

Sans voix, comme soufflés. Nous étions sur la planète Mars.

Octobre 1972

4 h 30. Le réveil de Juliette sonne.

C'est toujours les mêmes gestes ; quelle qu'ait été la soirée de la veille, qu'un homme soit ou non dans son lit.

Elle se lève d'un bond, file dans la salle de bains.

Se lave, se maquille, se parfume, s'habille.

À 5 heures elle boit son café et à 5 h 10 la voilà partie faire le tour de ses chantiers, réveillant Paris du bruit de sa Ferrari, cheveux au vent.

Même devenue présidente de trois sociétés (depuis que Jacques, désespéré, lui a tout lâché), elle ne veut pas quitter ce qu'elle appelle le terrain ; elle ne veut pas être une patronne de bureau. Elle veut pouvoir parler à ses clients de leurs locaux, être capable de leur montrer qu'elle sait de quoi elle parle.

À 8 h 15, elle passe prendre Nikky à la maison, avec des croissants, pour la déposer au lycée.

– Et Julien ? demande Juliette.

– Il dort encore, lâche Nikky, clope au bec, pantalon bleu pattes d'éph'.

Dans une accélération, la Ferrari repart. S'ensuit une matinée de réunions avec ses équipes sur les chantiers en cours, les clients à prospecter, jusqu'à l'heure du déjeuner.

Elle reste au moins deux heures à table avec ses clients et c'est en général là qu'elle réussit ses plus beaux coups.

À 17 heures, Juliette va faire le tour de ses boutiques. Elle vérifie que tout se passe bien pour les vendeuses, réfléchit aux nouvelles marchandises à faire entrer dans son stock...

À 19 heures, elle retourne au bureau pour faire le bilan de la journée avec sa secrétaire. Elle jette un œil aux rendez-vous du lendemain, appelle la maison pour être sûre que tout va bien.

À 20 heures, elle repasse à l'appartement, prend une douche, et se prépare à ressortir jusqu'à 1 ou 2 heures du matin pour des dîners d'affaires.

« L'oisiveté est la mère de tous les vices », se répète-t-elle souvent.

Avoir plus d'énergie que tout Paris réuni, voilà bien le prix à payer pour vivre sans mari à quarante ans avec cinq enfants.

Cela fait maintenant deux années que Juliette a quitté Jacques et qu'elle a pris cet appartement de l'avenue de La Bourdonnais, à deux pas de l'ancien.

Libérée des hommes, elle a parfois le sentiment étrange d'être devenue sa propre prisonnière.

Du paradis de Juliette il ne restait rien ; sa caravane blanche, celle où elle avait stocké toute sa vie, ses photos, ses vêtements, ses meubles, tout avait fondu.

Ne demeuraient que les enjoliveurs des roues ; et la carcasse de quelques barres de fer qui avaient servi à tenir la structure.

De sa douche d'extérieur rien ne subsistait non plus si ce n'est le pommeau, quelques planches à terre et deux troncs d'arbres.

Sa cuisine avait intégralement disparu, tout comme la cuvette des toilettes ; un bout de la machine à laver avait survécu ; à terre il y avait un amas de vaisselle brisée, maigres vestiges de ses services d'antan. Seuls les blocs de béton sur lesquels avait été construit l'évier avaient résisté aux flammes.

De sa ramade, cet endroit si doux, protégé du soleil, où elle avait installé sa grande table de bois, où nous mangions matin, midi et soir, il ne restait là aussi que des cendres.

L'odeur donnait la nausée ; on se serait cru dans les coulisses de l'enfer ; la forêt autrefois si luxuriante n'était plus qu'un amas de lambeaux ; des pins pathétiques, sans plus aucune grâce ni ramure, avaient fait place à une vision ouverte à 360 degrés.

La planète Mars était vide et toujours ce paysage à la couleur de brûlé, marronnasse, laide.

Nous avions les larmes aux yeux et sous le flot de l'émotion nous n'avons pas tout de suite réalisé le miracle qui nous faisait face.

Au milieu des décombres, alors même que tout avait été détruit, subsistait la roulotte de Juliette. C'était comme si le feu avait tourné autour, ravageant tout sur son passage, hormis ce lieu. Un dieu invisible avait dessiné un halo de protection ; un cercle sacré autour de la roulotte pour l'épargner.

Nous l'avons examinée avec Julien ; il n'y avait pas l'ombre d'un dégât ; elle était dans un parfait état, de ses roues à sa peinture rouge, et jusqu'à ses vitres.

La porte était ouverte ; à l'intérieur tout était à l'identique ; la Vierge porte-bonheur de Juliette trônait, droite, hiératique.

Dans la roulotte on pouvait aussi voir un ultime vestige : son tableau préféré, qu'elle avait peint elle-même, et qui représentait un bateau quittant le port de Saint-Tropez.

Je me suis tourné vers Julien.

– Mais elle est où ?

Décembre 1973

Le froid paralyse la campagne depuis plusieurs mois ; le feu crépite dans la cheminée. Juliette a organisé un grand Noël dans la maison qu'elle vient d'acheter en Ardèche.

Le bébé de Stéphanie, qui n'a pas trois semaines, dort dans son petit lit à bascule près de la cheminée.

Peu à peu tout le monde va se coucher ; Juliette est très en forme ; elle n'a pas du tout envie de dormir. Elle a beaucoup bu. Elle est avec sa fille et son « gendre ». Xavier. Un homme au sourire d'enfant.

– Vous reprendrez bien un verre, Xavier ? Oh une bouteille même, mon petit Xavier ?

Et elle s'esclaffe, lovée sur le grand canapé moelleux.

Le bébé pleure ; il faut le changer. Stéphanie se lève et s'éloigne. Elle monte dans la chambre.

Les premières minutes, elle entend encore des rires sonores puis, peu à peu, le calme revient.

Elle redescend précipitamment avec son bébé ; sa mère est affalée sur Xavier, sa bouche cherchant la sienne ; lui essaye de résister mais l'alcool semble plus fort.

– Mon petit Xavier, répète Juliette.

Sa fille hurle. Elle est à deux doigts de lâcher son bébé ; elle sent ses jambes qui la lâchent.

– Tu as l'air fatiguée ma chérie, va te reposer, marmonne sa mère.

C'est à son petit ami qu'elle répond.

– Tu viens tout de suite. On va se coucher tous les deux.

– Je suis bien là, au coin du feu, proteste-t-il mollement.

– Mais oui, mon petit Xavier, restez avec moi encore un peu… Qu'on fasse pour de bon connaissance…

Et telle une enfant de trois ans voulant attraper le pot de confiture sur l'étagère la plus haute, elle saute autour de son cou, puis dans ses bras, comme pour s'envoler, avant de se rasseoir sur le canapé.

Stéphanie n'attend pas. Elle se serre à côté de Xavier. Lui ne bouge pas.

Elle veut sauver son couple, sauver les meubles, sauver ce qu'elle peut. Mais Juliette s'enroule autour de lui, elle boit et le ressert.

– On est bien ici, on va se reprendre un coup de champagne, hein Xavier, vous allez nous ouvrir une bouteille.

Elle se penche vers lui et chuchote maladroitement :

– On peut faire ce qu'on veut...

– Je crois que ça suffit là, on monte, assène sa fille sur un ton glacial.

Xavier se laisse entraîner par sa fiancée.

Le lendemain matin, passée l'ivresse, Stéphanie s'assoit sur les genoux de son amoureux.

– Écoute-moi bien. Toi tu viens d'une famille catholique qui se comporte normalement. Tu as un père qui trompe ta mère depuis trente ans, ta mère le sait, elle l'accepte, tant qu'il fait cela loin d'elle et discrètement. Moi je suis une femme moderne, il n'y a pas de catholicisme qui tienne. Ma mère à moi, elle est différente. Tu as vu son petit jeu hier soir, ou bien tu ne t'en es pas rendu compte parce que tu avais trop bu, mais sache que si elle peut te baiser, elle te baisera. Que les choses soient claires : tu baises avec ma mère, c'est fini entre nous.

*

En cet été 1974, une de ses rares nuits de solitude, Juliette ne trouve pas le sommeil.

Elle s'interroge ; elle a quarante-deux ans. Le monde est à ses pieds. Elle a tout. Tout ce dont elle rêvait. Et pourtant, elle se sent seule. Si seule.

Dans ses cauchemars la mort la poursuit et elle se voit vieille et laide. Est-ce pour cela qu'elle collectionne les hommes ? Pour rester éternelle ?

Tout de même elle s'en veut... Les maris des autres, le propre amoureux de sa fille... Pourquoi ne peut-elle pas garder le contrôle d'elle-même ?

Ou bien est-ce autre chose ? Un besoin pathologique d'être aimée, quelque chose qui ne pourra jamais être rempli ?

– Ma pauvre fille, songe-t-elle dans l'énorme lit de sa villa. Tu transformes ton matelas en cabinet de psychanalyse.

Mais les pensées tournent encore.

Ce qu'elle ne supporte pas, c'est sa propre attitude : celle qu'elle a eue avec Xavier.

Elle a honte. Elle aimerait faire autrement.

Elle n'y arrive pas. Elle travaille tant. La pression est si forte. À la moindre soirée, elle boit, elle perd le contrôle ; comme pour s'anesthésier de cette vie de liberté qui lui coûte si cher.

Et puis elle doit bien se l'avouer : l'adolescence et la jeunesse à venir de ses enfants lui sont parfois insupportables : cette légèreté qu'elle leur offre au sacrifice de sa propre personne, elle aimerait en avoir sa part.

Elle aimerait être une adolescente, une enfant même. Elle a l'impression d'avoir toujours dû être une adulte. D'avoir tout assumé seule. De ne pas avoir eu le temps de vivre.

Seule, si seule...

Juliette aimerait être soutenue davantage. Oh non, pas par un homme. Par des femmes, des amies. Elle n'en a pas. Elle fait peur. On l'admire autant qu'on s'en protège, comme si sa présence était vénéneuse.

Les hommes craignent que Juliette ne libère leurs femmes, et les femmes craignent que Juliette ne leur prenne leurs hommes.

Dans le fond, elle n'a besoin de personne.

Ça non.

Elle peut être seule. Elle peut tout réussir. C'est une héroïne.

Après des heures d'insomnie, Juliette finit par s'endormir.

ÉTÉ 1975

L'épuisement guette Juliette. Toute l'année elle a travaillé comme une damnée.

À Paris on suffoque et Juliette quitte son appartement pour aller dîner. Bella, âgée maintenant de vingt et un ans, l'accompagne.

Sa fille va mal, elle a fui en Afrique avec on ne sait quel amant, Juliette a réussi à la faire revenir. Là-bas, Bella s'est essayée à la drogue, elle a touché les limites, lancé un appel au secours à celui qui n'y répondra jamais, Georges. Elle a aussi envoyé un cadeau à sa mère par la poste, une jolie statue africaine dans laquelle elle a caché des barres de shit.

Il s'en est fallu de peu que la police n'arrête Juliette pour complicité de trafic de drogue.

Elles marchent dans la rue toutes les deux, elles sont en robe blanche, elles sont belles. Juliette sourit. Elle a proposé à sa fille d'aller dans ce restaurant de poissons à proximité du boulevard Saint-Germain et de la Rhumerie. On y prépare du saumon de Norvège. Elles s'installent au centre de la pièce.

Cela fait quelques secondes déjà que le cœur de Juliette s'est arrêté mais elle garde la face. Il s'est arrêté quand elle l'a vu, lui, le colosse d'ébène.

Deux mètres, cent kilos. Elle ne voit plus que lui. Lui, entouré de cinq amis et riant à gorge déployée. Son prénom lui revient instantanément : Netty.

– Je vous connais, lui dit-il d'une voix forte.

Il se lève et vient la saluer. Ils se parlent quelques minutes de la vie, de l'été. Netty les complimente toutes deux sur leur beauté puis chacun vaque à son dîner.

Face au regard inquisiteur de sa fille, Juliette confesse : « Un client de l'entreprise. » Elle s'était retrouvée face à lui, lors d'un déjeuner.

Bella repousse son assiette de saumon, l'air écœuré.

Julien tournait en rond. Depuis la disparition il ne faisait que ça. Marcher. Fumer. Mais il ne répondait pas à ma question.

Par moments je tournais mon visage vers le sien et j'essayais de deviner ses pensées, les mêmes que les miennes ; les mêmes que nous ne réussissions pas à partager.

En regardant ses traits tirés, sa tignasse blonde et décoiffée, je me demandais ce qu'il pouvait ressentir. Je ne voyais ni peine, ni tristesse, ni véritable inquiétude ; de la colère plutôt, une tension... Une demi-seconde, une pensée coupable m'est venue : et si la disparition de Juliette était pour lui un soulagement ?

Nous avions inspecté chaque parcelle du terrain, essayant de déblayer les lambeaux du paradis. Par endroits, un peu de cendre continuait à fumer.

Rien ; aucune trace, aucun indice de sa présence.

Il m'a fait un signe de tête pour m'inciter à le suivre.

Nous sommes passés par les vignes.

Je me suis souvenu de ce bien-être quand, dans l'adolescence, je prenais ce chemin avec les copines et les chiens. Nous savions qu'au bout nous serions heureux. La vie est assassine. On croit à tant de choses quand on est jeunes. Parfois elles se réalisent.

Julien a ouvert la porte de la plage, une nouvelle fois bloquée par un cadenas, et a marché sur le sable encore brûlant, mais de soleil cette fois. Il n'était que 17 heures. L'odeur de la mer avait temporairement remplacé celle de brûlé.

Naïvement, j'imaginais trouver Juliette un peu plus loin, nageant comme si j'avais oublié qu'elle ne venait à la plage qu'à deux moments très précis : à 7 heures du matin et à 20 heures.

Jamais depuis vingt ans elle n'avait dérogé à cette règle.

Julien a marché de long en large, inspecté les rochers. Il est allé au bout du cap, il a crapahuté dans les criques.

Il n'y avait personne sur la plage, à part un chien errant. En voyant l'animal courir dans les vagues j'ai réalisé que Julien avait oublié de prendre le sien et qu'à cette heure il devait attendre devant sa maison.

Julien a allumé une cigarette. Retour à la roulotte.

Malabar était là.

– Quand on pense que tout ça est parti d'un connard qui faisait un barbecue, s'est-il lamenté.

Malabar était un grand gaillard au crâne rasé. Nous avions tant pris l'habitude de l'appeler Malabar que plus personne ne connaissait son prénom. Il faut dire qu'il était doté d'énormes paluches et fumait beaucoup de Marlboro rouges, derniers vestiges de son passé de videur de boîte de nuit. Côté alcool il avait tout arrêté depuis qu'il s'était marié avec une jeune Allemande et qu'il lui avait fait trois enfants. Il vivait plus loin dans le domaine et s'occupait de garder la maison d'un riche propriétaire tout en faisant des rondes quotidiennes. Malabar était un des rares que Juliette acceptait encore de voir ces dernières années.

– Je suis désolé, monsieur Julien, a-t-il dit l'air penaud.

– Désolé pourquoi ?

– De ne pas pouvoir vous dire où elle est... Je pensais qu'elle était partie et quand j'ai vu de la lumière chez elle, le feu avançait. Je lui ai tout de suite dit de fuir. Une des voisines a vu sa voiture passer mais depuis, plus rien...

– Il n'y a rien eu de bizarre avant ? ai-je demandé.

Malabar a répondu que non et il a déroulé le fil des derniers jours de Juliette, de manière mathématique, concrète, rapide.

Elle avait continué à aller à la plage à ses horaires choisis avec son chien, à faire ses courses, à vociférer auprès de lui à cause de soi-disant travaux qui faisaient trop de bruit. Non, aucun signe annonciateur. Mais si jamais il entendait quoi que ce soit il nous appellerait tout de suite.

Après son départ, Julien m'a parlé d'un ton sec, comme pour se déconnecter de ses émotions.

– Voilà, tu as compris. Elle est partie et elle a disparu. Pour l'instant on n'en parle à personne, on la cherche, c'est tout.

Août 1975

Depuis qu'elle l'a revu au restaurant de poissons elle n'a pensé qu'à lui.

Sa force. Sa stature rassurante. Sa gentillesse.

Contrairement à tous les autres hommes rencontrés depuis son divorce avec Jacques, ce n'est pas au sexe qu'elle a d'abord songé. C'est autre chose, de ces histoires que l'on peine à mettre en mots et qui font peur. Mais le reverra-t-elle ? Elle n'a même pas pris son numéro... Elle ne sait pas où il est.

Elle a si peur d'aimer à nouveau. Elle a honte de vouloir être protégée, honte de se dire que peut-être elle pourrait avoir besoin de lui.

Juliette attrape un taxi. Paris crache son air suffocant, elle a fermé avec joie le magasin et l'entreprise pour le week-end. Le train couchettes l'attend : Paris-Saint-Raphaël.

Elle arrive avec un peu d'avance, elle prend le temps d'acheter un journal, de flâner. Elle a tellement hâte de retrouver la maison de l'Escalet, les enfants, la boutique de la place de l'Ormeau à Saint-Tropez !

Elle hume une dernière fois l'air estival avant de se préparer à monter dans le train quand elle sent une énorme main se poser sur son épaule.

– Bonsoir Juliette.

Face à elle, Netty, qui la domine de son regard pétillant.

Il monte avec elle et les deux chiens dans le train. Juliette lui prend la main et l'emmène vers sa couchette. Ils refont le monde, ils boivent et mangent.

Après deux bouteilles de vin ils se déshabillent ; Netty la prend bien fort contre lui et la soulève. Elle s'accroche à son torse. Elle se pose contre lui. Il est si doux. C'est comme s'il pouvait ressentir Juliette sans qu'elle ait à parler.

Sur sa peau, il sent soudain de petites larmes qui coulent.

Nous avons gravi à pied la montée qui partait de la roulotte de Juliette ; la chaleur alliée à l'odeur de brûlé rendait notre respiration difficile.

C'est en parcourant ce chemin sans voiture que l'on réalise pourquoi Juliette a choisi cet isolement.

En quinze ans elle avait tout vendu ; elle ne souhaitait plus d'autre bien terrestre que ses animaux et sa roulotte. Elle m'avait expliqué qu'elle ne voulait pas ajouter aux drames de la famille la guerre qu'occasionnerait immanquablement la question de son héritage.

C'était précisément vingt-cinq ans plus tôt qu'elle avait tout quitté pour s'installer d'abord dans sa bergerie, puis ici près de la mer.

Elle ne voulait plus de ce Paris qui lui était devenu insupportable ni de ces bagarres familiales incessantes qu'elle avait pourtant contribué à créer.

– Tu cherches ou tu rêves ? m'a dit Julien, me tirant de mes pensées.

– Je cherche, je cherche.

Nous avions fait la moitié du chemin mais il n'y avait pas la moindre trace de la voiture de Juliette ; nous ne savions pas s'il fallait que l'on s'en réjouisse ou que l'on s'en attriste.

Notre travail était cependant facilité car tous les pins ayant brûlé, nous pouvions voir absolument tout ce qui nous entourait. La vue était dégagée sur la mer et les ravins.

– Si elle est tombée, on ne la loupera pas, a dit Julien avec le sens pragmatique qui le caractérisait.

Mais après avoir inspecté le chemin et la route des vignes, nous n'avions toujours rien trouvé ; pas la moindre trace de Juliette.

*

La police municipale de Ramatuelle se situait tout en haut du village. Sur la route nous avions pu voir les gendarmes, les pompiers encore à pied d'œuvre, orientant les rescapés et stoppant les touristes.

Julien s'est garé au bout à gauche sur une des rares places encore disponibles. Il était 16 h 30 et le soleil tapait très fortement, des gouttes de sueur coulaient le long de son cou. Julien a laissé la Méhari sans même mettre le cadenas. Il a marché vers le bâtiment en manquant de se faire écraser par un touriste hollandais ; il l'a insulté et a donné un coup de pied dans sa voiture. L'autre n'a rien répondu et est reparti en faisant crisser ses pneus.

Les locaux de la police municipale étaient presque vides. Seule un peu de lumière perçait par les stores à demi fermés. Quelques mouches volaient çà et là, la chaleur était à la limite du supportable. Tout de suite après un petit couloir aux murs blancs, nous nous sommes retrouvés dans une grande pièce faisant office d'accueil. Au comptoir, devant les dépliants sur les offres d'emplois proposées dans la police ou sur les numéros d'urgence à composer l'été, un agent envoyait des SMS. Il ne nous avait même pas vus entrer.

Julien a demandé à voir un homme, M. Jourdan, qui se trouvait être le chef de la police municipale et un grand ami de Malabar. L'agent d'accueil l'a appelé d'une voix morne, avant de pianoter à nouveau sur son portable. Nous n'avons pas eu à attendre. M. Jourdan est entré dans la pièce et nous a tendu une très grande main, ferme et moite. J'ai tout de suite été frappé par sa ressemblance avec Malabar. Comme lui, il était intégralement rasé et il avait cette dégaine de mauvais garçon rangé des voitures. Ses yeux étaient très bleus, perçants, et il nous dévisageait.

– C'est votre mère, c'est ça ?

En faisant les cent pas dans le bureau, Julien lui a expliqué le départ de Juliette, ce dernier moment où Malabar l'avait vue et son silence depuis ; il n'est pas parvenu à utiliser le mot « disparition ».

– Votre mère a sûrement été paniquée avec le feu et elle est allée se mettre à l'abri. Elle a peut-être oublié son portable qui a brûlé...

– Mais depuis elle aurait prévenu quelqu'un. Elle prévient toujours quand elle s'absente, ce n'est vraiment pas son genre... Il y a quelque chose qui cloche.

– Vous êtes sûr qu'elle n'est pas restée...

– Vous voulez dire si on ne l'a pas retrouvée cramée quelque part ? Sûr. D'autant qu'un autre témoin l'a vue sortir du domaine, là où il n'y avait plus de feu.

Le policier s'est gratté la nuque puis a repris la parole.

– Votre mère, en tant que personne majeure, est libre d'aller et venir comme bon lui semble, sans nécessairement vous en informer. Vous pouvez ne pas être d'accord mais sur le plan juridique elle fait ce qu'elle veut.

Il a asséné cela comme un automate. Julien en est resté sans voix quelques secondes.

– Toutefois, la loi prend en compte les difficultés que cela peut engendrer pour les proches. Par exemple si cela fait quelques années qu'elle est partie et que son ex-mari souhaite se remarier. C'est le cas ?

– Mais non, bien sûr que non...

Le flic a poursuivi comme si nous n'étions pas là.

– Sachez que la loi prévoit une procédure particulière, la procédure dite de l'absence. Elle est notée aux articles 112 et suivants du code civil. Elle concerne les cas où une personne ne donne plus de nouvelles depuis longtemps et des conséquences que cela peut engendrer pour les proches. Vous pouvez demander l'application du régime de l'absence afin de pouvoir avancer dans votre vie sans avoir à attendre le retour hypothétique de l'absent. Elle concerne aussi le cas de la personne hors d'état de manifester sa volonté comme une personne hospitalisée pendant un certain temps.

Julien a levé les yeux au ciel. Juliette, évaporée dans la nature, à quatre-vingt-cinq ans...

– La disparition est-elle préoccupante ? a demandé le policier.

– C'est-à-dire ?

– La personne était-elle dépressive ou avait-elle reçu des menaces ou tout autre élément qui peut laisser penser qu'elle courait un danger ?

Nous étions anesthésiés devant tant de bêtise. C'est moi qui ai repris la parole.

– Vous avez sans doute raison, on ne peut pas savoir. Espérons qu'elle soit libre et bien portante.

Dans la rue, Julien et moi avons regardé les touristes descendre vers le village fortifié, indifférents au tumulte qui touchait nos terres.

Peut-être avait-elle fait le choix de partir ? Peut-être nous faisions-nous du souci pour rien ?

Julien a posé ses deux mains sur son front et a fermé les yeux.

Plus tard, nous sommes descendus au café de l'Ormeau et avons commandé un monaco.

Avait-il seulement jamais envisagé la mort de sa mère ? Pouvait-il en supporter l'idée ?

En rentrant chez lui, Julien s'est couché dans le jardin. Le soleil a commencé à baisser en intensité et déjà les moustiques attaquaient sec. Je l'ai regardé, lui, le businessman prospère, se retrouver là comme un gosse que personne n'est venu chercher à la sortie de l'école, à se bouffer les ongles. Que devais-je faire ? En parler à sa femme qui se trouvait encore à Paris ? Ou à ses enfants éparpillés aux quatre coins du monde à qui je n'avais jamais parlé ? Qu'allais-je bien pouvoir leur répondre quand la seule promesse faite à Julien était de ne rien dire à personne, « pour l'instant » ?

Julien a continué à fumer son paquet de cigarettes. Puis il s'est roulé un petit joint. Il a tiré sur ses cheveux blonds ; il transpirait, il buvait trop.

Novembre 1975

Au petit matin, Juliette sort promener les chiens sur les quais de la Seine. Elle marche au fil de l'eau ; ses chiens lâchés. La ville est encore endormie ; elle peut contempler le silence et les premières lueurs du soleil.

Elle pense aux quarante premières années de sa vie ; à sa fille aînée qui est partie, déjà ; elle essaie de s'imaginer sa vie à quatre-vingts ans... Cela lui semble si loin. Et pourtant elle a peur ; peur que sa vie lui échappe.

Juliette ne comprend pas le temps ; elle le trouve injuste, elle aimerait le contrôler comme le reste de sa vie. Elle s'imagine vieille ; elle ne le peut pas.

Elle se dit parfois qu'elle préférerait disparaître que d'avoir à vivre sa décrépitude sous le regard des autres.

Elle pense à Julien. Quel homme sera-t-il à cinquante ans ? L'aimera-t-il comme aujourd'hui ?

Serait-elle encore avec Netty dans quarante ans ? Elle rit à cette pensée ; Netty... Netty qui l'attend dans leur lit chaud.

Ils viennent encore de passer la nuit à la Rhumerie, où ils ont leurs habitudes. Netty y connaît tout le monde. Ils s'installent au bar ; c'est Gérard, un Auvergnat moustachu qui tient la place. Avec eux, au comptoir, il n'y a que des hommes, des écrivains, des gens de lettres qui discutent de l'avenir du monde et des dernières querelles littéraires.

Netty est vendeur de tee-shirts au magasin d'à côté ; Netty aime la vie simple, le vin, la bonne bouffe et Netty aime Juliette.

Netty ne parle jamais du lendemain.

Cela fait maintenant plusieurs mois que leur histoire a commencé et Juliette se sent apaisée : pour la première fois de sa vie elle a le sentiment d'être avec un homme, un vrai.

Netty accepte la vie de Juliette, il soutient sa liberté, et pourtant tient son rôle ; il est droit comme sa taille. Il est bon.

Quand la nuit avance, ils quittent la Rhumerie pour rentrer chez Juliette.

Ils profitent de l'absence des enfants. Ils font l'amour jusqu'au petit matin. Netty s'endort, épuisé et repu.

Juliette pose sa bouche sur son poignet pour sentir son odeur ; elle se douche puis part travailler alors qu'il dort encore.

Sur les quais, Juliette croise une autre promeneuse matinale ; elle a un labrador qui entreprend de jouer avec ses deux dogues allemands.

Elle se retourne et sourit à sa compagne de promenade.

La dame jette un coup d'œil aux deux hommes qui suivent Juliette ; costumes noirs, démarche chaloupée, carrure imposante. On dirait des jumeaux.

– Ne vous inquiétez pas, ils sont avec moi. Ils me protègent, dit-elle en riant.

Juliette parvient parfois à les oublier, ses gardes du corps.

Comme elle fait tout pour oublier Jacques depuis cinq longues années.

C'est Tronc qui lui a dégoté ces deux colosses, par un de ces réseaux dont Juliette ne veut pas entendre parler. Il lui arrive de discuter avec eux ; elle ne leur demande jamais d'où ils viennent, plutôt où ils veulent aller.

Ils la suivent partout.

Ils étaient là quand Jacques a tenté de l'attraper à un coin de rue, quelques mois après son départ de la maison ;

quand il lui a dit qu'il allait « crever » si elle ne revenait pas ; qu'il allait la tuer.

Malgré leur jeunesse, les gardes du corps étaient restés parfaitement calmes. Ils avaient empoigné Jacques vigoureusement et l'avaient assis à une terrasse de café voisine, où il s'était mis à pleurer.

Il n'était jamais revenu.

Ce sont les aboiements du chien qui ont alerté Julien de mon arrivée ; je suis venu à vélo car à mon réveil il n'était plus chez lui.

Sans surprise, je l'ai vu sur le seuil de la roulotte torse nu et hurlant, le teint rouge.

– Putain de sangliers ! Ah, c'est toi, a-t-il dit en m'apercevant et en se frottant les yeux.

Il a titubé à moitié en descendant l'escalier de la roulotte.

– Ça va ?

– Oui, oui, ça va. Je n'arrivais pas à dormir alors je suis venu là en pleine nuit et je me suis endormi.

– Je sais pas comment tu as fait avec cette odeur...

Au même moment, une voix rauque, à mi-chemin entre le titi parisien et la rockeuse belge, s'est faite entendre. Une voix que nous connaissons très bien, celle de ma tante Nikky.

– Bah alors, on me fait des cachotteries, bande de cons ?

*

– Mais putain ! s'est exclamée Nikky en découvrant l'ampleur des dégâts. Oh putain...

Elle est restée ainsi plusieurs minutes, à faire le tour du propriétaire sans pouvoir articuler un autre mot.

– La caravane... Elle a fondu. C'est là que je dormais... Et la cuvette des toilettes... Putain. C'est pas possible...

Elle est montée dans la roulotte.

– C'est dingue, elle a pris vraiment le minimum... Elle doit même pas avoir une culotte à se mettre.

– Toute sa garde-robe a brûlé dans l'autre caravane, a commenté Julien en pointant du doigt les deux roues et les tiges de métal, vestige de l'ancienne roulotte blanche.

J'ai regardé un instant Nikky, un mélange de grande sensualité et de garçon manqué, une pierre un peu brute parfois, mais toujours généreuse, Nikky, la tante dont j'avais été le plus proche au fil des années.

Je savais que, derrière ses lunettes noires, il y avait des larmes.

Avec ses longs cheveux châtains Nikky avait toujours dominé son frère, du moins par la taille. Elle portait un vieux jean et un tee-shirt kaki. Sur ses bras il y avait des tatouages d'Indiens, tout comme autour de son cou. Elle passait désormais la moitié de sa vie à voyager aux quatre coins du monde avec son sac à dos. Pendant la saison elle restait quelques mois dans une autre caravane, près de Marseille, sur un petit espace de camping sauvage toléré par les propriétaires du domaine.

En octobre, grâce à l'argent économisé pendant la saison, elle repartait avec son fils voyager jusqu'en avril dans un pays lointain. Elle n'avait pas d'attaches, pas de responsabilités particulières ; elle avait quitté Paris et elle en était très heureuse. Sa vie était à l'exact opposé de Julien et, les soirs de beuverie, il m'avait parfois confié son rêve, avoir le courage de faire comme elle et de partir loin d'ici. La fuite, après tout pourquoi pas ? Lui avait choisi de rester au plus près de sa mère, ou peut-être était-ce elle qui l'avait suivi.

Julien s'est calmé ; assis sur les marches de la roulotte, il lui a expliqué ce que nous savions ; le rendez-vous chez les flics, les recherches dans le domaine qui n'avaient rien donné...

Pendant tout ce temps, Nikky, d'habitude si volubile, le regardait sans un mot, comme buvant ses paroles.

Machinalement elle a pris son portable et composé le numéro de Juliette, chose que Julien et moi-même avions déjà tenté des dizaines de fois. Elle l'a mis sur haut-parleur.

« Bonjour, vous êtes bien sur le répondeur de Juliette. Merci de laisser un message et je vous rappelle. Kiss. »

C'était à peine si la voix pouvait laisser deviner son âge. Nikky a reposé son portable.

– Et toi Lucas, tu ne sais rien ? Aucun indice autour du livre ? Rien ?

– Écoute, j'ai beau chercher, je ne vois pas...

Julien a soufflé un grand coup puis nous a proposé, avant de nous remettre aux recherches, d'aller piquer une tête.

Il était encore tôt et la plage était presque vide à l'exception de quelques joggeurs ; nous en avons profité pour plonger dans l'eau glacée.

Ensuite nous avons marché sur la plage pour nous sécher. Le sable était blanc, doux et encore frais. Nous avons regardé partout, comme si Juliette allait surgir des flots ou arriver au loin avec sa chienne.

Nous sommes rentrés à la roulotte, la chaleur commençait à monter. Mes pieds nus me brûlaient. Julien s'est laissé tomber sur le lit.

– Tu as prévenu quelqu'un d'autre ? a demandé Nikky.

– Non, je vais le faire. Je voulais juste me laisser un peu de temps parce qu'une fois qu'elles seront là...

Au même moment nous avons entendu des bruits de voiture, des éclats de voix.

– Je crois que tu n'auras même pas à le faire, s'est amusée Nikky mi-figue mi-raisin.

– Qui les a prévenues ? C'est toi, Lucas ? a lâché Julien d'une voix rauque.

– Oui, c'est moi.

21 JUIN 1977

Comme d'habitude Juliette n'a pas dit la raison de son départ ; personne n'a posé de questions à l'entreprise.

Même pas Netty. C'est son intelligence.

Il est resté avec Julien, Nikky, les chats et les chiens dans leur nouvel appartement.

Un 120 mètres carrés, rue de Mézières, près de Saint-Sulpice.

Le gigantesque appartement de l'avenue de La Bourdonnais était devenu trop grand depuis les départs successifs de Stéphanie, Joëlle et Bella.

Était-ce la raison de ce déménagement soudain ? Son chagrin, jamais exprimé devant lui, du départ de ses trois filles ?

Netty a appris à ne pas trop réfléchir, ne pas trop poser de questions. Il lui a juste souhaité un « bon voyage ».

– Profites-en, mon amour.

Le 20 juin, Juliette prend donc l'avion à Roissy direction New York, pour une destination qu'elle seule connaît. Dans l'avion elle boit trop de champagne. Elle dort.

À JFK elle monte dans un autre vol pour Rapid City, dans le Dakota du sud.

Elle ne verra rien de cette ville du nord des États-Unis, de ses avenues un peu laides, de ces canyons rouges, non, ce n'est pas la raison de ce voyage.

Elle est venue pour un homme qu'elle s'est jurée de voir une fois dans sa vie, depuis tant d'années.

Dans sa chambre climatisée, elle allume la télévision ; elle ne veut pas rater les images de son arrivée en avion.

Puis, à 20 heures précises, comme son billet l'y invite, elle s'installe dans la salle.

Le « Pershing municipal auditorium ».

Il arrive, sous les hurlements ; le concert commence. Il fait si chaud ce soir là... Et lui, assis au piano, micro tenu par un assistant, chante.

Il chante comme jamais et pour la dernière fois.

Veste blanche, étincelante, étoile dorée dans le dos ; coca sur le piano.

La chanson préférée de Juliette.

Time goes by, so slowly
And time can do so much
Are you still mine?
I need your love, I need your love
God, speed your love to me.

C'est comme un cri ; ce cri. Elvis meurt d'amour sur scène.

Et les larmes d'Elvis qui coulent.

En même temps que celles de Juliette.

Ce que Juliette ne sait pas, c'est que d'autres larmes coulent ce soir-là ; celles d'un homme à quelques mètres d'elle.

Jacques, qui lui avait fait des années plus tôt la promesse de l'emmener ici en Amérique, voir Elvis.

Jacques qui, comme Juliette, a toujours adoré le King et qui lui aussi a pris l'avion de Paris, par hasard.

Il aimerait mourir en écoutant cette chanson.

À la fin du concert il y a ce quart de seconde qui forge les destins.

Il manque de courir à elle, la prendre dans ses bras, lui dire que tout recommence.

Qu'ensemble ils vont faire le tour des États-Unis, aller à Vegas, à Los Angeles.
Qu'il l'aimera jusqu'à la fin de ses jours.

Mais Jacques ne peut plus ; il reste là et la regarde partir.
Il s'effondre, seul face à lui-même, alors que les lumières de la salle s'éteignent.

Elles ont fait mine de ne pas nous voir, à l'exception de ma mère qui s'est jetée dans mes bras.

– Mon fils, mon fils, tu m'as tant manqué... Où étais-tu ? Pourquoi m'as-tu donné si peu de nouvelles ?

Elle ressemblait tant à Juliette ; son absence rendait la similitude d'autant plus flagrante.

Bella avait une beauté différente ; quelque chose de plus aérien, de plus mystérieux, de plus fou aussi.

C'est elle qui a lancé les hostilités.

– Merci le nanti de nous avoir prévenues, heureusement que j'ai des informateurs dans la région.

– Si c'est pour ça que tu es venue, tu peux repartir, a rétorqué Julien.

– Et toi, a continué Bella à l'adresse de Nikky, toujours là, surtout quand tu ne sers à rien ?

Nikky a serré les poings, faisant son maximum pour garder le contrôle, pour ne pas céder.

Joëlle a calmé le jeu.

– Bon alors, que sait-on ? En quoi peut-on vous aider ?

Julien a détaillé les informations dont nous disposions, assis sur les marches de la roulotte, ses quatre sœurs et moi autour de lui.

Puis Bella a repris la parole.

– Moi je sais pourquoi elle a disparu. C'est à cause de lui, a-t-elle affirmé en me pointant du doigt.

– Quoi, à cause de moi ?

– À cause de ton livre de merde. Tu l'as rendue folle ; c'était trop dur pour elle de se replonger dans tous ces souvenirs, elle me le disait. Elle n'a pas supporté, alors avec le feu... C'est ta faute Lucas, tu n'es qu'un sale petit con...

Le coup de poing est parti, signé de Nikky.

Le nez en sang, Bella a lancé des insultes.

Joëlle l'a emmenée vers sa voiture ; Joëlle pensait toujours à tout. Elle a sorti sa trousse à pharmacie de la boîte à gants. Bella continuait à hurler.

– Ça suffit maintenant ! a hurlé Julien. On arrête les conneries, vous me faites toutes chier !

– Ne t'inquiète pas, mon cher petit frère, je vois que tu es sur les nerfs. Je vais alléger ton fardeau, a susurré ma mère. Nous sommes là maintenant.

Février 1979

Pendant ces années d'amour avec Netty, Juliette ne dira jamais qu'elle est « avec » lui. Mais elle l'emmènera partout, insensible aux regards qui se portent sur eux.

Quarante-sept ans, trois chiens, cinq enfants, deux divorces.

Quoi qu'elle dira ensuite, elle l'aime.

Et puis un jour, sans heurts, comme l'eau finit par quitter le fleuve, ils s'éloignent.

Ils ne se fâchent pas mais le fil qui les unit se détend peu à peu ; ils se voient moins. Ils ne font plus l'amour.

Et un jour de février ils se séparent.

Netty prend ses affaires et la porte se ferme.

Ils continuent à se voir en tant qu'amis quelque temps, puis ne se voient plus du tout.

Netty a apaisé Juliette, lui a permis quelques années de poser sa tête sur l'épaule d'un homme.

C'est peut-être aussi pour cela que l'histoire devait s'arrêter.

Années 2000

JULIETTE

– Tu veux savoir si c'était l'amour fou avec Netty ? Non. C'était apaisant c'est tout. En fait, c'est avec Julien que ça s'est gâté, un garçon de douze ans, c'est pas pareil qu'un enfant de huit, tu sais... Ah, la jalousie !

– Tu veux dire que votre histoire s'est terminée à cause de Julien ?

– Oui, au bout de six ans. Tu sais moi, c'étaient mes enfants avant tout. Julien ne m'a pas dit de le quitter car il n'est pas comme ça, mais quelque chose s'est enrayé. Cela s'est fait tout seul, on s'est vus un peu moins, puis on ne s'est plus vus du tout.

Été 1979

Venir la voir l'été fait toujours le même effet aux habitués, les Tropéziens du petit matin, les pêcheurs, les restaurateurs, les touristes, les oiseaux de nuit.

C'est comme un mirage, une hallucination. Grande, pulpeuse, sensuelle, ses cheveux d'une blondeur éclatante ; ses yeux dessinés de noir, son sourire éblouissant ; plus magnifique que jamais et quelque chose en elle qui irradie. Comme si, avec elle, la vie ne pouvait être que belle.

Elle est là, assise, qui sourit, mais d'un sourire à conquérir le monde.

Juliette, assise sur une simple chaise de bois, la jambe gauche appuyée sur les tréteaux d'une grande table où sont disposés des bijoux en solde. Elle a un pantalon de toile, des chaussures noires, une sorte de tablier blanc.

Saint-Tropez, l'été. Le mythe vivant, juste là. Sur le mur est écrit le nom du magasin : « Juliette ». Devant la boutique est garée la Méhari rouge. Sur le capot est écrit : « Juliette ».

Il y a quelques vêtements mais on trouve surtout des bijoux.

Elle a ouvert des boutiques à Paris mais celle qu'elle préfère se trouve ici, à Saint-Tropez.

Tout le monde connaît Juliette. Son Range Rover, sa Méhari, ses chiens. Tout le monde sait qu'elle n'a plus de mari mais cinq enfants. Qu'elle est chef d'entreprise. Les hommes l'admirent, veulent tous la posséder. Les femmes la jalousent, l'envient. Certaines rêvent parfois de la voir pendue à un croc de boucher. Sa liberté les terrifie en même temps qu'elles rêveraient de faire comme elle, d'être elle.

L'après-midi, Juliette retourne à l'Escalet du côté de Ramatuelle, voir les enfants, se baigner. Faire la sieste parfois.

Ici elle est heureuse comme jamais elle ne l'a été nulle part. C'est son royaume, son territoire. Elle en connaît chaque centimètre, chaque histoire, chaque homme.

Les enfants courent partout, mangent des pizzas, des glaces, et font des bêtises. Premières galoches, premiers flirts, premières gueules de bois, premières cigarettes...

Juliette garde toujours son sourire et toute la soirée on défile chez elle. C'est l'endroit où il faut être vu. Elle ne rembarre jamais ses nouveaux courtisans, ne répond que par ces sourires qui savent calmer tout en attisant, qui sonnent l'espoir éternel en même temps que l'attente. L'impossible fantasme. À les rendre fous.

Les enfants passent la voir puis repartent vadrouiller. Elle les embrasse, leur caresse les cheveux. Pierre, son grand ami, vient la photographier. Ils font parfois l'amour sur la plage.

Comme des stars, il existe de Juliette des centaines de clichés. Elle prend la lumière comme personne. Elle aime ça. Qu'est-ce qu'elle aime ça. Qu'on l'a regarde. C'est son addiction.

Et ses enfants... Elle aime tellement ses enfants. Ils grandissent sans leur père ? Et alors ?

Quand vient minuit, quand les noctambules commencent à se presser en boîte de nuit, elle ferme le magasin. Ses enfants sont là. Avec eux elle prend les petites rues du village pour descendre vers la place des Lices et sa discothèque préférée : les Caves du Roy.

Là, Juliette arrive en tête de cortège d'une vingtaine de gamins âgés de quinze à vingt-cinq ans. C'est toujours le même manège. Le videur la repère, lui fait de grands signes, lui sourit. Juliette rit, de son rire sonore et sensuel. Déjà on ne voit plus qu'elle. Le videur coupe la file d'attente et lui fait signe de venir. Il la prend dans ses bras, l'embrasse, « Comment vas-tu mon adorée »… Juliette parle avec lui quelques minutes puis fait signe à son groupe de jeunes d'avancer. D'un signe de la main elle fait entrer tout le monde.

Vingt, trente…

– C'est mon fils, c'est ma fille, c'est mon fils, c'est ma fille…

Elle pourrait faire entrer un singe que le videur ne dirait rien.

Une fois aux caves, on boit, on danse, on chante. Julien, quatorze ans, se déhanche sur la piste avec sa mère et ses sœurs.

C'est la fête, c'est la belle fête, et on rentrera quand on voudra.

Juliette ramènera la petite bande en Range ou en Méhari. Et le lendemain elle sera levée, comme toujours, avant le reste du monde.

Pour voir les premiers éclats du soleil.

Au quatrième jour la fatigue a commencé à se faire sentir ; il n'y avait rien de nouveau ; pas le moindre début d'indice.

Stéphanie a réussi à obtenir auprès d'un ami de la DGSI le balisage du portable de Juliette.

Il avait cessé d'émettre à 20 heures à Sainte-Maxime et on l'avait retrouvé dans une poubelle, écrasé.

Julien a expliqué qu'il pouvait rester encore quelques jours.

– C'est sûr, a dit Bella. Avec tout ce que maman t'a donné, tu peux bien lui consacrer toute ta vie maintenant...

– Ma pauvre sœur, tu es pathétique.

Tout le monde était rouge, il ne manquait qu'une étincelle pour que l'explosion finale se produise ; j'ai alors tenté une intervention.

– Peut-être que chacun pourrait essayer de se calmer et...

– Oh toi ne la ramène pas avec tes livres, tes leçons de morale...

– Je voudrais juste dire...

– Mais c'est vrai, a poursuivi Bella. D'où te vient ce besoin de la ramener tout le temps, de t'exhiber, de faire des livres sur nous et sur maman ? Elle n'est pas assez mégalo comme ça, notre mère ? Elle n'est pas assez comédienne ? Avec tous ses mecs pervers...

– Mais c'est quoi cette obsession des hommes ? ai-je soudain lâché. Je ne comprends pas.

Bella s'est retournée vers moi, la voix mielleuse ; elle a posé sa main sur mon épaule.

– C'est vrai, quelle est cette obsession ? Et toi, pourquoi es-tu obsédé par nous ? Pourquoi ces livres, tu n'as pas répondu, Lucas ?

Elle a marqué un silence, puis lâché ses dernières forces dans la bataille. Quelques mots prononcés lentement, avec précision.

– C'est peut-être parce que le « petit Xavier » s'est suicidé. Ton père, n'est-ce pas…

Elle s'est retournée vers son frère et ses sœurs, comme pour m'évacuer de la scène.

– Il serait peut-être temps qu'il le sache, non ?

Un silence morbide s'est installé.

Pas un bruit.

– Personne n'a rien à dire ? ai-je murmuré, les larmes aux yeux.

Mais il n'y avait plus que le silence.

Je suis parti. Personne ne m'a retenu.

*

Les mois ont passé. Je suis resté seul.

J'écrivais puis j'effaçais. J'écrivais puis j'effaçais.

Je fumais trois paquets par jour ; le Martini avait remplacé l'eau.

Et les doutes plus forts que ma plume.

Je ne voyais plus personne. Je restais là, des heures dans la pénombre, face à mon dictaphone à écouter Juliette, sans savoir que faire de tout ce qu'elle m'avait dit, de cette histoire, du feu, de la disparition.

Et les messages de ma mère, de Nina, de Julien, de mes tantes, de Caroline qui s'accumulaient sans que je puisse y répondre.

Je n'avais plus la force de leur parler.

Leur parler de quoi ? De Georges ? De mon père, le fameux Xavier, « suicidé » ? De ma grand-mère disparue ? De ma culpabilité ? De cette petite voix insidieuse qui me répétait que si je n'avais pas eu l'idée de ce livre, rien de tout cela ne se serait passé ?

Peut-être aurait-il mieux valu que je reste dans l'ignorance. Mon père. Suicidé.

Jusqu'au jour où elle avait débarqué devant ma porte. Je n'avais, pour une fois, pas pu la fuir.

*

Au début Caroline ne m'a pas parlé.

Elle s'est simplement bouché le nez au moyen de son châle blanc. Puis elle a ouvert en grand les fenêtres, les volets, suivie pas à pas par ses chihuahuas.

Elle a fait la vaisselle, le lit. Elle a pris un grand sac poubelle pour le remplir de tous les détritus qui s'entassaient dans mon studio : boîtes à pizzas, bières vides, bouteilles d'alcool, canettes de coca.

Puis elle m'a poussé dans la douche et a allumé une bougie.

Quand j'en suis sorti elle m'a tendu les derniers vêtements propres de mon armoire et mis tous les autres dans un grand sac avec un post-it : « LAVERIE ».

– Viens, a-t-elle simplement ajouté, on va sortir.

Alors nous avons marché jusqu'à la Seine, accompagnés des « enfants ».

– Qu'est-ce qu'il y a, Lucas, qu'est-ce qui se passe ?

J'ai esquissé quelques paroles puis j'ai pleuré. Elle m'a laissé me vider ; elle m'a tendu un mouchoir.

Il faisait doux ce jour-là, nous étions en avril. La Seine était baignée de la lumière claire du timide soleil de printemps.

– Pourquoi as-tu si peur ?

– Je ne sais pas. Cette histoire est en train de me pomper le sang. Je ne peux plus affronter ça ; on n'est plus dans un roman. Je crois que je ne suis pas fait pour écrire. Ça me fait trop de mal. Je n'ai pas de talent. Je t'ai trompée.

Elle m'avait stoppé net.

– Arrête de raconter n'importe quoi. Tu me fais penser à une pucelle de soixante ans qui hésite encore à coucher. Quand vas-tu te réveiller ? C'est cela la vie, l'écriture. C'est composer avec ce qui nous arrive, même si ça ne nous plaît pas, même si ça fait mal. Tout bon écrivain est un être pour la souffrance.

– Mais j'ai peur... J'ai tellement peur...

– Peur de quoi ?

– De tout, de me rater, de ne pas y arriver...

– Alors écoute-moi bien Lucas. Je vais te dire une chose et après je te laisserai. Sais-tu ce que Philippe Sollers dit à propos de l'écriture ?

– Non, ai-je avoué en réalisant que je n'avais jamais lu Sollers.

– Il dit que, pour savoir écrire, il faut savoir lire et que, pour savoir lire, il faut savoir vivre. Alors maintenant tu vas arrêter de te morfondre. Tu vas vivre. Vivre, cela veut dire accepter de ne pas tout réussir, vivre cela veut dire accepter de souffrir ; vivre cela veut dire chercher et ne pas toujours trouver. Vivre, cela veut dire que tu vas appeler tes amis, que tu vas sortir, que tu vas bien manger, que tu vas boire, que tu vas fumer, que tu vas faire du sport, que tu vas baiser, que tu vas retrouver un travail ; et peu importe le temps que ça prendra. C'est ensuite que tu écriras. Comme jamais tu n'as écrit.

Je n'ai pas osé lui dire la cause de tous ces tourments, de ce silence.

Que je ne pourrai jamais retrouver Georges. Que je savais désormais ce qui était arrivé à mon père. Ce père que je ne connaissais pas, ou alors seulement par ce que le livre m'avait appris de lui.

Nous n'en avons pas parlé ; mais c'était comme si Caroline l'avait toujours su.

Années 2000

STÉPHANIE

Lucas… Je t'en prie, Lucas… C'est maman… Cela fait des mois à présent. C'est mon vingtième message. Rappelle-moi, viens me voir… J'aimerais te parler. Je vais… Je vais te dire pour… Pour ton père… Je suis désolée. J'aurais dû… Je n'ai jamais rien compris. Je… Je ne sais plus quoi faire. Rappelle-moi… Je te dirai… Je te le promets…

J'ai écouté Caroline, j'écoute toujours Caroline. J'ai fait le ménage chez moi, j'ai rallumé mon portable ; à cette occasion je me suis rendu compte que j'avais quelques amis.

J'ai rappelé la pizzeria, car pour sortir, pour « vivre » comme me le disait si bien Caroline, il fallait de l'argent. Le patron, Manolo, barbe grise et ventre proéminent, avait su me recevoir et la conversation avait duré à peu près trois secondes.

« Ne remets jamais les pieds ici. »

Cela m'arrangeait à vrai dire ; je n'avais aucune envie d'aller livrer des pizzas à mobylette à 11 heures du soir à des bourgeois bourrés, déprimés, ou désagréables.

J'ai entrepris de sortir et une idée m'est venue en passant devant une petite librairie de la rue Monsieur-le-Prince. Je suis rentré et j'ai demandé au vieux qui tenait la boutique s'il cherchait un vendeur.

Il m'a fait asseoir et m'a demandé ce que j'aimais lire. J'ai cité Maupassant, Nerval, Sagan.

C'était un vieux aux cheveux très blancs et très longs, au regard lumineux.

Après une heure de discussion il m'a proposé de le remplacer tous les week-ends pour 500 euros par mois. Je devais commencer dès le samedi matin et en prime je pourrais prendre un livre chaque fois. Il m'en a donné un, *Tendre est la nuit*, de Fitzgerald.

Pour la première fois auprès d'un inconnu, mon intuition m'a dicté de lui dire la vérité et de l'assumer : j'étais écrivain.

– La première chose à faire quand on est écrivain, m'a-t-il répondu, c'est de comprendre ce que sont l'amour et la mort. Sinon, mieux vaut faire autre chose.

En partant, il a posé la main sur mon épaule. Je ne savais rien de lui. Quel étrange sentiment… J'avais hâte de revenir le découvrir ! Ah l'excitation du mystère, la joie, l'envie, soudain ; la vie qui revenait.

De retour à la maison j'ai écrit ; j'imaginais cet homme comme un ancien ministre de la Culture déchu. Un homme qui avait connu toutes les lumières et toutes les gloires et qui avait décidé, après la mort de sa femme, de se retirer tel un moine dans une petite librairie rachetée avec l'argent de la vente de son appartement.

Après ma première paye je suis sorti au restaurant avec quelques anciens collègues livreurs. Nous avons bu toute la soirée, écumé les bars d'Oberkampf puis de la rue de la Soif. À mesure que l'ivresse me gagnait j'ai senti à nouveau mon cœur battre, mes poumons s'ouvrir, l'envie d'un autre bar, d'une nuit qui ne finisse pas, mais sans tristesse, comme par le passé ; sans violence envers moi-même.

La moindre silhouette, la moindre robe qui m'effleurait me mettait en émoi.

Dans un des bars, j'ai repéré une jeune femme blonde, assez grande, qui portait des escarpins rouges. Son haut transparent laissait deviner sa généreuse poitrine.

Nous ne nous sommes pas posé de questions quand nos deux regards se sont attrapés ; je l'ai embrassée après un verre et elle m'a guidé de sa main douce vers un hôtel de la rue du Bac dont j'ai oublié le nom.

Là, nous avons fait l'amour toute la nuit.

J'ai enfin oublié Juliette et sa disparition.

Georges.

Mon père.

Et le lendemain, dès 7 heures, j'écrivais.

Il était temps de renouer le fil.

Avril 1983

C'est un rituel familial depuis un an ou deux ; quand le printemps reprend ses droits et qu'il annonce l'été. Les Lamour embarquent les parasols et les chiens, tôt le dimanche matin, et partent pour Deauville ; Juliette et ses cinq enfants mangent des fruits de mer ; puis lâchent tous les chiens sur la grande plage. Julien fait du vélo ; on profite du vent et de l'air frais, parfois on mouille ses pieds dans l'eau froide.

Ce jour-là, il n'y avait pas assez de place pour tout le monde alors il a fallu prendre deux voitures.

Le hasard a voulu que Juliette et sa fille aînée se retrouvent seules dans le premier Range Rover ; avec à l'arrière les cinq dogues allemands de la famille.

Julien, Nikky, Joëlle et Bella montent dans l'autre voiture.

Juliette et sa fille seules ; durant deux heures de route.

Alors, pour la première fois, Stéphanie lui parle de ce qui s'est passé vingt ans plus tôt.

*

Il m'a appelée.

J'avais onze ans, je jouais à la poupée dans ma chambre, dans ma belle chambre, tu t'en souviens, c'était une vraie nurserie ; j'avais mon baigneur, mon beau landau en bas que je promenais fièrement…

Mais ce jour-là j'étais seule dans la maison, la bonne était tout en bas, tu travaillais. J'étais dans ma chambre, Joëlle dans la sienne. Je l'ai entendu m'appeler. Je le fuyais, cela faisait un moment. Déjà il ne voulait plus que je ferme les portes de la salle de bains ni des W.C. ni de rien. Moi j'étais hyper pudique, j'ai toujours été pudique, tu le sais, et plus encore à cause de lui. Je fermais les portes à clé partout et lui s'acharnait dessus. Tu t'en souviens, tu lui disais d'arrêter, mais tu n'étais pas souvent là.

– Ouvre la porte, il pourrait t'arriver un malaise, me disait-il.

Moi je rigolais.

– Un malaise ? N'importe quoi, laisse-moi tranquille.

Il essayait tout le temps de me toucher, déjà à Saint-Tropez quand on a loué la maison qui est maintenant l'école de windsurf à l'entrée du village. Il me jetait dans l'eau, il venait me chercher, il me prenait dans ses bras, il me remettait dans l'eau. J'étais en maillot de bain, un petit canon à l'époque. De jolis seins, tu t'en souviens, c'est venu très vite. Il me tripotait pour me jeter dans l'eau. Je n'en pouvais plus. Il me faisait couler pour venir me chercher sous l'eau, pour mieux me toucher encore. Cela me gênait. J'étais trop jeune pour comprendre... Tout cela avec des cris. De la plage, toi maman tu voyais ça, mais tu devais te dire : « Il joue avec ma fille », je comprends que tu aies pensé cela.

Et puis vient ce jour-là où je suis seule dans la maison, il m'appelle. Une fois, deux fois, trois fois. Moi j'avais pas envie de descendre, j'étais en train de m'occuper de ma poupée. Puis finalement il commence... Je sens qu'il s'énerve un peu... J'avais encore peur de lui à l'époque.

– J'arrive...

Je descends le grand escalier, frappe à sa porte.

Là il prend une voix sirupeuse.

– Entre.

J'entre, votre grande chambre, tu te souviens ; et puis sur la droite il y avait la salle de bains, entrouverte. Et ce miroir qui couvrait le mur. De loin, je vois bien qu'il est devant la glace.

Mais je n'ai pas encore vu qu'il est nu.

Je dis :

– Qu'est-ce que tu veux ?

Il répond :

– Viens ici.

– Mais pourquoi ?

– Viens.

J'avance lentement. Là il ouvre la porte en grand et le spectacle commence.

Sabre au clair, l'organe déployé dans sa plus grande latitude, la main droite en train de se masturber allégrement (moi je comprenais pas ce qu'il faisait hein, je te le dis franchement, maman), il me dit :

– Viens, tu es grande maintenant, il faut que je t'apprenne à quoi sert le sexe d'un homme.

Inutile de te dire que je regardais partout sauf là.

Il m'attrape la main et me dit :

– T'as déjà touché un sexe d'homme ?

– Non.

– Alors tu vas toucher, tu vas voir comme c'est doux, et puis tu vas me dire à quoi ça sert.

– Ça sert à faire des enfants...

– Non, ça peut servir à bien d'autres choses beaucoup plus agréables... Tu es une très jolie petite fille, tu vas devenir une très jolie femme, tu vas avoir beaucoup d'hommes dans ta vie.

Il me fait tout un cinéma et agrippe ma main de plus en plus fort, ma main sur son sexe (elle serre les dents) et là... Je résistais, je voulais me barrer... Et puis je sens qu'il se passe un drôle de truc dans ma main quand même. C'est une horreur. Je tirais, « laisse-moi partir, laisse-moi partir » mais il n'était plus maître de lui. Il me tenait mais je n'existais plus. Et d'un coup, la bouteille de champagne a explosé, le miroir s'est couvert complètement. J'ai réussi à partir.

J'ai couru jusqu'à ma chambre, ça je peux te le dire, maman.

Je me suis lavé les mains, horrifiée. Je me suis dit « Mais il est complètement cinglé, ça va pas la tête ». Voilà.

Après je suis restée toute la journée comme ça, à attendre. Il n'y avait pas d'école.

Entre-temps il s'était calmé et, plus tard dans la journée, il est revenu me voir.

– Tu n'en parles à personne, ça reste entre nous, hein.

J'ai levé les épaules, j'étais très insolente avec lui, tu t'en souviens maman j'ai fait la maligne.

Sur le moment j'en ai parlé à Joëlle qui comprenait pas du tout de quoi il s'agissait ou alors qui faisait semblant de pas comprendre.

Je lui ai dit :

– On parle plus de ça, c'est dégoûtant.

Voilà. Pour moi c'était pas grave, c'était juste dégoûtant. Alors quand tu es rentrée, je… Je savais que tu partais le matin, que tu rentrais tard le soir, que tu étais courageuse, que la maison tournait grâce à toi. Je n'ai pas voulu t'embêter avec ça. Je ne voulais plus que ça existe. Je me suis construite avec ça.

Mais une fois, une seule fois, maman, j'avais besoin de te le dire.

Ma mère m'avait écrit cette lettre pour que je comprenne, sans doute ; mais pouvait-elle saisir le drame de la répétition qu'elle m'avait fait vivre ? Me faire subir à moi cette loi du silence qui l'avait elle-même entravée toute sa vie et qui avait contribué à tuer cette famille ?

« Dans mes rêves je me disais que je voulais une maison avec des enfants, des animaux, des confitures, du bonheur, des rires, des amis, des amoureux... Mais surtout pas, surtout pas un homme qui fout la merde et qui donne des ordres et qui pourrit la vie de tout le monde. Surtout pas ça. J'ai tellement voulu que mes enfants aient ce dont moi j'ai été privée. Ce n'est pas que je ne pouvais pas aimer les hommes... Je les ai aimés. Mais je ne pouvais pas partager. À partir du moment où tu es né, mon élan vers toi était si fort qu'il n'y avait pas d'autre place pour un homme. *Ton enfant roi*, disaient-ils. S'ils ne me l'ont pas dit des milliers de fois, ils ne me l'ont pas dit une seule. »

Xavier était bien mort comme Bella l'avait dit. Il n'avait pas supporté que ma mère le quitte et le mette à la porte.

Il avait appelé tous les membres de la famille ; mais c'était Juliette qui l'avait accueilli en lui proposant de partager son lit.

Il en était sorti comme fou, ivre de désespoir.

Il avait bu toute la nuit ; au matin on l'avait retrouvé inanimé, sur le bitume, à côté de la statue de Jeanne d'Arc, à Opéra.

On avait dit qu'il s'était fait renverser par une voiture.

Pourtant, d'après ma mère, Xavier n'avait été qu'un homme parmi tant d'autres dans sa vie :

« Je ne suis sûre de rien. Ce n'est peut-être pas lui, ton père. La vérité est que je ne voulais pas savoir. Et je ne sais pas. Pardon, Lucas. »

Il n'y avait rien d'autre à raconter sur cet inconnu. Mon géniteur. Mon père. Une éternelle case vide.

Été 1983

Tout semble se dérouler comme d'habitude en ce mois de juillet chez les Lamour, à Saint-Tropez.

Le soleil brille, il fait trop chaud ; la grande maison de l'Escalet est pleine.

Nikky, Stéphanie, Joëlle, Bella, Julien sont installés avec leurs petits copains et amis. On profite, on danse, on se baigne, on boit...

La belle vie.

Pourtant Juliette semble absente, comme si son éternel sourire n'était plus qu'un masque. Elle a envie d'être seule. Depuis des mois elle ne fait que penser au récit de sa fille dans la voiture vers Deauville. À Jacques. Elle a envie d'être seule.

Cette agression sexuelle sous son propre toit. Sur sa propre fille.

Elle en pleure des nuits entières ; elle demande à son médecin de lui prescrire ces médicaments qu'elle prenait pour dormir du temps de Jacques, quinze ans auparavant.

Comment a-t-elle pu être si aveugle ? Comment a-t-elle pu être si sourde ? N'y avait-il pas des indices à trouver dans la colère de ses filles adolescentes contre Jacques ? Parlait-elle si peu avec ses enfants qu'elle n'ait pu capter quelque chose d'aussi grave ?

Et la culpabilité l'étreint. Elle grimpe tout en haut de l'Escalet. Elle hurle.

Elle se hait. Elle a sacrifié sa vie afin que ses enfants soient libres pour en arriver à ce résultat ?

Elle ne se le pardonnera pas. Jamais.

Et cette hideuse expression qui tourne dans sa tête :
« Mauvaise mère. »
« Mauvaise mère. »

Elle participe moins aux fêtes données à la maison ; le champagne n'a plus le même goût. Elle disparaît des heures dans la forêt de La Tourraque, vers d'autres lieux et d'autres plages dont personne ne sait rien.

Elle a besoin de la nature, de plus en plus ; du silence, du contact avec le sol et de l'ombre des pins. Comme si la nature ne pouvait jamais se dérober, l'abandonner, lui prendre son père et ceux qu'elle aime, la faire souffrir.

Comme si elle acceptait enfin qu'un jour elle partirait mais que la nature serait toujours là, à l'attendre, à l'embrasser de sa beauté.

C'est là, assise entre les vignes, qu'elle réussit parfois à s'apaiser ; aurait-elle pu faire autrement ? On lui demandait tout : elle était la femme, elle était la mère, elle était la chef, elle était l'homme. Que dirait-on justement à un homme qui n'aurait pas senti, pas vu, ce qui était arrivé à sa fille ?

Dirait-on qu'il était un « mauvais père » ? Non, on dirait qu'il avait « beaucoup de travail », qu'il était « courageux », qu'il avait fait ce qu'il avait pu.

Alors pourquoi viendrait-on lui reprocher à elle d'être une mauvaise mère ? De quel droit ?

Elle aussi avait fait ce qu'elle avait pu. Elle avait composé avec le réel, avec ce qui ne va pas, comme disait ce psychanalyste Lacan, qu'elle lisait de temps en temps. Elle avait bricolé, inventé.

Et à mesure que ces mots tournent dans sa tête, Juliette éclate en sanglots, de tous ces sanglots retenus depuis le récit de sa fille.

De sa honte. De sa rage. De cette injustice d'être une femme dans ce monde d'hommes. D'avoir dû tant se battre et d'avoir failli sur une question aussi fondamentale, avec sa propre fille.

Sa chienne, qui vagabondait aux alentours, la découvre pleurant et revient vers elle, se blottit entre ses jambes en lui léchant le bras.

Le libraire m'attendait ; il m'a expliqué tout ce que j'avais à savoir : comment encaisser les achats, conseiller les gens, vérifier qu'ils n'avaient pas volé.

Ce retour au réel me faisait du bien ; Philippe, puisque c'était son nom, m'a demandé comment j'avais trouvé *Tendre est la nuit*.

Je lui ai répondu que cela m'avait renseigné sur l'impossibilité de l'amour sans authenticité ; on ne pouvait aimer en mentant ; le mensonge menait à l'échec, le mensonge sur sa propre histoire, sur ce qui nous emprisonnait.

Comme il le ferait à chacune de nos rencontres désormais pour m'aider dans mon travail, il m'a cité une phrase d'écrivain, Fitzgerald, encore et toujours, dans *De l'écriture* :

« Quand tu penses à quelque chose, quand tu te souviens de quelque chose, note-le dans le carnet que ça concerne. Mais note-le à la seconde où tu y penses. Rien ne dit que, la seconde fois, tu retrouveras la même intensité. »

Avant de partir il m'a aussi offert *Les Frères Karamazov* ; ce premier jour personne n'a acheté de livre ; j'ai eu le temps de lire.

Fiodor Pavlovitch Karamazov, cinquante-cinq ans, avait été marié deux fois. Fiodor était le père de trois fils (Dmitri, Ivan et Alexeï) et le père illégitime de Smerdiakov, dont il avait fait son domestique. Grossier, sans foi ni loi, il s'était détourné d'eux, jusqu'à les oublier. Mal lui en avait pris. Son assassinat conduisait en effet l'intrigue du roman.

J'en suis venu à me demander si cela m'aurait soulagé d'avoir moi-même tué mon père ; ou si les filles de Georges auraient pu en faire autant ? Elles l'avaient tué, autrement ; les femmes étaient peut-être plus douées pour orchestrer les disparitions ; dans ma famille l'acte lui-même n'avait pas été nécessaire.

Je ne parlais plus à maman, bien que j'aie réussi à répondre à ses écrits ; la distance du papier rendait possible une nouvelle communication entre nous ; je n'étais pas prêt à la revoir.

J'avais cependant quelques nouvelles par Julien ou par mes tantes, Joëlle ou Nikky.

La famille s'était scindée en deux, mais il n'était plus question d'une recherche commune ; rien n'avait avancé quant à la disparition de Juliette ; d'un côté il y avait Julien et Nikky, de l'autre Stéphanie et Bella. Jacques d'un côté, Georges de l'autre.

Et au milieu Joëlle.

Toute communication était devenue impossible.

L'intérêt des médias ne faisait que grandir. La famille était harcelée ; toutes les émissions, tous les journaux, tous les médias rêvaient d'une interview d'eux. Bella était celle qui parlait le plus ; d'après Joëlle, qui faisait tout pour l'en dissuader, elle réfléchissait à porter plainte contre Julien qu'elle rendait responsable de la disparition de Juliette.

« Non-assistance à personne en danger », disait-elle.

« Il l'a abandonnée, il nous a toutes abandonnées. »

Je ferai bien sûr partie de la plainte si elle voyait le jour ; j'avais ma responsabilité dans l'histoire.

Je n'étais pas en désaccord avec elle, me concernant. J'avais présagé de mes forces ; l'épuisement me guettait, cela faisait tant d'années maintenant... Je n'en pouvais plus d'écrire et de chercher. Je craignais pour la vie de Juliette ; en même temps que je la soupçonnais d'avoir voulu disparaître pour rester toujours au cœur de l'histoire. Personne ne lui volerait la vedette.

Étais-je surpris de la tournure que prenait l'affaire ? Oui. Quelque part j'avais toujours pensé qu'un tel drame pourrait réunir la famille. Je m'étais trompé.

La famille Lamour c'était avant tout des histoires ; Juliette et son fils Julien se trouvaient dans un cercle autour duquel tournaient les trois sœurs et, dans une moindre mesure, Nikky. Une tribu d'Indiens passant son temps à se battre à coups de flèches verbales empoisonnées et où la principale occupation consistait à se raconter cette guerre à longueur d'années.

1985

Le temps passe et les rendez-vous du dimanche s'espacent ; Julien et Nikky voient leur père chacun de leur côté. Mais très rarement.

Julien se rend alors le week-end dans la tour de la rue de la Croix-Nivert, où habite Jacques. Il monte dans la DS de son père avec la chienne noire qu'il a adoptée à la SPA et avec laquelle il vit.

Aucune femme n'a remplacé Juliette.

Jacques ne parle pas. Les Gauloises s'enchaînent ; Julien, qui s'est mis à fumer, en pique de temps en temps à son père.

Jacques prend le périphérique.

Le trafic est fluide.

Julien écoute le flot des voitures sur la route ; ils traversent la Seine, Jacques est branché sur France Inter pour écouter les informations.

Porte d'Auteuil, Jacques sort du périphérique en direction du bois de Boulogne. Il se gare à l'entrée du bois. Il fait froid, il pleut. Ils n'ont pas de parapluie.

Ils font le tour du lac.

Comme d'habitude, Jacques ne pose aucune question à son fils.

Il n'y a qu'un seul sujet qui l'intéresse : Juliette.

Comment va-t-elle ? Que fait-elle ? Qui voit-elle ? A-t-elle un homme dans sa vie ? Comment est son appartement ? Juliette dort-elle beaucoup à la maison ? Pourquoi a-t-elle acheté cette maison de campagne ?

Julien ne sait que répondre ; il finit par dire oui ou non. Puis plus rien.

Alors Jacques râle.

– Ta mère, c'est vraiment pas bien ce qu'elle me fait. Ne plus me donner de nouvelles. Ne plus me répondre. Je suis le père de ses enfants, je lui ai tout donné, elle ne peut pas me faire ça. Tu lui diras de ma part d'accord ? Tu lui diras.

La pluie lui dégouline sur les yeux, ses cheveux blonds sont trempés. Julien fait oui de la tête.

Il pleut tellement que Jacques n'arrive plus à allumer sa cigarette.

Il tousse.

Julien aimerait parler à son père et pas à l'ex-mari de sa mère, mais il n'y parvient pas.

Aucun son ne sort de sa bouche.

Quand son père le redépose rue de Mézières, Julien croit qu'il va l'embrasser.

Jacques lui demande de ne pas oublier ce qu'il lui a dit. Qu'elle l'appelle, bon sang.

Il le regarde une dernière fois ; ce regard de chien battu, ces cernes, ces paupières aux poches lourdes, ces larmes dont il sent qu'elles ne sont pas loin, cette main qui tremble en allumant encore une cigarette.

Julien ne dira rien à Juliette. Il a mal pour son père.

Il décide qu'il ne le verra plus.

1987

Elle est au volant de son Austin ; le feu est rouge.

Au-dessus d'elle le métro aérien démarre et ronronne ; il fait gris.

C'est là qu'elle le voit qui traverse et ils se reconnaissent instantanément.

Jacques n'est pourtant plus que l'ombre de lui-même ; voûté, il marche avec difficulté.

Une chose a changé ; il ne fume plus.

Stéphanie ne peut s'empêcher de lui sourire.

Il s'approche de sa vitre, elle est ouverte ; l'air est encore un peu doux en cette fin d'été.

– Comment vas-tu ? lui dit-il d'une voix éraillée.

– Bien, merci. Et toi ?

– Ça pourrait aller mieux, sourit-il.

– Oui.

– Tu es très belle, on dirait ta mère.

– Merci.

– Je... Je voudrais te demander pardon. Pardon pour ce qui s'est passé... Je l'aimais ; plus que tout ; je vous aimais aussi... Je n'ai pas su... J'ai essayé.

– C'est bon, dit-elle. Au revoir, Jacques.

Le feu passe au vert, on klaxonne derrière.

– Au revoir alors, dit-il, avec un très mince sourire, comme si ce petit mouvement du visage lui demandait des efforts incommensurables.

Elle démarre ; elle roule doucement. Elle le contemple dans son rétroviseur ; il marche à pas très lents, son dos semble chaque seconde plus voûté ; elle repense à son visage ; on dirait qu'il a cent ans.

Elle le regarde une dernière seconde ; les feuilles mortes tombent.

*

Julien et Nikky, qui vivent alors ensemble, apprennent sa mort avant Juliette.

Dès qu'il a raccroché le téléphone, Julien enfourche sa moto sans rien dire à sa sœur et part. Il disparaît plusieurs heures. Quand il revient, Nikky est furieuse.

– Mais qu'est-ce que tu foutais ? T'étais où bordel ? Notre père meurt et toi tu te barres, mais t'as quoi dans la tête ?

Julien ne répond rien. Sans un mot, il se remet à sa chaise de travail.

Ni lui, ni sa sœur, ni sa mère n'iront à l'enterrement.

Années 2000

JULIEN

– Est-ce que tu as compris avec le temps pourquoi tu n'es pas allé voir ton père à l'hôpital, pourquoi tu n'es pas allé à l'enterrement ?

– Parce que je crois que cette fibre entre le père et le fils avait disparu. Je dis volontairement « avait disparu » parce que je peux pas croire qu'elle ait jamais existé. C'est aussi que je devais être trop jeune ; j'étais en révolte contre lui. Forcément puisque j'étais très tôt dans le clan de mes sœurs. Et j'y suis resté. Toujours. Aujourd'hui encore si tu veux, ma famille c'est toi, parce que tu es le fils de ma sœur. Toujours. C'est le clan, le clan des femmes qui est plus fort que tout.

1987

Jacques est mort. Son père est mort. Dès qu'il apprend la nouvelle, Julien file à toute allure sur sa moto dans la ville et il traverse la Seine.

Il pénètre dans les Tuileries, s'assoit sur le premier banc venu et là, enfin, peut lâcher, tout lâcher.

Il pleure à chaudes larmes, comme le fils que son père ne l'a jamais laissé être.

Il pleure parce qu'il le savait malade depuis six mois et qu'il a refusé d'aller le voir mourant.

Puis Julien reprend sa moto en direction du boulevard Exelmans, où Juliette l'attend.

Ils débarquent dans cet appartement qu'ils connaissent si mal.

Ils ferment la porte, ils se retrouvent dans le silence le plus total.

Juliette enlace son fils.

*

Dans l'appartement aux murs jaunis par la cigarette, le lit n'est pas fait. Il y a des bibelots, des chaussures et des vêtements partout. Çà et là des photos, de Juliette, de Jacques au temps de sa jeunesse lorsqu'il a débarqué comme soldat en Italie depuis l'Algérie.

Mais aucune photo de Julien ni de Nikky.

Julien sent que son cœur bat plus fort, que les larmes montent. Juliette est calme, méthodique. Elle ne veut pas que son fils pense que son père l'avait oublié. Alors ils cherchent, ils cherchent partout.

C'est dans le portefeuille de Jacques qu'ils les trouvent finalement ; deux petites photos d'eux, enfants.

Avant de se laisser à nouveau emporté par le chagrin, les jambes tremblotantes, Julien commence à trier les affaires de son père.

Juliette, aidée de sa fille, s'occupera plus tard des vêtements mais il faut entamer le travail par les dossiers disposés autour de son bureau.

C'est dans l'un d'eux qu'ils trouvent les lettres ; comme un dernier trésor laissé par Jacques. Cette fois, Juliette ne peut retenir ses larmes.

Jamais je ne me suis senti plus à même de comprendre ce que Julien avait pu ressentir à cette époque-là ; il était face à ce que je cherchais moi-même depuis toujours avec mon père et mon grand-père, et que jamais sans doute je ne trouverais.

Des ébauches de réponses ; des écrits de la main de son père ; un héritage de lettres, plus fort, plus utile que tous les chèques du monde.

Des bribes de traces qui lui permettraient peut-être de mieux comprendre l'homme qu'était son père et l'homme que lui, Julien, était devenu.

Qu'est-ce que Jacques avait en commun avec lui, avec Georges, avec moi ? Pourquoi Juliette l'avait-elle choisi ?

Alors que Philippe passait me voir, un samedi, à la librairie, je l'ai interrogé sur sa vie ; je cherchais des miroirs et des réponses où je le pouvais.

Il n'a pas répondu ; il m'a simplement dit qu'il n'y avait pas d'autre vérité que celle de l'écriture, qui toujours se dérobait sous nos doigts. Il a cité Hemingway.

Soyez amoureux.
Crevez-vous à écrire.
Fréquentez les « écrivains du bâtiment ».
Ne perdez pas votre temps.
Écoutez la musique.
Regardez la peinture.
Lisez sans cesse.
Ne cherchez pas à vous expliquer.
Écoutez votre bon plaisir.
Taisez-vous.

Après cela je me suis tu justement ; puis je lui ai raconté ma lecture des *Frères Karamazov* ; il m'a conseillé le livre de Zweig sur Dostoïeski ; je n'osais lui dire que je l'avais déjà « emprunté ».

À son départ cependant, je n'ai pas envie de lire tout de suite mais plutôt d'écrire ; il y a eu quelques achats de romans contemporains et le reste du temps j'ai avancé sur mon texte, j'étais bien, au centre de cette pièce, encerclé par les livres et par cette odeur qui me rassurait plus que toute autre ; celle du papier frais.

Années 2000

JULIEN

– J'ai gardé quelques-unes de ses lettres ; avec les réponses de ma mère.

– Tu crois que tu pourrais me les faire lire ?

– Je ne sais pas. Mon dossier est quand même bien fermé, tu vois ? C'est pas de les partager avec toi qui me pose un problème, c'est que je sais pas si... Je ne sais pas si j'ai envie de les relire...

– Tu pourrais me les raconter ?

– ... Il n'y a rien, si tu veux... Juste une chose qui s'exprime, c'est... (Silence.) C'est que les lettres que j'ai lues sont les lettres merveilleuses d'un homme et d'une femme amoureux.

Six mois après la disparition de Juliette, je m'étais remis à vivre.

D'abord grâce à Philippe, pour qui j'avais continué à travailler à la librairie ; je prenais plaisir à me retrouver chaque jour en ce lieu (il me faisait désormais travailler du lundi au vendredi et ne tenait la librairie que le week-end).

Nous avions notre petit rituel du vendredi soir ; il me prêtait « mon » livre de la semaine.

Grâce à lui j'avais ainsi pu lire tout Dostoïevski ; et l'ouvrage de Zweig racontant sa vie était devenu mon livre de chevet en même temps qu'il me donnait la certitude que je n'arriverais jamais aux doigts de pied du grand Russe ; le malheur qui avait frappé sa vie me rassurait cependant parfois quant à mon aptitude au bonheur et il m'arrivait de me dire que c'était sans doute parce que je n'avais rien du talent de Dostoïevski que je parviendrais peut-être un jour à vivre ma vie.

Les phrases du livre de Zweig tournaient souvent dans ma tête. « La fougue de son tempérament artistique naît du frottement continu de ses contradictions : au lieu de les concilier, il creuse entre elles un fossé qui va du ciel à l'enfer ; jamais la plaie béante ne se fermera dans la fièvre brûlante du travail intellectuel. Dostoïevski, l'artiste, c'est l'antithèse personnifiée, la dualité la plus forte de l'art et peut-être de l'humanité. »

Philippe continuait aussi à m'abreuver de conseils littéraires et chaque fois qu'il m'en dispensait un je m'envolais, je rêvais. Je me souviens très bien d'un des derniers qu'il m'avait donnés et qui émanait de Flaubert dans une lettre à Mlle Leroyer de Chantepie, datée du 23 octobre 1863.

« *Observons*, tout est là. »

C'était si simple, si beau.

Dans ces instants-là, je réussissais à oublier, quelques minutes, quelques heures, que Juliette n'était plus avec nous. Quelque chose en moi refusait d'assumer cette disparition et ce livre. En dehors de Julien, j'évitais tout contact avec qui que ce soit dans la famille. Je savais trop ce qu'on allait me dire : que c'était « ce truc » (c'est ainsi que les membres de la famille nommaient mon projet) qui avait provoqué son départ, que sans « ça » elle serait encore parmi nous...

Quant à ma mère, j'avais pris la décision de ne jamais plus lui parler ; j'avais mis mon appartement en sous-location et dormais rue Saint-Jacques, près de Port-Royal, dans un petit hôtel bon marché. Je mangeais et écrivais peu, mais lisais beaucoup.

Je ne voulais pas compter sur la famille pour me soutenir. Ni sur Caroline.

J'avais bien essayé d'obtenir d'elle un délai, voire une annulation pure et simple de mon à-valoir, mais rien à faire.

Il m'était si difficile de continuer cette histoire sans savoir où était Juliette.

Mais Caroline me rappelait quotidiennement à l'ordre en m'expliquant que mon histoire était « grandiose » et qu'il fallait que je la termine. Je n'avais qu'à inventer que la « dame » s'était fait assassiner sur la plage pour poser mon point final.

Caroline était dure mais Caroline me tenait. Ainsi chaque semaine je me rendais à son bureau. J'attendais à l'accueil qu'elle vienne me chercher. Elle me faisait asseoir ou plutôt coucher sur son canapé, s'installait derrière moi et je lui parlais, pendant que ses huit chihuahuas (sa famille s'agrandissait à vue d'œil), me montaient sur le ventre, s'installaient entre mes jambes ou bien me léchaient le visage de leur petite langue râpeuse.

Je parlais à Caroline de ce que j'écrivais, de mes doutes, de mes angoisses. Et quoi qu'il arrive quand j'en ressortais, le blouson imprégné de tabac, j'étais soulagé.

Je me raccrochais à elle, et à ceux qui m'avaient toujours tenu : les mots.

Quand la nuit arrivait, enfin, j'écrivais accompagné d'une fidèle amie, la bouteille de vodka. De plus en plus insensible au réel.

1988

Elles ont passé l'été à s'occuper d'elle. Juliette et ses filles se sont relayées rue de Passy. Depuis des semaines Isabelle refuse de manger. Alors Juliette sollicite des médecins, lui fait faire toutes sortes d'analyses mais rien, on ne trouve rien.

– C'est dans sa tête, conclut le médecin.

– Laissez-moi tranquille. Je veux mourir, murmure vaguement Isabelle du fond de son lit. Et je veux voir Marion.

Chaque jour, Juliette décroche le téléphone pour que sa sœur revienne. Marion est aux États-Unis, en voyage d'études, Marion ne peut pas.

– Mais je t'en prie, elle ne réclame que toi. Sinon je te l'envoie en avion sanitaire.

Quand Marion, que Juliette ne voit plus depuis vingt ans, finit par revenir quelques semaines plus tard, elle prend le relais rue de Passy. Sans rien dire à Juliette, elle transfère leur mère à l'institut Pasteur, où elle travaille.

C'est là que cette dernière meurt et que Juliette contemple pour la dernière fois son visage violacé, tordu.

– Elle t'a consacré sa vie et c'est comme ça que tu la remercies ? Une chambre d'hôpital sordide ? Tu pouvais pas la laisser crever chez elle ?

Marion ne répond pas. Elle pleure.

Les deux sœurs ne se reverront jamais.

ANNÉES 2000

Je ne trouverai jamais Georges. De plus en plus il m'arrivait même de me dire qu'il n'existait pas, que c'était moi qui l'avais inventé pour les besoins du livre.

J'hésitais à lancer un appel sur Internet mais je n'y arrivais pas. Puis, pour une raison inconnue, l'espoir revenait. Et si c'était ce livre qui permettait de le retrouver ? Mais serait-il encore vivant à sa sortie ? Que pouvais-je faire que je n'avais encore tenté pour le retrouver ?

Était-ce bien cela la vie que je voulais ? Courir après les fantômes.

Car après lui, je le ressentais mais je ne pouvais encore me l'avouer, il faudrait que je parte à la recherche du passé de mon père.

Quelle horreur que la famille ! Que je les haïssais ! Devait-on payer éternellement pour eux ? Nous qui n'avions rien demandé, pas même de venir au monde, devions-nous être toujours prisonniers de leurs secrets et de leurs silences ? N'y avait-il rien que nous puissions faire pour nous en libérer ?

Années 2000

NIKKY

– *Je me souviens un jour de ce que m'avait dit un de ses amis. C'était un homme qui organisait des brocantes à la foire de Chatou. On était là tous ensemble et il nous avait sorti un truc, mais un truc : « Vous aurez beau faire tout ce que vous pourrez, même à vous cinq, jamais vous n'arriverez à la cheville de Juliette. Jamais. » Je pense que chacun de nous a essayé de rivaliser avec elle. Les 4 × 4, les danois… Tout le monde a reproduit les schémas : « Moi aussi je peux assumer, avoir des gosses toute seule, avoir une grosse voiture, vivre sans homme, avoir un tas de chiens… » Sauf qu'elles n'y sont jamais arrivées, mes sœurs. C'est un peu le malheur de leur vie.*

– *Et toi ?*

– *Quoi moi ?*

1989

Juliette danse encore au milieu des Caves du Roy de Saint-Tropez, son royaume.

Les filles ne sont pas venues cette année ; elles avaient d'autres projets. Elles viennent de moins en moins.

Les maisons sont moins grandes, les soirées moins longues.

À 4 heures Juliette est fatiguée ; elle a envie de marcher. Elle embrasse ses enfants qui peuvent maintenant entrer tout seuls en boîte de nuit.

Elle salue les videurs qui la reconnaissent, bien sûr, mais ce ne sont plus les mêmes ; ils sont plus froids avec elle, plus jeunes ; Juliette doit bien se l'avouer, moins séduits par elle, aussi.

À près de cinquante-sept ans, quelque chose a changé ; elle ne se sent plus dans la même catégorie. Ses enfants sont grands. Il est devenu plus difficile de tricher.

De la place des Lices elle marche, par les petites ruelles, vers le port. Il n'est plus possible de prendre les rues principales.

Saint-Tropez est bondé.

Les fêtards sont partout. Les yachts ont remplacé les voiliers.

Quand elle parvient au port, elle dépasse Sénéquier et marche jusqu'au phare.

Elle pense à son amoureux ; le seul dont elle ne veut parler à personne, ce « médecin ». Non elle ne le présentera pas. Il est à elle. Il est l'amour de sa vie. Il est celui pour lequel elle est prête à prendre sa « retraite ».

Ce mot qui sonne comme vulgaire dans sa bouche.

Elle se revoit dansant quelques minutes plus tôt au milieu des caves, au milieu de ces gens qui ont vingt ans de moins qu'elle. Elle n'a pas vu le temps passer.

Jacques est mort, Georges a disparu. Sa mère est enterrée. Que reste-t-il du passé ? Qui se souviendra d'elle dans cent ans ?

Au bout de la jetée, elle regarde le soleil qui se lève sur la mer. La lumière est orange, très douce.

Elle contemple l'astre solaire, son dieu, son seul dieu.

Ce lever de soleil qui ressemble à un crépuscule.

Sur mon bureau de bois j'ai disposé toutes les photos qu'elle m'avait données. J'ai essayé d'en faire une sélection, je n'y suis pas parvenu. Il y en a trop. Tous ces fantômes. Henri, son père.

Et ses dessins. L'un d'eux qui doit correspondre à son invention pour les dessous de bras. Il est écrit « Les entreprises Pasteur vous présentent » avec en dessous le croquis d'une femme qui semble avoir les yeux fermés et dont les bras sont levés. « Rend la femme élégante », peut-on lire. « Supprime les défauts. » Le reste n'est pas très lisible car c'est écrit au crayon à papier. Le dessin est partiellement déchiré mais je crois pouvoir distinguer : « Avec le corselet vous saurez vous rendre enviable, essayez-le. »

Le dernier dessin est plus élaboré, il ressemble à une publicité. On y voit la même femme dessinée légèrement de côté. En haut il est écrit : « Corselet pour la mode... Supprime les... » La suite n'est pas lisible mais on devine qu'il s'agit de supprimer les odeurs.

Qu'il est étrange d'être face à ces dessins... Juliette me les avait prêtés dans un classeur rose, les dessins et les photos y sont rangés sous poches plastifiées. Je n'ai encore jamais osé les sortir de cet emballage. C'est comme si j'étais face à la relique d'un dieu, car c'est bien cette place qu'occupe Henri dans le panthéon familial : un dieu que Juliette n'a jamais cessé d'adorer.

Un homme surpuissant qui, comme dirait le professeur Freud, n'a jamais été aussi puissant que depuis qu'il est mort. Un homme qui quelque part a tué tous les hommes à venir dans l'existence de Juliette. Une sorte de malédiction. Et moi face à ces dessins soixante-dix ans plus tard qui n'ose les toucher.

Pourtant cet homme, mon arrière-grand-père, je n'en sais rien ou presque, en tout cas pas plus que ce que Juliette a bien voulu m'en dire. Et comment faire aujourd'hui ? Ils sont tous morts.

Comment était vraiment Henri ? Comment parlait-il ? Avait-il des accès de colère, des rêves ? Que pensait-il de la guerre ? Comment imaginait-il sa vie dans vingt ans ? Qu'aurait-il fait de différent s'il avait su qu'il allait mourir aussi jeune ? Qu'avait-il d'humain au-delà de l'image déifiée que Juliette a pu nous donner ? Tiens, que prenait-il au petit déjeuner ? Toutes ces questions je ne pourrai pas les lui poser. Jamais. J'ai beau être romancier il m'est impossible d'inventer ces réponses.

Qu'il fait chaud sur Paris en cet été… Que je me sens seul… Et soudain je me console : si Juliette ne revenait pas, je pourrais à jamais garder ce classeur. Dans la famille, personne ne sait qu'elle me l'a donné.

En tournant les pages je tombe sur d'autres photos d'Henri qui m'avaient échappé. Sur l'une d'elles, dont le papier a jauni, on le voit à dix-sept ans (l'âge est noté sur la photo). Il paraît si jeune… On lui en donnerait treize. Il est debout dans un jardin, une maison et des fleurs tremblent derrière lui. Des chaises en fer forgé sont sur sa gauche et à sa droite une table sur laquelle est assise un chien dont je ne saurai définir la race mais qui me fait penser à un jack russel. Le chien regarde l'objectif la tête penchée.

Sur une autre photo, je découvre Henri, très jeune encore, en uniforme. A-t-il pu faire la guerre, la première je veux dire ? Ou s'agit-il de son service militaire ? Henri a toujours ce même air (mâtiné de mélancolie cette fois) mais surtout on voit un avion, son avion, détruit. Juliette a écrit : « L'avion de papa accident !! »

La date, toujours avec un point d'interrogation. 1919, 1920…

Jamais au grand jamais, Juliette ne m'avait dit que son père avait été pilote.

Je me rends compte que malgré dix ans de travail je ne sais rien. Que je ne saurai jamais rien. Que toujours la vérité sur elle, sur cette famille, se dérobera sous mes pieds. Il n'y a pas de vérité, si ce n'est celle de chacun ; une image fugace, un son, un récit qui sera toujours différent, qui un jour deviendra une légende, le plus ancien terme que l'on ait trouvé pour désigner un autre mot, si beau, si complexe, si meurtrier parfois : roman.

2018

Un an était passé ; la vie s'était comme fossilisée.

Les recherches étaient au point mort ; rien n'avait avancé. Aucune trace de Juliette. Aucun signe de vie, mais aucun signe de décès non plus.

Pas de mouvement sur ses comptes en banque.

Comme d'habitude dans la famille, la rupture était à nouveau totale entre le frère et les sœurs.

Elle l'était en réalité depuis vingt-cinq ans.

Bella avait fini par porter plainte contre Julien pour « non-assistance à personne en danger ».

Il avait fallu un évènement tout à fait incroyable pour les réunir une dernière fois.

*

Comme tous les jours depuis un an, Julien, qui s'était installé dans le Sud pour rechercher sa mère, avait fait le chemin qui menait au domaine de Juliette.

Cela ressemblait encore à la planète Mars (les spécialistes disaient qu'il faudrait au moins cinq ans pour que les pins renaissent) mais par endroits la nature revivait, à petites touches impressionnistes de vert.

Ce matin-là donc, Julien avait pris le chemin de terre, passé les bosses, les crevasses ; puis il était arrivé à la roulotte.

Nous étions hors saison ; il était seul, totalement seul.

Il avait manqué s'évanouir en descendant de sa voiture.

La roulotte de Juliette avait disparu.

1992

Juliette l'apprend le jour de ses soixante ans.

Elle est pourtant si sûre d'elle lorsqu'elle décroche le téléphone.

Évidemment qu'il va la choisir, « l'homme de sa vie ». Pourtant sa voix est morne et froide.

Elle raccroche. La rage fait trembler ses mains. Elle brise un cendrier sur le parquet.

Le salopard. Il a choisi sa femme et sa fille.

Le seul homme avec qui elle ait jamais envisagé de finir sa vie se refuse à elle. Quelle ironie, elle qui a eu le monde à ses pieds pendant trente ans.

Juliette pense à tous ses pouvoirs, à tout ce qu'elle pourrait faire pour le retenir, pour l'obliger à obéir… Lui offrir une voiture, l'emmener en vacances, lui acheter une maison dans le Sud même ? Mais quelque chose en elle est brisé. Définitivement. Elle le sait, elle le sent.

Elle n'a plus envie. La star est déchue. Il l'a tuée d'une phrase, une vérité implacable biologique assénée par ce quadragénaire qu'elle aime à en crever ; une phrase terrible, une ravageuse illustration de l'inégalité qui perdure entre les hommes et les femmes, la seule peut-être dont Juliette ne viendra jamais à bout :

– Tu ne pourras jamais me donner d'autre enfant, à ton âge.

Le temps et la vie ont donc eu raison d'elle. Paris et la maison de campagne qu'elle a achetée pour se rapprocher de « lui », ses promesses de l'emmener en vacances au paradis, sur l'île d'Hydra en Grèce, deviennent insupportables à Juliette.

Le son des boîtes de nuit de Saint-Tropez, les images des grandes villas de l'Escalet remplies d'amis et d'amants s'éloignent : elle ne veut plus jamais avoir à séduire ; elle veut être seule.

En une journée elle donne tous les pouvoirs à Julien, lâche son entreprise et affrète un petit camion. Elle met maison et appartement en vente, prend deux, trois meubles et quelques affaires, le reste sera pour la benne. Au diable les possessions terrestres.

Au petit matin elle saute dans un avion Paris-Toulon et à midi elle est à « Lamour » pour regarder le soleil.

Elle a consacré des années à faire ici des travaux, à construire une piscine ; elle a pris un jardinier pour l'aider dans sa tâche.

Mais elle n'aurait pas imaginé y vivre dans la solitude.

Il n'y aura plus de déjeuners du dimanche ; plus de Noëls, en tout cas pas avec elle. Juliette ne supporte plus rien et moins encore le poids des rancœurs de cette famille qu'elle a pourtant tant contribué à diviser.

Elle s'occupera ici, à Lamour, de ses petits-enfants, du moins de certains d'entre eux ; Joëlle lui a presque abandonné son premier fils.

Elle l'élèvera avec tendresse et il finira par l'appeler maman ; elle fera de même avec les deux filles de Bella.

Du haut de son domaine Juliette peut encore sauver et faire usage de son pouvoir ; elle nourrit, conduit ses petits-enfants. Elle devient la mère qu'elle-même n'a pas toujours pu être.

Au fil des années 1990, Juliette, grâce à ses petits-enfants, reprend vie, plus puissante que jamais.

Et puis un jour, à l'aube des années 2000, la maison devient trop lourde à entretenir. Elle réunit ses cinq enfants pour leur proposer de leur en donner chacun une part.

À eux la charge de l'entretenir.

Mais les enfants ne parviennent pas à s'entendre. Juliette vend le seul lieu où ils ont jamais été heureux en famille.

Elle décide de s'installer au plus près de la mer, à même la nature. Auprès d'elle-même.

Printemps 2018

Julien a organisé la « réunion » chez lui, dans son cabanon au milieu des champs de vigne. Devant la maison on pouvait trouver un salon extérieur avec une petite table, des coussins blancs, des chaises longues, des draps pour faire de l'ombre... La cabane avait quelque chose de délicieusement bohème ; il y avait des chats, des chiens... Pour la plupart de ses sœurs, c'était la première fois qu'elles découvraient le lieu.

Julien a tenu à ce que je sois là, de par mon statut de « biographe » de Juliette, je pouvais « aider ». Je me souviendrai toujours de son visage quand je suis arrivé chez lui. Cette tension, cette nouvelle ride au niveau du front, ce rictus... Julien savait donner le change mais il ne me la faisait pas à moi. Je me suis assis face à lui, il m'a servi un verre de rosé.

– Alors, ça va ? Le livre ?

– Oui presque fini... Mais j'aimerais tellement qu'on la retrouve... Ça m'obsède.

– Moi aussi... Finis ce livre. Peut-être que ça la fera revenir, on ne sait jamais...

L'arrivée des quatre sœurs a été annoncée par un bruit de graviers et des aboiements. Julien en était déjà à sa première bouteille de rosé. La réunion pouvait commencer.

*

Nikky est arrivée la première ; elle faisait la gueule comme à son habitude. Elle a levé les yeux au ciel en regardant Julien pour lui annoncer l'arrivée des trois autres.

Stéphanie les a salués d'un signe de tête. Stéphanie parlait déjà.

Elle a tenté de m'embrasser, je ne l'avais pas vue depuis si longtemps ; je l'ai repoussée. Je ne voulais plus que son silence.

Joëlle a souri de manière plus franche à Julien. Elle lui a tendu, comme à son habitude, un gros sac. Il a soupiré en l'ouvrant. Il y avait de tout : du chocolat, des cigarettes de duty free, du café, du parfum, des magazines, des livres, des journaux, des vêtements...

– Était-ce vraiment nécessaire ?

Puis Julien a ajouté comme pris au piège :

– Merci. Merci beaucoup, Joëlle.

Cette dernière affichait un large sourire. De tout temps offrir des cadeaux avait été sa principale manière de communiquer. Elle parlait peu de ce qui la touchait ou la blessait ; pour pallier cela elle utilisait l'argent. Son argent. Comme Stéphanie avec son cabinet d'avocat, elle avait réussi financièrement.

Et Joëlle ne cultivait pas de ressentiment à l'égard de Julien.

À l'inverse, l'année passée n'avait fait qu'amplifier la haine de Bella à l'endroit de son frère et de Nikky.

– Bon, a entamé Julien, les bras croisés, les jambes écartées. Je crois qu'il est temps d'enterrer la hache de guerre... Au moins le temps qu'on retrouve maman. Il y a deux jours, la roulotte a disparu. On ne peut plus continuer comme ça...

Un silence. Précaire. Moite. Interrompu par Bella.

– ... Ah bah oui, c'est facile ça. Vous avez tout fait dans votre coin et maintenant que vous n'y arrivez plus, vous nous appelez une nouvelle fois à la rescousse.

Julien a continué.

– Je crois que depuis un an on a tous déconné et qu'on a tous notre part de responsabilité dans cette situation... Jamais on aurait pensé qu'on en arriverait là.

Des larmes sont montées à ses yeux.

Stéphanie, prise par un élan ancien de tendresse, lui a mis la main sur l'épaule.

– Que sait-on à ce stade sur la disparition de la roulotte ?

– La police de Ramatuelle n'a rien trouvé. *Idem* pour le voisinage... On dirait que la roulotte s'est évaporée...

Pour la première fois depuis le début de la conversation je me suis aventuré à prendre la parole.

– Et qu'est-ce qu'il faudrait pour que la police ouvre une enquête ?

Tout le monde s'est tourné vers moi ; comme si mon silence avait fait oublier ma présence.

Bella a brisé la glace.

– Qu'est-ce qu'il fait encore là, lui ?

– C'est lui qui a passé le plus de temps avec Juliette ces cinq dernières années..., a répondu Julien.

– Justement, c'est peut-être ça le problème, a argumenté Bella en haussant la voix. Moi je le répète, c'est son histoire de livre... Il a inventé des trucs et l'a rendue fada ! C'est un petit pervers ce gamin, et un pédé !

Joëlle regardait Bella avec un air emphatique, comme on veille les fous ; son comprimé de Xanax à la main, prête à l'introduire dans le prochain verre de sa sœur.

– Je t'interdis de parler comme ça, a dit Stéphanie. Il a énormément de talent mon fils.

Nikky a allumé une nouvelle cigarette.

– Vous voulez pas arrêter ? On est en train de parler de notre mère...

Stéphanie, indifférente aux jérémiades, s'est remis du parfum et a vérifié dans un petit miroir sa coiffure.

– Allez, calmons-nous toutes et tous, a murmuré Joëlle. Et si nous allions manger aux écuries de Castellas ? C'est moi qui vous invite !

Julien depuis quelques minutes ne disait plus un mot. Il était comme parti, regardant en l'air. Au milieu des insultes et de la dispute j'ai été le seul à réaliser qu'il fumait un énorme joint, très long.

Il a fini par fermer les yeux, la tête sur le coussin, dans l'indifférence générale.

Années 2020

Le temps passait. Les semaines, les mois. Les années.

On ne retrouvait pas Juliette. Cela devenait comme une habitude ; pas tout à fait quelque chose d'établi ou de normé, certes, mais une habitude.

Julien et ses sœurs ne se parlaient plus que par avocats interposés mais avaient réussi à s'entendre sur une chose : racheter une roulotte identique à celle qui avait disparu, et réinstaller le paradis de Juliette exactement tel qu'il était avant sa disparition, avec cuisine, douche et terrasse.

Les rendez-vous avec Caroline s'espaçaient. Elle me relançait moins. Je faisais semblant d'écrire et les autres faisaient semblant de me croire.

La vérité était que j'en étais devenu incapable.

Je n'avais plus rien à raconter, plus rien à dire. Je n'avais pas de mot « fin » possible comme si Juliette, par sa disparition inexpliquée, avait tué l'histoire.

Avec Caroline nous avions continué à nous voir et à nous parler, bien sûr, mais un jour c'était moi qui avais tué Juliette en lui envoyant une autre histoire. Deux cent cinquante pages. Sur trois frères parricides.

Une autre histoire qu'elle avait aimée.

Elle m'avait proposé un contrat, nous avions travaillé sur le texte.

Et insensiblement, imperceptiblement, la vie avait continué car, quoi qu'on fasse, quoi qu'on veuille, la vie continue toujours.

ÉPILOGUE

ÉTÉ 2028

Je marchais le long de la Seine, d'un pas léger. Je fumais mon unique cigarette de la journée en regardant l'eau clapoter sur les rives et les Parisiens se diriger vers les buvettes amarrées aux berges. Je trouvais cela merveilleux d'être capable de passer des heures assis (et plus souvent à Paris, debout) à palabrer et fumer. La capacité à l'oisiveté est une force. Une force que je n'ai jamais eue, peut-être parce que ma grand-mère n'a cessé de me répéter que « l'oisiveté est la mère de tous les vices ». Je l'ai longtemps cru mais aujourd'hui, à près de quarante ans, j'aimerais avoir cette capacité de ne rien faire. Être, tout simplement.

Faute d'y parvenir, j'en avais fait des choses, depuis dix ans, avant « d'arriver » comme on disait dans les romans du XIXe siècle et de pouvoir m'acheter ce grand appartement sur l'île Saint-Louis. J'avais rencontré la femme de ma vie, fait deux enfants, enchaîné des dizaines de petits boulots : caissier chez Carrefour, vendeur au Bon Marché, livreur chez Deliveroo. Au fond, tout m'allait tant que cela me permettait d'écrire.

Avant ce livre-là, j'en avais sorti deux autres après la disparition de Juliette. Ils m'avaient valu un succès d'estime mais ne m'avaient pas permis de vivre. Peu importait. Ce qui comptait le plus pour moi c'était de me débarrasser de ces histoires. Qu'elles sortent. Que d'autres se les approprient pour qu'elles arrêtent de me hanter.

Pendant longtemps j'avais eu le sentiment que la famille attendait ce livre comme le Messie (ce livre qu'ils avaient pourtant tant incriminé dans la disparition de Juliette) ; au fil du temps il leur était apparu comme la dernière chance de la faire revenir... Puis, les années s'écoulant, l'intérêt s'était émoussé, en même temps que je fermais systématiquement toute tentative de parler du « livre ».

Il faut dire aussi que de moins en moins de gens dans la famille croyaient encore à son retour.

Juliette était devenue une sorte de mythe, dont on parlait à voix basse dans les rares réunions familiales en se remémorant les souvenirs toujours « extraordinaires », « formidables » avec elle. On allait, à tour de rôle et en se cachant des autres, en pèlerinage sur les lieux de sa vie à Paris mais surtout à la roulotte. On y passait comme si on pouvait récupérer une sorte de puissance magique. À quinze ans c'était devenu « le truc à faire ». Aller voir Juliette. Avec les copains, à scooter, à pied, on « montrait » le lieu ; c'était devenu le spot de rendez-vous de tous les ados des villages alentours.

Julien et ses sœurs (et ce malgré leur fâcherie désormais définitive) entretenaient le lieu. Ils faisaient fonctionner la cuisine, la douche et venaient même y dormir. Julien avait pris à ses frais le loyer et sur le compte en banque de Juliette, la retraite continuait à tomber et les traites d'être payées.

Chaque année ses impôts étaient déclarés ; nul ne savait d'où ni comment.

Moi-même je venais chaque année à la roulotte quand le temps me le permettait, avec Stéphanie, Nikky ou Julien ; retourner ici c'était oublier un instant les procès et les perfidies. C'était comme un spectacle. On mettait des bougies, des photos d'elle... Une sorte de commémoration même si Juliette n'était pas morte. Julien, tel le pape, faisait de grands discours expliquant que oui, elle allait revenir, que c'était juste une question de jours et qu'elle avait certainement besoin de prendre du temps « pour elle ». C'est tout juste s'il ne nous disait pas que les voyages forment la jeunesse.

Pour ma part j'essayais de me persuader qu'elle ne reviendrait pas, généralement en vain.

J'espérais que le livre, son livre, qu'elle attendait de tout son cœur, la ferait revenir ou en tout cas qu'elle m'enverrait un signe.

J'en parlais parfois à Julien. Il baissait les yeux. Bien sûr que lui aussi en rêvait. Juliette allait avoir quatre-vingt-seize ans et nous étions à deux doigts de demander sa béatification.

*

C'était presque la dernière librairie de Paris. Une grande hauteur sous plafond, des livres partout.

Il y avait une queue devant, du brouhaha à l'intérieur, cette chaleur.

Je me suis senti tout de suite étouffé, oppressé.

Pourtant tous ces gens, toutes ces voix. Tout cela aurait dû devenir naturel pour moi. Depuis que « Faites entrer l'accusé », émission mythique de la télévision française à l'antenne depuis près de trente ans, et désormais présentée par le fils de Christophe Hondelatte, avait consacré un numéro spécial à « l'affaire de la disparue de Ramatuelle » qui avait battu tous les records d'audience de YouTube.

Dès le lendemain (des dizaines de millions de vues), Caroline, qui approchait à présent les soixante-dix ans, ne m'avait laissé aucun répit.

– Cette fois tu ne peux plus t'échapper ! avait-elle aboyé plus fort que ses chiens. Ce livre doit sortir. Tu sais bien que seul un livre ayant fait un carton sur YouTube peut encore se vendre.

– Mais comment je m'y remets ? Ça fait dix ans que j'ai rien fait.

– Ça je m'en fiche, mon petit gredin, c'est ton problème, mais tu vas me terminer tout cela en deux semaines ! C'est de la graine de best-seller !

Elle avait touché ma corde de frustré, et puis j'avais tant besoin d'argent.

Alors j'avais repris.

Ce vieux document Word abandonné depuis tant d'années, ces carnets, ces photos... Je corrigeais, j'écrivais, je modifiais.

Mais ça n'allait pas. Ça n'allait jamais. Il avait fallu reprendre et reprendre encore. Elle qui était la dernière Française, j'exagère à peine, à lire des livres papier me faisait éternellement retravailler, me répétant sans cesse qu'il manquait « quelque chose » mais qu'avec « Faites entrer l'accusé » ce serait à coup sûr un « gigantesque succès ».

Je dois à la vérité de vous dire que j'ai parfois été le patient complice de ce jeu. Je me demande aujourd'hui si je n'ai pas fait exprès de retarder les choses. Quelque chose m'empêchait toujours de terminer ce livre, comme si au fond cela revenait à abandonner Juliette, cette fois pour toujours, à perdre mon dernier lien avec elle. Sortir ce livre c'était mourir, c'était passer à autre chose. C'était avancer. Il avait fallu l'imminent départ à la retraite de Caroline pour nous pousser tous les deux à apposer le mot « fin ».

Le livre était sorti.

Depuis maintenant deux mois on se l'arrachait, un tel succès pour un livre « papier », le mot était devenu rare, remontait à des années ; j'en étais heureux, très heureux, surtout pour mon éditrice qui me répétait sans cesse que c'était le « couronnement » de dix années de travail, que la « littérature » n'était pas « complètement » morte.

*

On essayait tant bien que mal de me frayer un chemin parmi les badauds ; j'étais le petit-fils de la plus célèbre disparue de France. Je l'avais connue, racontée ; chacun cherchait à me toucher, à me parler ; à faire des selfies.

Je ne répondais que d'un sourire. J'avais peur que quelqu'un cherche à m'assassiner. Ou que Juliette apparaisse et vienne me gifler.

Arrivé au grand bureau de bois noir qu'on m'avait assigné, et ayant repéré les deux gardes du corps, j'ai cherché les visages amis. Il y en avait : Caroline et ses chiens (dont l'un hélas mourut quelques minutes plus tard écrasé par la foule), mon attachée de presse, ma femme, mais peu d'amis. Pour la plupart ils ne supportaient plus le nuage de lumière qui m'accompagnait, et préféraient me voir à la campagne.

Quant à la famille il n'y avait guère plus que Julien pour venir me soutenir et pour cause : c'était le seul qui m'adressait encore la parole. Avec ma mère qui, elle aussi, se tenait fièrement face à moi en me souriant. J'avais appris à lui pardonner.

On m'a apporté un verre d'eau, un café et on a ouvert la mince ceinture qui maintenait encore la foule à distance.

Ils ont commencé à déferler.

*

Pendant ces dix années, j'avais continué à voir Philippe dans sa librairie de la rue Monsieur-le-Prince.

Je discutais avec lui, lui achetais des livres et il m'avait encore fait découvrir des dizaines d'ouvrages.

Quatre ans auparavant, Philippe était mort en lisant Balzac, seul dans sa librairie, à quatre-vingt-un ans. J'étais venu aider sa petite-fille à ranger le magasin ; une librairie « numérique », comme on disait, allait prendre sa place.

Philippe m'avait légué sa Pléiade de Maupassant. J'en aurais pleuré. J'aurais aimé qu'il m'écrive une lettre pour accompagner les livres mais il n'y avait rien.

Il m'avait simplement laissé une dernière phrase, ou plutôt un texte, plus long qu'à l'habitude, de Rilke, dans *Lettres à un jeune poète* :

Fuyez donc les grands thèmes pour ceux que vous offre votre propre quotidien ; dites vos tristesses et vos désirs, vos idées fugitives et votre foi en une beauté, quelle qu'elle soit – dites tout cela avec une sincérité profonde, sereine, humble et, pour vous exprimer, utilisez les choses qui vous entourent, les images de vos songes et les objets de vos souvenirs.

Quatre ans étaient passés et, en sortant de ma dédicace, après avoir bu un verre avec mes amis, ma femme, Julien et ma mère, l'envie m'a pris de marcher seul et de retourner là où, dans des temps qui paraissaient si lointains désormais, s'était tenue la librairie de Philippe.

La librairie numérique qui avait pris sa place était pleine ; assis dans des fauteuils noirs, des dizaines de personnes étaient là, les yeux révulsés, dans un autre monde. Les murs étaient blancs ; il n'y avait rien d'autre dans la petite pièce qui avait abrité des centaines d'ouvrages autrefois.

On vivait désormais les livres en réalité augmentée ; comme si c'était sa propre vie. On pouvait « lire » dans les librairies numériques et s'asseoir sur un fauteuil ; on choisissait son histoire et le cerveau s'y connectait automatiquement. J'en ai profité pour demander à l'unique vendeur, un petit homme d'origine asiatique, si mon livre était bien disponible ici.

Il m'a demandé mon nom.

Lucas Lamour.

– Oui, tout à fait, m'a-t-il dit après vérification via sa puce cérébrale. Vous le voulez ?

– Non ça ira.

Un instant j'ai eu la folle pensée que Georges, là où il se trouvait, avait pu lire mon livre.

Il faut dire que dans les mois qui avaient suivi la sortie, j'avais reçu des milliers de lettres de gens me disant connaître

Georges. Il avait fait tous les métiers et exercé toutes les activités possibles : d'agent du Mossad à gangster, en passant par acteur porno et flic ripoux.

Impossible de savoir la vérité. Aucune des pistes que j'avais remontées n'avait abouti.

Peut-être était-ce sa nature profonde de disparaître, peut-être nous fallait-il l'accepter et le laisser là où il était ? C'était une possibilité à laquelle j'avais rarement pensé : que Georges n'ait jamais voulu avoir aucun lien avec nous.

Qu'il ait su où nous étions, ce que nous faisions, mais qu'il ait préféré ne pas nous connaître, que ce soit une volonté profonde, totale, si violent que cela puisse paraître. Après tout pourquoi pas ? Penser cela ne serait-il pas la meilleure façon de me libérer de l'attente, de rompre la malédiction ?

Georges finalement a fait un beau cadeau au romancier que je suis : il a laissé libre cours à toutes les ressources de mon imagination. Où qu'il soit je le remercie pour cela, même si je ne parviendrai jamais (du moins je le crois) à effacer définitivement ce mince fil d'espoir qui me relie à lui : qu'un jour une lettre signée Georges Kowalski parvienne à mon éditrice.

*

Le départ de Julien n'était un secret pour personne ; j'espérais cependant de tout cœur qu'il changerait d'avis.

J'avais bien peur que cette fois, en demandant à me voir d'urgence un samedi matin, il me l'annonce de manière irrévocable.

Il fallait dire que les dix années passées avaient été pour lui un calvaire ; cible privilégiée de ses sœurs il avait concentré sur lui toutes les attaques.

On le rendait responsable de tous les malheurs de la famille et en particulier de la disparition de Juliette.

Ses sœurs étaient même allées jusqu'à l'accuser de l'avoir fait disparaître pour prendre son argent ; cela avait fait le sel des médias.

Lors de son procès, l'avocat de Julien avait réussi à retourner la situation et ce fut Bella que les médias finirent par accuser car on avait retrouvé dans la boîte mail de Juliette de nombreux messages où elle l'implorait de lui donner de l'argent.

Un non-lieu général fut finalement requis mais le mal était fait.

La femme et les enfants de Julien avaient fini par quitter le territoire et Julien, qui avait perdu tout espoir de retrouver sa mère, finirait par faire de même.

Il m'avait donné rendez-vous dans un café des Gobelins qui sentait la vieille clope ; j'ai attendu, attendu... Vingt, trente minutes, puis j'ai reçu un étrange SMS de lui, envoyé aussi à onze autres personnes dont je n'avais pas le numéro.

« Je pars. Maintenant c'est à vous de jouer. Ce ne sera pas difficile de faire mieux que nous. »

Cinquante minutes sont passées. J'ai encore attendu.

Puis, un par un, une par une, je les ai vus entrer dans le café ; leurs visages me disaient vaguement quelque chose ; un souvenir lointain, enfantin.

Quand j'ai vu Nina arriver tout sourire, j'ai compris.

Ils se sont avancés vers moi.

Il y avait là Olympe, grande et brune, la sœur de Nina, et Arnaud leur frère, blond ; les enfants de Joëlle, Théodore, Martin et Diego, deux grands bruns et enfin Mathilde, Camille et Roméo, les enfants de Julien.

On s'est embrassés, on a rapproché des chaises et on les a disposées autour d'une grande table au fond du café.

Tous mes cousins et cousines étaient là, face à moi.

Nous nous sommes regardés quelques secondes sans rien nous dire ; comme si nous commettions un crime en nous retrouvant, enfin.

– Alors, c'est une association de malfaiteurs ? a tenté Nina.

Il y a eu un silence qui s'est transformé en fou rire général.

C'était à nous ; à présent.

Le moment était venu, je le savais.

C'était notre dernier rendez-vous avant qu'elle « raccroche ». Après avoir repoussé pendant des années son départ à la retraite elle n'avait cette fois pas eu le choix. L'actionnaire avait été clair : il la mettrait dehors si elle ne partait pas d'elle-même.

En ce jour de juin, j'ai pénétré dans l'immeuble qui faisait toujours face à la Seine et qui abritait ce qui était devenu, à tous les sens du terme, sa maison.

J'ai senti immédiatement cette odeur si caractéristique, ce mélange de Shalimar, comme Juliette, de cigarette, de féminité et de chiens. Je voyais déjà sa robe noire, son chapeau, ses lunettes fumées qui étaient devenues avec le temps ma seule boussole.

– Oh bonjour mon Lucas, entre. Poussez-vous les enfants, a-t-elle dit à l'adresse de ses nouveaux chihuahuas amassés sur le canapé.

Le bureau était rempli de cartons à tel point qu'on ne voyait plus la lumière du jour. Elle a allumé une cigarette, a toussé et houspillé Hortense qui était en train d'uriner sur la moquette.

– Oh zut à la fin ! Hortense ! Et tant pis, ça leur fera un souvenir de moi… à ces cons !

Elle a eu un léger sourire.

– Je pars, vois-tu, je pars.

Majestueuse, un mouchoir à la main pour éliminer les larmes.

Son dos m'a semblé plus voûté que jamais.

– Alors qu'écris-tu en ce moment ?

– Rien de passionnant, une histoire d'enfant abandonné mais pour une fois sans sexe ni meurtre à la fin.

– C'est un progrès… a-t-elle souri. Et celui sur ton père ?

J'ai tressailli.

Elle se tut un instant. Elle savait qu'il ne fallait pas aller plus loin.

Qui avait pu mieux observer et cerner les bas fonds de ma psychologie qu'elle, en vingt ans de travail ? Même mon psy ne me connaissait pas aussi bien.

– Dis-moi, est-ce que je pourrai toujours... ? lui ai-je demandé sans réussir à terminer ma phrase.

– ... Mais bien sûr que tu m'enverras toujours tes textes ! me coupa-t-elle. Tu crois vraiment que je vais aller crever tout de suite à la maison de retraite ?

– Ah..., ai-je dit, soulagé.

Elle a apporté des cafés, s'est assise à nouveau. Le canapé de velours rouge s'est affaissé sous ses fesses.

– Bon, je n'ai pas beaucoup de temps. On va se revoir très vite mais ce n'est pas pour bavarder que je t'ai fait venir, c'est parce que j'ai reçu quelque chose pour toi. J'ai pensé que cela t'intéresserait...

Elle s'est levée encore, est retournée vers son bureau, ou plutôt sa montagne, une espèce de fourre-tout empli de livres, de manuscrits, de cartons... Après quelques minutes, elle en a sorti une petite enveloppe rouge.

– Allez, va-t'en maintenant. Je n'ai plus que quelques heures pour vider toutes ces breloques. File, file, je t'appelle.

Elle m'a presque mis dehors, je suis monté dans l'ascenseur et me suis retrouvé dans la rue.

Un soleil roux et chaud y régnait encore. J'ai regardé l'enveloppe rouge vif. Je l'ai ouverte, curieux de ce qu'elle pouvait bien contenir.

Ma surprise a été telle que j'ai failli me faire écraser par un bus. Je me suis appuyé sur le tronc d'un arbre du boulevard et j'ai regardé à nouveau la photo.

Juliette était là, souriante. Debout sur un bateau à voile. Une voile blanche, où il était écrit en rouge « JULIETTE » ; comme elle en avait toujours rêvé. Certes elle avait vieilli, ses rides s'étaient creusées, mais elle était là, bien droite, face à moi. On pouvait lire au verso :

JULIETTE
HYDRA – 2027

L'écriture était la même sur l'enveloppe.

Une simple signature accompagnait la photo.

« Baisers. Juliette. »

J'ai été pris d'un petit rire nerveux et j'ai regardé une troisième fois la photo et le mot. J'en touchais chaque centimètre comme pour m'assurer que je n'étais pas fou.

– Vous auriez du feu ? m'a demandé un passant.

J'ai fouillé dans mes poches et lui ai tendu un briquet.

– Vous auriez une cigarette ? lui ai-je demandé en retour.

Il m'a offert une Camel Blue, que j'ai allumée immédiatement.

J'ai fermé les yeux puis les ai rouverts, encore et encore, en serrant la photo très fort entre mes doigts.

Le soleil s'est fait plus éblouissant encore, puis un sombre nuage a commencé à le voiler. J'étais face à lui ; lui qui, quelques secondes plus tôt encore, avait été si éclatant ; ce soleil qui soudain devint noir.

Remerciements

Pour moi littérature et famille ont toujours vécu imbriquées comme les pièces du même puzzle ; je voudrais d'abord remercier ma grande famille car sans elle je n'aurai pas été écrivain ; c'est parce qu'elle m'a fait vivre toutes ces joies et ces souffrances que j'ai pu devenir ce que je suis ; en cela je la bénis. Juliette d'abord, de qui nous descendons tous. Et tous les autres personnages de ce drame familial. Ma mère, Christine... Oui, maman, je t'aime aussi.

La femme de ma vie évidemment, Salomé, qui a la force de ne pas avoir (trop) peur de mes livres « tordus », que j'aime si fort et qui sait me faire entendre ce que je ne peux entendre de moi.

Caroline Laurent ensuite, sans qui rien ne serait possible. La femme de ma vie littéraire, si rare, si douce, si puissante ; ces gens dont on se dit que dans une vie « normale » ils ne pourraient exister.

J'ai un drôle d'espoir soudain, puisque nous venons de passer quelques heures ou quelques jours ensemble ; que vous m'écriviez, que vous me parliez de vous, de votre famille, de comment elle vous a construit ou pas, de ce que vous en avez fait ; que le fil ne soit pas rompu. Que si vous vous appelez Georges Kowalski vous vous fassiez connaître, qui sait...

Voilà mon adresse mail : valentinspitz@hotmail.com

Ou bien une lettre ? C'est si beau une lettre.

Valentin Spitz – Éditions Stock – 21, rue du Montparnasse – 75006 Paris.

Cet ouvrage a été composé
par Nord Compo à Villeneuve-d'Ascq (Nord)
et achevé d'imprimer
par CPI Bussière
pour le compte des Éditions Stock
21, rue du Montparnasse, 75006 Paris
en avril 2018

PAPIER À BASE DE
FIBRES CERTIFIÉES

Stock s'engage pour l'environnement en réduisant l'empreinte carbone de ses livres. Celle de cet exemplaire est de :
450 g éq. CO_2
Rendez-vous sur
www.editions-stock-durable.fr

Imprimé en France

Dépôt légal : mai 2018
N° d'édition : 01 – N° d'impression : 2036521
21-02-3803/8